Chara

パブリックスクールー檻の中の王

沙緒

キャラ文庫

この作品はフィクションです。
実在の人物・団体・事件などにはいっさい関係ありません。

目次

口絵・本文イラスト／ｙｏｃｏ

プロローグ

十月に入ると、イギリスは日本の冬のような寒さになった。

寝間着の上に分厚いカーディガンを着込み、一人の部屋でこっそり広げたノートにスケッチを描いていた中原礼《なかはられい》は、ふと顔をあげて時計の針を確かめた。時刻は夜の九時半。

外は既にとっぷりと暮れ、静かな暗闇が広がっている。

曇った窓硝子《ガラス》には、椅子《いす》に腰掛けた自分の姿がぼんやりと映っていて、礼はそれを見ると、小さくため息をついた。

黒髪に、ほっそりとした体。少し青ざめた、色白の肌。中性的で優しい顔だち。十六歳の日本人としては平均的な身長のはずだが、同い年のイギリス人生徒たちに比べるとずっと小柄だ。

(僕の見た目、新入生と、そう変わらないものね)

まだ柔らかさを残した丸い頬《ほお》に、礼は少しだけ触れた。頼りない自分の容姿には、少なからずコンプレックスがある。

全寮制パブリックスクール、リーストン校の新入生は十三歳だから、礼がいかに幼く見えるかは推して知るべし——だけれど、長い睫毛《まつげ》に覆われた大きな黒眼だけは、年相応に落ち着いていて、静かな光を灯している。

礼が今いるウェリントン寮は、十時が消灯時間と決まっており、廊下の向こうでかすかにベルが聞こえ始めた。それは消灯準備を知らせるベルで、寮を取り仕切る監督生《プリフェクト》たちが、廊下を練り歩きながら鳴らしている。何百年も昔から、この学校の寮に伝わってきた古い習慣だった。

廊下では下級生たちがバタバタと駆け足になり、階段を下りていく音がした。

「みんな部屋に入るんだ。頭まで毛布をかぶって。羊を十数えてるうちに朝になってる」

時折そのベルがやむと、生徒同士のしゃべり声に混ざって、一際通りのよい低音が響いた。それに誰かが「おやすみ、エド」と呼びかけている。

エド。その呼び名を聞いただけで、礼の心臓はドキンと跳ねあがった。

エドワード・グラームズ。

それは礼より二つ上の七年生、そしてこの寮の監督生《プリフェクト》、さらにその中で最も権力を持つ寮代表《ヘッドボーイ》の名前だった。扉のすぐ向こうに、エドがいる。見回りは毎晩のことなのに、意識すると礼の心はドキドキと逸《はや》り、頬には熱が上ってくるのだった。

(バカみたいだよね、なんでこんなに、いつも動揺してしまうんだろう……)

ときめきと緊張がないまぜになった、複雑な感情。エドが振り向いてくれることはないと分かっているのに、いつも心が動いてしまう。そんな自分を情けなく感じながら、礼はノートを閉じると、机の引き出しへ入れた。上に何冊ものノートを載せて、奥へ奥へと押しやる。そんなことはあるはずがないのに、今隠しているものをエドに見られているようで――後ろめたさに襲われながら、ドアの向こうに再び耳を澄ませる。

廊下を通っていく足音は三つ。一人はエドで、もう二人はべつの監督生だろう。

「エド、明日の対抗試合には出るんだろ？」

上級生らしき生徒が声をかけ、

「ああ、もちろん。応援に来てくれるのか？」

エドが愛想のいい、明るい声で答えていた。

礼の瞼《まぶた》の裏には、エドのきらめくような笑顔が描かれた。それは何度となく、眼にしてきたエドの姿だ。礼以外の誰にも、エドは笑顔を惜しまない。献身的で親切、公平な態度も。

「ブルーネル寮のやつらに一泡吹かせてくれよ。きみが出るなら、勝ちは決まってる」

「それは買いかぶりすぎだ。神に祈ってくれないと」

「神よりもエドワード・グラームズに願うほうが確実さ」

周囲にいたらしい上級生たちが、廊下で笑い声をたてる。彼らは賑《にぎ》やかに、エドを激励し、部屋に消えていったようだ。やがて三つの足音は礼の部屋の前を通り過ぎ、ベルの音も遠のいた。

（いいなあ……）

ふと、礼はため息をついた。

（僕も、試合の応援に行ってみたい――）

古い建物なので、寮のセントラルヒーティングも古い。部屋はいつもあまり暖まらず、冷たい石造りの壁からは、ひっそりと冷気が忍び寄ってくる。礼は身震いし、カーディガンを脱いで椅子の背にかけると、急いでベッドの中へ滑り込んだ。ちくちくする古いウールのブランケットを、丸く小さな頭までかぶる。そのうちに、電気の明かりがパッと消えた。するとつい先ほどまでの喧噪《けんそう》など嘘のように、部屋には深い静寂と闇が訪れた。

（……エドは）

闇の中で眼を開けたまま、礼はブランケットの隙間《すきま》から、部屋を見た。

（エドは今日、戻ってきてくれるかな？　……僕のところに、来て、くれるかな？）

昨日は、エドは来なかった。一昨日も、その前も来なかった。最後に来たのは先週の金曜日だ。今日が木曜だから、そろそろ一週間になる。彼が来るのはいつも気まぐれで、頻繁《ひんぱん》ではない。少なくとも三日は空く。エドはなるべく礼の姿を見たくないのだろうと、礼は思っていた。来てくれれば嬉《うれ》しいけれど、怖くもある。エドが礼を愛していないことを、きっとまた、思い知らされるから……。

十分ばかりが経つと、だんだん眠気に襲われた。うつらうつらしながら、エドは今夜も来ないみたいだ、と礼は思った。思うと、淋《さび》しさが心にしみる。

きっと今日は、今の恋人のところに行ったのだろう――。

エドはころころ相手を変えるから、一体今のエドの恋人が誰なのか、礼は知らない。それでもエドに抱いてもらえる人が、礼には羨《うらや》ましかった。

そのときドアノブを回す音がして、礼はハッと眼を開いた。見ると、大きな男の影が音もなく部屋へ入ってくるところだった。

「……エド」

息を呑《の》み、礼は慌てて上半身を起こした。ベッドサイドのライトをつけると、橙《だいだい》色の淡い光の中に、エドの際だった美貌《びぼう》が浮かび上がった。

金色の髪に、深い緑の双眸《そうぼう》。白皙《はくせき》の肌。作り物のような人形めいた顔の下に、スポーツで鍛えられ引き締まった、長身の体があった。日本人なら、二十代で通用するだろう大人びた容姿からは、生まれながらに持っているとしか言いようのない気品と、人を従わせる不思議な威圧感がにじんでいる。

エドが来てくれた。そう思うと一瞬で気持ちが弾み、頬が上気するのを感じた。

諦《あきら》めるべきだし、振り向いてもらえないだろうし、エドにとっては礼の気持ちなど迷惑だと分かりながら、全身から「好き」の気持ちが、温かな湯のように溢《あふ》れていく。一方で、またなにか叱《しか》られるかもしれないと、不安に襲われて緊張した。

「エド……どうしたの？　来てくれるなんて」

嬉しい、と言いかけた言葉を、礼は飲み込んだ。以前ならきっと言えただろう気持ちだが、口にすれば嫌な思いをさせると、もう分かっていた。

エドは切れ長の眼をすっと細め、ベッドから数歩離れた場所に立ち止まっている。どうやら見回りのあと、直接礼の部屋に来たらしい、燕尾服《えんびふく》にも似た黒い制服の下に、色つきの豪華なベストを着たままだ。それは監督生の中でも、寮のトップにいる代表者にのみ許された服装で、彼が明らかに他の生徒とは違う、権威ある立場にいることを示していた。

「お前が言いつけを守っているかどうか、確認しに来ただけだ。それ以外に用事なんぞあるか」

ベッドから片足を出しかけていた礼は、冷たく言い放たれてびくっと動きを止めた。つい先ほど、寮生たちに向けていた穏やかで明るい声音と、この声を発する人物は、はたして同じなのだろうか？　そう疑うほど、エドの礼への態度は冷えきっている。見上げれば、軽蔑《けいべつ》を含んだ眼差しで、エドは礼の体を上から下まで、まるで検分するように眺めていった。

「一週間……誰かと話したか？」

「……誰とも。誰とも、話してないよ」

静かな、けれど厳しい声音で問われ、礼は小さな声で、いつも答えているように返した。

「本当だろうな？」

疑うように念を押され、礼は「本当だよ」と答えたが、その声は震えていた。恐れよりも、

信じてもらえない悲しみのせいだ。どうしてエドは、いつもこんなに礼の言葉を疑うのだろう。誰かと話をしたくても、そもそも礼は、この学校に一人も友だちがいない。

「あの、エド……明日のラグビーの試合に、出るんだよね？」

ついさっき廊下から聞こえたことを思い返し、おずおずと訊《き》くと、エドが顔をしかめた。だったらどうした、という表情だ。礼は震える指先をぎゅっと握りしめ、勇気を出して訊いた。

「誰とも話さないし、隅っこに隠れてるから……見に行っちゃダメかな？」

とたんに、エドが舌打ちする。にじみ出る育ちのよさにはそぐわない乱暴な仕草だが、礼は見慣れている。もっともエドがこんな面を持っているとは、他の生徒たちは知らないだろう。

「最初に言ったはずだ、寮の行事には出るなと。大体、突然なんだ？　まさか、誰かに誘われたんじゃないだろうな？」

イライラと言われ、礼は慌てて首を振った。

「誘われてないよ。ただ、エドがどんなふうに活躍するか、見たくて……」

――だってもうこれが、最後の年じゃないか。

来年には、エドは大学に進学する。一度でいいから、エドがどんなふうにこの学校の英雄になるのか、この眼で確かめてみたかったのだ。

説明する声は我ながら情けないほど震えていて、必死だった。想いをこめてじっと見つめると、エドはもう礼の顔を見ていたくないように、ふいっと視線を逸《そ》らす。

「とにかく来るのは許さない。もう寝ろ」

一方的に言い切ると、エドは背を向けて立ち去ろうとした。

「エド」

もう少し、ここにいて。

幼いころなら言えただろう言葉が喉《のど》に引っかかったが、じろりと振り向く眼の冷たさに、礼の懇願は喉の奥でかき消えた。黙り込むと、エドは今度こそ、部屋を出て行ってしまった。

一週間ぶりに話ができたのに――。たとえ責められるだけでも、もう少し一緒にいたかった……。悲しみに胸が詰まり、礼はしばらくの間身動きすらとれなかった。

廊下の向こう、エドの足音が遠ざかり、消えていく。再び静寂が訪れると、部屋の中はさっきよりも寒く感じられた。ライトを消そうとつまみに手を伸ばしたそのとき、不意に強く、激しく、淋しさに襲われて、礼は固まった。

……淋しい。

痛いほどの孤独が、のしかかってくる。その重みにつぶされないよう、礼は体を強ばらせ、じっと耐えた。つまみを回してライトを消すと、ブランケットにくるまり、天井を見上げた。するとと音もなく、じわじわと涙が浮かんできて、礼は慌ててそれを拭《ぬぐ》った。もう二年。二年もこんな生活を続けているのに、それでもまだ自分は淋しいなんて思うのか。こんな時、礼は驚いてしまうのだった。

(エドを愛してなかったら……こんなふうに感じないのかな)

そう思うが、それはありえない仮定だ。

エドを愛さない自分は、もう自分ではない。けれどエドが礼を愛することは、けっしてない。

どれだけ想っても、伝わらない愛はある……。

エドが時折礼の部屋に来てくれるのは、愛情からではないのだ。

ただ礼が、エドの言いつけを守っておとなしくしているかどうか、確認にくるだけ。それでもそんな繋《つな》がりでさえ、来年には消えると思うと惜しく感じるのだから、自分はおかしいに違いない。

(どれだけ愛しても、やっぱり届かない……? それとも、方法が間違ってるだけ……?)

孤独な心の奥底で、礼は自分の愛を疑っていた。

伝わらない愛に、意味などあるのだろうか——。

(もう、エドを諦めないとな……。一年も経てば、僕は日本に帰されるんだから)

暗い天井を見つめながら、礼はそう、自分に言い聞かせた。

エドがこの学校を卒業したら、礼はイギリスから出て行くことが決まっていた。

そうなればエドには二度と会えないだろう。来年の夏にはこの愛を手放し、エドを忘れて、自分の足で立って生きてゆかねばならない。本当は今からでも、エドを諦めるべきなのに、礼はそれができずに先送りしてきた。

もう少し。もうあと少し、このままでいたい。

いつか別れが来るなら、せめてその最後の一瞬までは、エドに恋をしていたい……。

そうすれば、たとえつかの間でも、愛が伝わり――エドが礼へ振り向き、昔のように優しくしてくれることが、あるかもしれない。

――そんなの、子どもっぽい幻想だよ。いつまで過去にしがみつくの、礼。

頭の中ではもう一人の自分が、煮え切らない自分に腹を立てている。

眼を閉じると、瞼の裏には遠い日、礼に笑いかけてくれた十四歳のエドの姿が見えた。おぼろげな夏の光の中で、エドのその笑顔は溶けていく。悲しみと淋しさ、恋しさと苦しさがごちゃ混ぜになって胸にのぼる。

（エド、僕はきみを愛してたい）

心に湧《わ》く渇望が痛くて、礼はにじんできた涙を、もう拭うこともしなかった。

――あと少し、きみを愛してたい。

そしてできることなら、この愛を、エドに受け取ってほしかった。

寮の外では木々がさやめき、みみずくが優しい声で鳴いている。

終わった愛の残滓《ざんし》を思い返しながら、礼は悲しみの中で、ゆっくりと眠りに落ちていった。

一

「お母さん！　今帰りなの？」

その日小学校の帰り道で、十一歳の礼は前を歩く背中に、思わず声をあげて駆け寄っていた。

普段、どちらかというと静かな性格の礼《れい》がこんなふうに大声をあげるのは珍しいことだったが、大好きな母の姿につい胸が弾んだのだ。

ちょうど商店街の真ん中で、人通りも多い場所だった。それでもパンツスーツを着た、細身の女性を、礼が見間違えるわけがない。

母はその、少しくたびれたスーツ姿で振り返ると、満面の笑みを浮かべて「礼」と首を傾《かし》げた。服装は貧しいが、母は美しい人だ。笑うとまるで、花が咲いたように見える。駆け寄ると、母は腕を伸ばして優しく、礼を抱き締めてくれた。

「お、お母さん……恥ずかしいよ……も、もう僕五年生だよ……」

顔を赤くして言ったが、母は「だって嬉しいんだもの」と笑い、礼の髪に頬を擦《す》り寄せた。

向かいのお肉屋さんのおばさんが、それを見てくすくすと笑っている。

「いいわねー、礼ちゃん。お母さんはさすが通訳だわ。愛情表現もアメリカっぽいじゃない」

「あら、私の英語はイギリス仕込みなんですよ。貴族の国の品もあるでしょ?」

往来で抱き締められて真っ赤になっている礼を後目《しりめ》に、母はそんなことを言ってお肉屋のおばさんを笑わせた。

母は小さな会社で、通訳として働いていた。礼が生まれる前は、もっと大きな貿易会社に勤めていて、海外出張に飛び回っていたらしい。けれど今は礼がいるからか、会社勤め以外にも、深夜まで翻訳の仕事もしていた。シングルマザーの母は忙しく、大変だ。礼はそのことを知っていて、いつも心配だった。明るく笑っていても、今日も母の目の下にはクマがあった。

「ね、おばさん。今日コロッケ特売だよね。お母さん、夕飯コロッケにしようよ」

「うーん、でも昨日もお総菜だったし……」

渋る母に、礼は「コロッケがいい」とわざと言い張った。

「三つ買ってくれたら、一個オマケしちゃうわよ」

「ほら、おばさんもこう言ってるよ。コロッケ買ってくれたら、僕が、家庭科の授業で習った玉子焼きとお味噌汁《みそしる》も作ってあげる」

本当はそこまでコロッケが食べたいわけではなかったけれど、母の負担を少しでも減らしたくて、礼はダダをこねた。玉子焼きと味噌汁は、さほど料理上手でもない礼が、まだマシに作れるレシピだ。母は眼を細め、少しホッとしたように「それじゃ……今日は礼に甘えようかな」と、呟《つぶや》いた。母の重荷を減らせただろうか？　そう考えると、礼は嬉しかった。

「礼ちゃんの眼は、お日さまが入ると琥珀《こはく》みたいねえ」

ほかほかのコロッケを包みながら、お肉屋のおばさんが言う。琥珀飴《あめ》の色よ、と教えられ、礼は首を傾げた。

「そこだけね、お母さんと違うのは。あとは見た目も仕草も、お母さんそっくり」

そんなふうに首を傾げるとこも、とおばさんはおかしそうにしていた。ちらっと見ると、母は困ったように微笑《ほほえ》んでいるだけで、そうねとも、眼は父親似なんですとも、言わない。

だから礼もそのことについてはなにも触れず、包んでもらったコロッケをもらうと、にっこり笑っておばさんにお礼を言った。

十二歳の春まで、礼は東京《とうきょう》の小さな町に、母と二人で暮らしていた。

父親は物心ついた時からおらず、礼は父がどういう人で、母がどんなふうに自分を産み、父が自分をどう思っているのか、そもそも存在を知っているのか、どこで暮らしているのかさえ知らなかった。

ただ、心当たりはあった。

母のもとには月に一度、イギリスからエアメイルが届いていた。

礼の家では朝夕となく英語のニュースが流れ、本棚には洋書がたくさん並んでいた。母はいずれ必要になるかもしれないと、毎日英語で話しかけてくれたので、礼はいつしか英語の、簡単な聞き取りと書き取りができるほどになっていた。

「……ファブリス・グラームズ」

エアメイルの差出人はそう読めた。もしかしたらこの人が自分の父親かもしれない。いつの頃からか、礼はそう思っていた。

「手紙が来てたよ」と言って渡すと、いつも朗らかな母の瞳に一瞬傷ついたような、淋しそうな色が浮かぶ。中を読んだあと、泣いたのか眼を赤く腫《は》らしていたこともあった。

母はその手紙がどこから来ていて、誰が書いているのか、礼には一言も言わなかった。礼も、きっと訊いてはいけないのだろうと子ども心に察して、訊《たず》ねなかった。

興味がなかったわけではないけれど、それよりも母の愛情だけで十分幸せだったから、父親のことを気にしすぎないよう、気をつけていたのだ。そうでなければ母に、申し訳ない気がした。母が忙しい時間の中で礼を大事にし、愛してくれていることを、礼は誰よりよく分かっていたし、父がいなくても幸せだと心から思っていた。けれど世間の眼は、ときに世知辛《せちがら》い。

(お肉屋さんのおばさんは、本当はお父さんのこと、訊きたかったのかもなあ)

夕飯を終え、母が翻訳の仕事をしている間、礼は小さな台所で茶碗を洗いながら、そう思い返していた。あのおばさんは良い人だから、悪気はないだろう。それでも眼だけが明るい礼の父親が誰か興味はあるようで、一度、「礼ちゃんのお父さんは外国の人かもね」と、はっきり言われたことがある。

洗い終えた茶碗を拭《ふ》いていると、壁に貼った一枚の絵が、眼に飛び込んできた。

それは礼が九歳の時に描いた、母と自分の笑っている絵だ。都のコンクールで金賞に入賞し、学校で表彰もされたし、新聞に小さく掲載もされた。昔から絵は得意だったが、たぶん今までで一番大きな賞をもらった絵だろう。そして礼にとっては、特別に思い出深い絵でもあった。

――コンクールに絵を出しましょう。テーマは家族です。なるべく全員描きましょうね。

図画の時間、担任の先生にそう言われ、母子家庭の礼は母と自分だけを描いた。他のクラスメイトは、大抵が父親や兄弟も入れた三人か四人。ところが礼の絵だけが入賞したので、クラスの男子生徒が、文句をつけてきたのだ。

「なんで二人しか描いてない中原《なかはら》が褒《ほ》められるんだよ」

要は、そういう怒りだった。たまたま先生のいない休憩時間、一人が言い出すと、口々に不満を言う男子が現れた。

「礼くんのところはお母さんと二人なんだから、仕方ないじゃない」

クラスでも正義感の強い女子生徒がそう庇《かば》ってくれたが、これが男子生徒たちの反抗心をあおってしまった。一人が「シングルマザーってやつだろ」と、礼の母を嗤《わら》った。

「お前の母さんは、フリンしてお前が生まれたんだぜ。俺の母さんたちが話してたもん」

そう言われると、それまで黙っていた礼も、さすがに言い返さないわけにはいかなくなった。フリンの意味はおぼろげにしか分からなかったが、悪いことなのは理解できる。

「僕のことはいいけど、お母さんのことを悪く言うのはやめてよ」

どちらかといえばおっとりした性質の礼は、クラスでもいつも静かに過ごしていた。友だちは普通にいたが、家の手伝いをしたいのであまり遊びに行ったりしない。礼の小さな頭の中は、母を助けたい気持ちでいつもいっぱいだった。そんな礼だったから、母を攻撃されては我慢できず、勇気を出して言い返した。

するとかっとなった相手に突き飛ばされ、礼は反射的に出した手で、男子生徒をひっぱたいていた。故意ではなかったけれど、ひっぱたかれた相手は泣きべそをかき、それは騒ぎとなって、相手の両親と礼の母が、学校に呼ばれることになってしまった。

当事者が校長室に集められ、礼は深々と頭を下げる母を見て、ショックを受けた。

事の経緯を聞いた先生たちは礼に同情的だったが、相手の両親は違った。手をあげるなんてもってのほかだと決めつけ、最後には、

「やっぱり母親だけだと、だめね」

と、イヤミを言った。ひどい言葉に礼は呆然《ぼうぜん》とし、自分のせいで母が傷つけられたと落ち込んだ。同時にそんな心ないことを母に言う人がいる事実が、とてつもなく悲しかったけれど、母はただ謝るばかりで、なんの反論もしなかった。

帰路につくと、礼はだんだん、感情が抑えられなくなった。なにもできず母に謝らせた自分の無力さが情けない。気がつくと、嗚咽《おえつ》を漏《も》らして泣いていた。

「礼」

母は驚いた顔で立ち止まり、礼を振り返った。

暗い夜だった。とっぷりと暮れた闇を払うのは、常夜灯の古びた光だけ。路地の入り組んだ住宅街のどこかから、犬の鳴き声が聞こえていた。

貧しい暮らしの中、母は同級生の他の母親たちのように、お洒落《しゃれ》を楽しむこともできず、その日も着古したグレーのスーツを着ていた。それでも、街灯に照らされた母の顔はとても美しかった。色白の肌に、大きな瞳と長い睫毛。優しげな面立ち。いつも夜遅くまで、自分のために働いてくれている。空いた時間は、礼のためだけに惜しみなく使ってくれる。こんな母が、悪いことをしているはずがない。なのにどうしてフリンをしたなどとそしられ、母親だけだとダメだなんて、言われなければならないのだろう――。

（僕が生まれたから……？）

だから母は、大きな会社を辞め、苦労し、悪口を言われて謝らされ、服も満足に買えないのだろうか……？　もしも礼を産まなければ、そうなっていなかったかもしれないのに――。

「大丈夫？　なにが悲しくて、泣いているの？」

屈《かが》み込み、顔を覗《のぞ》き込んでくる母に、礼は「ごめんなさい」と呟いた。

「だけど、どうして？　お母さんは謝らないといけないこと、なにもしてない。悪口を言ったのは、向こうだった。なのに……」

それ以上は言葉にできずうつむくと、母は優しく礼の腕をさすってくれた。

「……そうね。礼の気持ちはよく分かるわ。お母さんも、悔しかったもの」

とてもそうは見えなかったから、驚いて顔をあげると、母は茶目っ気たっぷりに「頭から、ツノが出そうだったわよ」と笑った。けれどすぐ、母は静かな優しい声で、でもね、と続けた。

「でもね、礼。世間の人がどうでも……私は、私たちは、相手を傷つけたり、悪口を言ったり、そういうことはやめましょう」

「……相手が意地悪してきても？」

そうよ、と頷《うなず》いた時の母の瞳はとても強く、真っ直ぐに礼を見つめていた。だから幼い礼にも、母は今、とても大切な話をしているのだと分かった。

「たしかに、間違っていると思ったら勇気を持って言うべきだわ。でも礼には、人に優しくしてほしい。人を、愛してほしいの」

これは初めに決めておくことよ、と母は意志のこもった瞳で続けた。

「相手に優しくしよう、相手を愛そうと、初めに決めるの。そうでなければ、気持ちが揺らいでしまうから」

母は、相手のいいところを見るのよ、と礼を諭す。

「してくれたことを胸に置いておくの。優しかったことや、嬉しかったこと、助けてもらえたことも。いいほうにいいほうに考える。それを癖にするのよ」

たとえ傷つけられても、そうするのだろうか。そうしたらもっと、自分が傷つかないのだろうか？　思わず礼は「でもそれじゃ」と呟いていた。

「お母さんは損をしない？」

母はそれを聞くと、おかしそうにした。

「あのね礼。損得でいったら、お母さんには礼がいるのよ。礼が産まれてきてくれただけで、もう一生分、大儲《もう》けしたの。これ以上ないくらい、もう、得してるのよ」

楽しそうに言う母の声に、礼は胸が詰まるような気がした。自分のせいで苦労しているのに、母は礼がいることを全身で肯定してくれる。なにも返せない自分が悲しくて切なくて、また涙がぽろりと頬を伝ったけれど、これ以上泣いていてはいけないと、慌てて拭った。

「僕の絵のせいで、ごめんね。お母さん……」

謝ると、母は小さく微笑んで首を傾げた。

「……ね、礼。この手は神様がくれたの」

母は礼の右手を握り、慰めるためにか、そんなことを言って、礼の指にキスを落とした。親指から小指まで――順番に。

「生まれてくる時に、神様が、礼にこの手をくれたの。一本一本指にキスして、魔法をかけた」

母がおかしそうに話し、礼は鼻をすすって、「どんな魔法？」と涙声で訊いた。

「この子には、絵を描くのが上手な指をあげよう……。ついでに、玉子焼きを作るのも、お味噌汁を作るのも、上手な手にしてあげよう……って」

母は礼の、小さなペンだこに触れた。毎日鉛筆でスケッチをする礼の、中指にそれはできている。

「これはきっと、神様がキスをしすぎたところね」

にっこり笑い、母は礼を抱き寄せた。往来の真ん中だったけれど、夜なので人目はなく、ただ街灯と月ばかりが礼と母を照らしていた。寄り添うと母の体は温かく、淋しい心にまで、その体温が染み渡っていく気がした。

……淋しい。

不意に礼の心に、その言葉が浮き上がる。

絵はお金がかからない遊びだった。ノートと鉛筆があればできた。偶然にも得意だった。それに、母の仕事の邪魔をしないですむ。図書館で借りてきた本を読み尽くしたら、あとは一人で絵を描くのが、いつの間にか礼のならいになっていた。淋しい時間は絵で埋めた。あとで見せると母は笑って喜んでくれた。学校でも褒められる。するとさらに母は嬉しがった。母を笑わせられるのが、礼にはとても嬉しかった。これからも、母のために生きて、母の苦しみに寄り添って、いつかは母を守れるようになりたい。ずっとそう思ってきた。

けれど本当は淋しいのだ。

母には、ちゃんと愛されている。これ以上ないほど愛されている。分かっているのに、心のどこかがいつも淋しい……。

父親がいれば、こんな気持ちは味わわずにすんだのだろうか。いつもは考えないよう、けっして考えないようにしていても、心が揺らぐとついどこかで、そう思ってしまう。

母の服にしがみつき、涙をこらえて震えている礼に、母が「礼、あのね」と呟いた。

「お母さんはこう思うの。誰かに愛されたかったら、まず自分から、人を愛さなければって……。そうすれば、必ず愛は、返ってくる。誰かにきっと、優しくしてもらえるわ」

礼の背をさすりながら、母が言う。

「必ず？」

訊き返すと、母は少し笑って、泣き濡《ぬ》れた礼の瞳を覗き込んだ。

「……それは、伝わらない愛もあるわ。どんなに想っても、その人から返ってこないこともある。でも、愛した分は、ちゃんとどこかから返ってくるし——そして本当は、本当の本当は、伝わらない愛も、いつかは伝わるのよ」

お母さんはそう信じてるの。静かに語る母に、不意に礼は訊いてみたくなる。

（お父さんのことも……？　お母さんはそうやって、お父さんのことも、愛してるの？）

月に一度、エアメイルを寄越すだけの父を。母が日本でこんなに辛《つら》い思いをしていると、きっと知らないだろう父を、母は今も愛しているのだろうか——？

たとえそれが、伝わらない愛でも……いつか伝わると、そう信じて？

喉の奥にまでのぼってきた言葉を、けれど礼は口にできなかった。

愛の問題は幼い礼にはまだ難しすぎたし、同時に幼くても分かるほど、悲しかった。愛するだけでは埋まらない現実を、もう、知っていたからだ。

翌日、礼はやや緊張して登校した。また、ケンカをした男子生徒に嫌なことを言われるのではと身構えていたのだ。けれど相手は泣いたのが気まずかったのか、ただ距離をとられただけでその後は十二歳まで平穏に過ぎた。次の学年でクラスが離れ、それからは特に、母のことでからかわれなかったおかげもある。ただ……。

(自分から人を愛する、かあ……)

拭き終えた茶碗を食器棚に戻し、自分用のエプロンをはずしながら、今、十一歳の礼はそっとため息をついていた。九歳の時に母に言われたその一言は心に残り、時々礼を考えこませる。

礼の中には、父親という矛盾と葛藤《かっとう》があった。母の言葉に従うなら、父のことを、愛するべきなのだろう。けれど会ったこともない、名前しか知らない人を、どうやって……？

(……それでもきっと、愛せたほうが、幸せなのかな――)

見知らぬ父を知り、愛してみたい。そんな気持ちは礼の心の奥底にあった。もっとも、どこにいるのかもよく分からない父に会う術《すべ》はなかったから、礼はなるべく父のことを忘れていた。

それでもその頃はまだ、礼は幸せだった。母がいたので、幸せだった。

愛し愛される人が一人でもいる。そのことが礼の幸せの、ほとんどすべてを支えていた。

けれどそんなささやかな幸福は、ある日突然終わりを告げた。

母が会社で倒れ、病院に運ばれたのだ――。

そうして母は死に、礼は一人ぼっちになった。

生きる支えを失い、礼の心は空っぽになった。六月で、礼はちょうど十二歳になったばかりだった。これからどうやって生きていけばいいのか、なにを考えればいいのかも分からず呆然としていたとき、グラームズ家の使いが礼の前に現れた。養護施設に入る予定の、三日前のことだった。

イギリスで、あなたの家族があなたを待っている。

礼はそう言われた。半分パニック状態にあった礼は、その言葉にすがりついてしまった。

父に会いたい。会って確かめたい。母を愛していたか。自分を、愛してくれているのか。

母の人生には意味があり、母の愛は父に伝わっていたのか、どうしても知りたかった。

そうすれば自分がこの先どうやって生きていけばいいか、分かる気がした。生きる支えを、再び見つけられそうな気がした。

礼はただその想いだけを胸に日本を発ち、短い夏を迎えたばかりのイギリスへと飛んだのだった。

……今になってみたら、と、十六歳の、現在の礼は思う。

（あれが間違いの始まりだったのかも。家族って言葉に……つい、惹《ひ》かれて）

その時はグラームズ家がどういう家で、自分がどんな立場か、礼はなにも知らなかった。

朝礼の列に並んだまま、ふとため息を漏らすと、それは十月の曇り空に溶けていく。

蔦《つた》の絡まった古いゴシック様式の鐘楼《しょうろう》で鐘が鳴り、朝礼が終わりを告げた。

すると十三歳から十八歳まで背も体格も様々な少年たちが、整列から離れ、蜘蛛《くも》の子を散らすように散っていく。

ここリーストンスクールは、一四〇〇年代に創設された歴史ある名門全寮制男子校だ。イギリスにあるパブリックスクールの中でも、特に入学が難しく、千人以上いる生徒のほとんどが貴族の子女。入学年の十三歳を三年生とし、五年制で最終学年が七年生だった。

十一棟ある寮には、それぞれ英国史上有名な人物の名前がつけられており、礼が属するのはウェリントンという寮だった。

パブリックスクールでは学年ごとに、寮を軸として動く。

寮ごとのスポーツ対抗試合も頻繁で、生徒たちは愛寮精神が強く、日本でもちょっと見ないほど全体意識が強かった。

ワン・フォー・オール。オール・フォー・ワン。

一人はみんなのために。みんなは一人のために。

それこそが、パブリックスクールの正義だ。

「急ごうエド。試合は午前からだ。ヒーローが遅刻しちゃドラマは始まらないぞ」

群れをなす生徒たちの波の中を、一人ひっそりと歩いている礼の耳に、弾んだ声が聞こえてきた。歩いていく生徒たちの隙間から、礼はその声のほうをこっそりと窺《うかが》う。

周りにいた生徒も、礼とまったく同じ行動をとる。そしてあちこちから、

「エドワード・グラームズだ」

「ウェリントンの英雄だ。さすが、リーストンの王さまは風格があるね」

と、ため息まじりのうっとりとした声があがっていた。

リーストンの王さま。それはエドのあだ名の一つで、そんなあだ名をつけられたエドは、いつでも生徒たちの注目の的だった。

それとは正反対に、礼は小柄でおとなしいから、普段まるで目立たない。周りにいる生徒たちは、礼がいるのも気にせずエドのことを噂《うわさ》する。

「今日のラグビーの試合にも、エドが出るって聞いた？　彼、クリケットチームのキャプテンなのに、他の種目でも助っ人に選ばれるなんて、完璧《かんぺき》だよ。そう思わない？」

「憐《あわ》れなりブルーネル寮、だね。エドがいるなら、ウェリントンの勝利は決まってるもの」

「ああ、エドの笑顔を見て。美青年趣味のミケランジェロでも恋しそう。彼にならば、地下の図

書室に誘われてもついてっちゃうな」

誰かが言い、そばにいた生徒たちが数名、くすくす笑って小突き合った。お前はゲイか？　違うさ、だけどエドのためならそうなるかも——それらは男子校にありがちなジョークに過ぎないのに、たまたま聞いてしまった礼は一人で後ろめたくなり、ドキドキしてうつむいてしまう。自分だって、エドになら図書室に誘われたいからだ。

地下の図書室に誘う。この言い回しはリーストン生が使うジョークで、寮の地下にある図書室は湿気が多く、陰気で人がいないから、よく生徒同士の遊びに——はっきりと言えばセックスに使われているのだ。

礼には友だちがいないけれど、歩いていればごく日常的にエドに関する噂話は耳にする。「エドになら、図書室に誘われたい」とは、よく聞くフレーズの一つだった。

もっとも礼は、エドが生徒の何人もと、本当に遊びの愛を交わしているのを知っていた。エドが選ぶのはみんな美人で、家柄も頭も良く、口の硬い相手。そしてなにより、

「本気の恋愛をしないやつ」

だと、礼はエドから聞いたこともある。

エドに片想いをしている礼には、考えるのも嫌なことだけれど、もともと望みなどなかったので、エドに他の相手がいることはもう慣れてしまっていた。いつかエドは本気の恋をするかもしれない——礼は案じながら、そうなってほしいような、そうなったら自分がどうなるのか

分からず怖いような、複雑な心境だった。

(エドは結婚相手が決まってるんだから……その人と愛し合えるのが、一番幸せだけど)

冷静に考えると落ち込み、礼はため息をついた。

エドは人垣の向こう、四人の生徒に囲まれて談笑している。注目になれきって、まるで人目を気にしていない様は、本当の王のような風格だった。

一緒にいるのは、同じウェリントン寮の監督生たちだ。

七年生のライアンとフィリップ、六年のニコラに、礼と同じ五年生のギルバート。彼らは制服の襟《えり》元に、監督生のバッジをつけている。

寮代表であるエドだけは、織の入った色つきのベストを着ており、周囲から羨望《せんぼう》の眼差しを受けていた。堂々とした立ち居振る舞い、爽《さわ》やかに笑っているエドには、美青年を象《かたど》った彫刻や、古い叙事詩の中で謳《うた》われる英雄を思わせる、完成された美が備わっている。人形めいた造作の中で、笑むたびに光をはらむ緑の瞳だけが、感情豊かで魅力的だ。

「でも、望み薄とは言えないよ」

と、礼の横を立ち去りながら、先ほどからエドの話をしていた生徒たちが声を潜めて言った。

「エドワード・グラームズには昔、男の恋人がいた。その話、知ってるだろ?」

あれって本当のこと? さあ。相手が勝手に懸想《けそう》しただけだとも言うけど。まさか。その気もないのにベッドに入れるわけがない。グラームズだって乗り気だったんだよ——。

好き勝手な物言いが耳に残り、礼は息を止めて、棒立ちになっていた。胸がざわざわと不安な音をたてていた。

「はりきりすぎさ、ライアン。出場するのはエドだぞ。きみじゃない」

不意にそのとき、すぐ真後ろからからかうような声がした。七年生のフィリップだ、と礼は思い、慌てた。振り返ると、いつの間にかエドを囲む一団は礼のすぐ後ろまで歩いてきていて、言われたライアンが熱く抗弁しているところだった。

「俺たちのエドが最優秀選手になるのに、はりきらないヤツがいるか？」

エドがそんなライアンに、困ったような笑みをこぼす。

「そう簡単じゃないよ、ライアン。相手のチームも良いプレイをする。ラグビーは俺だけでするわけじゃない。むしろ俺は助っ人要員だ。まずはチームのために全力を尽くすよ」

ライアンの崇拝を、エドは穏やかに窘《たしな》めていた。自然と相手チームをたて、他のメンバーも気遣う、模範的な回答だ。けれど興奮気味のライアンは、それを押しのけるように叫んだ。

「なにを言うんだ、きみはエドワード・グラームズだぞ。リーストンの王だ！」

さらに続けようとしたライアンだったが、ふと顔をあげて礼を見つけた。瞬間、はっきりと分かるほど嫌そうに顔をしかめる。

見つけられてしまった礼は、ドキリとして体を硬くした。逃げるには、不自然な距離だ。

「これはこれは変わり者のレイ・ナカハラじゃないか。今日も応援をボイコットするのかい？」

足を止めたライアンに、イヤミたっぷりに声をかけられて礼は口ごもった。

この学校に入ってから、礼は一度もスポーツの応援に出たことがない。愛寮精神の強いリーストンでは、とんだ変わり者の、冷たい人間だと見なされている。もっとも礼の本音では、応援に行ってみたいのだが――ただエドが、それを許さないのだ。

ちらと見ると、エドは一瞬だけ緑の瞳に怒りを載せた。

――なにをしている。なぜ見つかるような場所に突っ立ってるんだ。

言葉にはされなくても言いたいことが手にとるように分かり、礼はおどおどと縮こまった。

「よせよせ、ライアン。七年生が三年生をいじめるなんて……おっと、レイは五年生だったか」

フィリップがからかいまじりに言うと、六年生のニコラがニヤニヤと嗤う。

「たしかにレイじゃ、言われなけりゃ十三歳かと思うね」

ヨーロッパにいると、体が小さいから、いつも子どもに見られることが礼にはコンプレックスでもある。背も高く体も大きな彼らに囲まれると緊張して、うつむいてしまった。そのとき突然、ひょいと腕をとられ、礼はびくっと震えていた。

「腕なんて女の子みたいに細い。これじゃスプーンを持つのがせいぜいだね」

礼の腕をゆらゆらと揺すりながら言ったのは、フィリップだ。

無視か敵意。あるいは侮蔑《ぶべつ》か嘲弄《ちょうろう》。イギリスでは、他人からそんな感情ばかり向けられてきたので、触られた礼は怯《おび》えた。その矢先、エドがフィリップの手から、奪うように礼の手首をとってくれた。おや、と眼を丸くするフィリップに、エドがニッコリ、笑う。

「そういじめないでやってくれ。小さいのは日本人だからだ。応援に来ないのも、自由意志さ。レイは一人が好きなんだよ」

エドは礼をまるで見ずに、監督生の仲間たちにだけ言った。助けてくれてホッとするのと同時に、礼の胸には鈍い痛みが走った。

（僕は……べつに一人が好きなわけじゃない。ただきみが、一人でいろって言うから――）

モヤモヤしたけれど、礼に否定する権利はない。腕を放したエドが一歩前に出たので、礼の視界からはフィリップやライアンなど、他の監督生が見えなくなった。おそるおそる見上げると、エドの横顔は笑っていたが、眼だけにはイライラとした色がある。きっと礼が目立ったことを怒っているのだろう。早く謝って、急いで立ち去ったほうがいいだろうと思ったそのとき、

「レイ、一人じゃ行きにくいなら、俺と行くかい？」

ライアンの後ろから、声をかけられた。礼と同学年のギルバート・クレイスだった。

もっとも、六月生まれで十六歳の礼は本来なら六年生になる。ただ、十二歳からの渡英ということで、入学年を一年下げたのだ。イギリスの教育制度は、日本と違ってそうしたところが実に柔軟だった。とはいえ見た目には、礼はギルより三つは幼く見えた。

五年生にして監督生に指名されたギルは背が高く、エドと同じブロンドの髪に、垂れがちの眼を持つ美形だ。一見甘やかな顔立ちだが、その実きつい光を灯したギルの眼差しが、礼は昔から苦手だった。怖じ気づいて一歩後ずさると、ライアンが舌打ちした。

「お人好しだな、ギル。放っておけよ。レイは自分さえよければいい、個人主義者だろ」

「エドもご苦労様だね。持てる者の義務とはいえ、こんなワガママな義弟がいて」

ライアンの悪態に乗って、フィリップがおかしそうに肩を竦《すく》める。ニコラも礼を嘲《あざけ》るようにくすくすと嗤ったが、ギルだけはなにも言わず、じっと礼を見つめていた。

「レイのことより、試合が始まるから行かせてもらえないか」

と、苦笑気味にエドが言い、ライアンがハッとした。主役が遅れてはたまらないと、一行はあっという間に礼から興味を失い、立ち去ったが、それでもまだ声だけは聞こえる。

「でもエド、レイの勝手は眼に余らないかい？」

「いいんだよ、フィル。大体、俺は来年にはオックスブリッジだ。そうなると、レイとは関わりがない。収穫したりんごの箱の中にも、いつでも一つか二つは不揃《ふぞろ》いなものがあるだろ……」

優しい声音で、エドは冷たい言葉を言っている。それさえ遠くなり、彼らの姿が見えなくなってやっと、礼は深くため息をついた。苦手な監督生たちから解放された安堵《あんど》が半分。エドから嫌われていることを再認識させられた、悲しみが半分——。そんなため息だ。

憐れなエドワード。変わり者の日本人を、父親の気まぐれで義弟にさせられて。

それなのにその日本人ときたら恩知らずときた。だからエドはレイ・ナカハラを持てあまし、適度に放ってあるのだ――英国人紳士らしい、寛容でもって。

それがこの学校の生徒たちが抱いている、礼とエドへの感想だろう。

とはいえ礼はいつもはおとなしく目立たないから、誰の関心にものぼらない。ただエドの義弟だから、眼に入るとその身勝手さが気に障るらしい。

実際もう、近くを通り過ぎていく生徒たちは誰も礼を見ない。囲まれた恐怖と、エドを怒らせた後悔とでまだドキドキしている胸を押さえながら、礼はとぼとぼと歩き出した。

遠いグラウンドからは、小さく太鼓の音がする。開会式の準備が始まっているに違いない。まだいくらか広場に残っていた生徒たちが「急げ、試合に間に合わないぞ」と走り出し、礼の髪はその風になびいた。けれど礼には関係がない。今日この日、グラウンドでエドがどんな活躍をしても、それを生徒たちがどれほど賞賛しても、礼には関係がなかった。なぜなら関係しないことを、エドが望んでいるからだ――。

――ここにいたいなら、隠れていろ。誰の眼にもつくな。もしお前が俺を、愛しているなら。

いつか言われた言葉が、耳の奥に返ってきた。

楽しそうに声をあげてグラウンドに走って行く生徒たちの背を見ていると、冷たい孤独感が礼の胸の中に押し寄せてくる。今もしエドを愛するのを、やめる覚悟ができたなら。

(僕も笑いながら、グラウンドに駆けていけるのかな……?)

その可能性について、礼はもう何度も考えていた。

いくら愛してても、エドは振り向いてくれない。それならいっそ憎まれて、自由になるべきではないかと。けれど自由と愛を天秤《てんびん》にかけた最後の最後、礼はつい、愛を選んでしまう。

(伝わらない愛はある。……でも本当は、本当の本当は、いつか必ず、その愛も伝わる……)

幼いころ母に言われた言葉を、礼は思い返してみる。

母の言葉が本当かどうか、礼はまだ半分しか知らない。伝わらない愛があることは分かっていても、その愛がいつかは必ず伝わるという証《あかし》を、まだ見たことがない。

(……だってお母さんも、お父さんに伝わっていたかどうか、本当は知らないでしょう? 知らないまま、お母さんは、死んでしまったでしょう……?)

死の瞬間、母は自分の半生を懸けた愛について、どう考えていただろう。言葉を交わすことさえできない今となっては、礼のその疑問は、ただ胸の中でわだかまるだけだった。

見上げると、雨がちなイギリスの空は、今日も曇っていた。陰気に垂れ込める雲を見つめながら、礼は自分の内側にある歪《ゆが》んだ感情を感じて、思わず立ち止まっていた。

嫌悪と義務でもいいのだ。愛でなくてもいい。

数日おきにエドがベッドサイドに訪れ、礼が裏切っていないか、確認してくれるのなら。そんな繋がりでさえ、ないよりはいい。

そう思う自分を、礼は悲しく感じる。伝わらない愛にすがりつき、自分を殺して生きるのは、きっと間違っている。なのに、エドを愛しながら自由になれる方法が、一つも分からない。

（誰かが無理矢理、エドと僕を引き離してくれたら……諦められるのかな？）

グラウンドから、開会式を告げるファンファーレが響いてくる。熱狂と興奮に満ちた試合が始まろうとしている。

けれど礼は一人ぼっちで立ち尽くし、曇った空を見つめ続けていた。

二

十二歳の六月、母を喪った礼《れい》は、生きるべき世界をも見失った。

死んだ母の遺言は、「机の一番上の引き出しにある、ファブリス・グラームズ宛の手紙をどうか投函するように」。これだけだった。

礼は言うとおりにし、そして一週間後、イギリスからやって来た弁護士から伝えられた。

イギリスで、あなたの家族が待っている。あなたをぜひ、引き取りたいと言っていると——。

母が死んでから、礼はまるで自分が、色のない灰色の世界へ投げ込まれたような気分だった。

そこは見知らぬ土地で、どこへ行っても一人きり。心の中は空っぽになり、指の一本を持ち上げるのさえ辛かった。

(……この世界にはもう、僕を好きな人も、僕が好きな人もいない)

葬祭のほとんどを終えて、一人母と暮らしたアパートに取り残されてから、礼はそのことをハッキリと思い知った。途方もない孤独がどこまでも広がっていて、体が竦むほどだった。

「お母さん……」

小さく呼んでみても、「なあに、礼」と訊き返してくれた母の、あの温かい声はもうどこからも聞こえなかった。

……嘘でしょう、神さま。こんなひどいこと、あるわけない。

現実を受け入れられず、静まりかえった部屋の中、礼はこれからどうやって生きていけばいいのか分からなくなっていた。身寄りがない礼は、養護施設へ引き取られることが決まり、馴《な》染《じ》んだ町とも別れることになったけれど、それさえ非現実的で夢の中のことに思われた。自分が生きているのが不思議だった。

(だってもう、生きている理由がないもの……)

礼はそう考えていた。母を支えること、喜ばせること、いつか守れるようになることが礼の人生の全てだった。今さら、なにかべつの意味を見つけろと言われても困る。好きな絵も本も、好きな人がいないなら色あせて見えた。母がいてもなお残った孤独に耐えられたのは、母を愛していたからだ。愛さえない孤独は礼の心を押しつぶし、ぺしゃんこにしてしまった。

だからその年の七月、礼は誘われるままイギリスへ渡ったのだ。誰か、この灰色の世界にもう一度色を与えてくれる人を――母のように愛し愛される誰かを、求めていたのだった。

「レイ?　きみがレイかね」

グラームズ家で最初に会った男性に、礼はそう言って迎えられた。

長時間のフライトを終え、ヒースロー空港から車で一時間、礼が連れてこられたのは広大な庭の中に佇《たたず》む、古く大きなマナハウスだった。

森か公園のようなイングリッシュガーデン。薔薇《ばら》のアーチの向こうに建つ、白い柱と茶色のレンガでできた城のような屋敷。ホテルよりも広いロビーに礼は驚きっぱなしだった。

奥の間に入ると、そこは天井が高く二階まで吹き抜けになった部屋で、階上にはぐるりとバルコニーが渡され、螺旋《らせん》状の階段で繋がっていた。大きなガラス窓の向こうには、美しい庭園が見え、アンティークなソファが円状に置かれている。そしてそこに、母より十は上に見える男女が一人ずつ、腰掛けていた。

「私はこの家の当主で、ジョージ・グラームズだよ」

口ひげをたくわえた背の高い紳士にそう自己紹介され、礼は肩すかしを食らった。

彼がもしかして、ファブリス・グラームズ？　自分の父親だろうかと、緊張していたせいだ。

ジョージは後ろに控えていた女性を「妻のサラだ」と紹介してくれた。

礼は二人にお辞儀をし、まだ緊張したまま、英語で自己紹介をした。

「レイ・ナカハラです。招いていただいて、ありがとう、ございます」

たどたどしく言うと、ジョージは眼を細めた。

「素晴らしい、英語を話せるなら、きっと我々ともすぐ、親密になれる」

「ええ、それにとてもきれいなクイーンズイングリッシュだわ。通訳は必要ないのね」

サラが嬉しそうに言う。けれどその時の礼は、この場にいない父親のことが気になっていて、彼らの褒め言葉も頭に入ってこなかった。

――あの、ファブリス・グラームズは……僕の父はどこに？

訊こうかどうしようか悩んでいると、ジョージとサラが意味ありげに目配せしあった。とても小さな声で、「あなた、いいと思いますわ」「ああ、従順そうだな」と話しているのが耳に入ってきたが、礼が顔をあげると夫婦はニコニコし、ソファに座るよう促してくれたので、勘違いかと思ってしまった。

「メイドがお茶を持ってきてくれるわ。レイ、紅茶は好きかしら？」

「……はい、母がよく淹《い》れてくれました」

まだ緊張が解けずおずおずと答えると、サラは喜んだ。

「そう。よかった。あなたのお母様の話も聞きたいわ」

「イングランドで紅茶が飲めないと、砂漠で水が飲めないのと同じくらい困る。昔から、この国は紅茶に始まり紅茶に終わる国でね」

ジョージが冗談を言い、サラが大袈裟《おおげさ》に笑った。けれど、礼はいつになったらファブリスに会えるのか、そればかり気にしていた。やがて太ったメイドがお茶のセットを持ってきてくれ、部屋には紅茶の湯気と、焼きたてのスコーンの香りが満ちて、和やかな雰囲気に包まれた。そのとき、礼はとうとう辛抱できなくなって訊いていた。

「あの……ファブリスさんはどこにいらっしゃるんでしょう？　その方が、僕の……お父さんなのかと思って、会えると思って来たんです……」

勇気を出し、震える声で言い切ると、ジョージは真面目な顔でカップをソーサーに戻した。それから「レイ。落ち着いて聞いてほしい」と、静かに続けた。

「ファブリスは数年前に亡くなっているんだ。……彼はきみの言うとおり、きみの父親で、私の父親でもあった」

一瞬、礼はジョージの英語を聞き間違えたのかと思った。けれどたった今言われた言葉を思い返すと、それはどうしても「He died a few years ago……」としかならない。そのシンプルな英文の意味は、間違えようもなかった。

(数年前に死んだ？　ファブリスが……お父さんが？)

嘘だ、と、咄嗟《とっさ》に思う。

「……だけど手紙が、つい先月も届いてるのに」

喘《あえ》ぐように言うと、ジョージが一瞬、サラと眼を合わせた。

「あれは父の遺言でね。きみと、きみの母親には自分の死を知らせずに、援助を続けてほしいと……それで父の名前で、私が毎月、小切手を送っていたんだ」

頭の先から血の気がひき、体が小刻みに震えてくるのを、礼は感じた。

母の遺品整理の際、礼は初めて毎月来ていた手紙の中身を見た。中にはジョージが言ったように、いつも小切手が入っていて、母は一度も換金していなかった。

（そんな……ファブリスは、僕の父親はもう）

死んでいる？　信じられず、礼は固まっていた。イギリスにまで礼を渡らせた細い希望の糸のようなものが、ぷつんと切れたように感じた。

震える指を小さな膝小僧《ひざ》の上でぎゅっと握りながら、礼はショックで青ざめていった。父の存在だけをあてにしていたのに、それもなくなった今、礼の心は再び灰色の世界へ突き飛ばされ、眼の前が真っ暗になった。どうしよう、どうすれば？　と思うが、なにも分からない。

（じゃあこの先、僕はどこで、なんのために生きていけばいいの……？）

ジョージが痛ましげに眉《まゆ》を寄せ、サラが「かわいそうに」とため息をついた。

「でもレイ、きみは一人じゃない。きみと私は異母兄弟だ。年はかなり離れているがね」

礼は言葉もなく、ジョージを見つめた。それでは、やはり母は不倫の恋の末、自分を身ごもったということだろうか？　青ざめたままの礼に、けれどジョージは「心配ないよ」と笑った。

「父は若くして結婚してね。母は私を産んだけれど、二人は気が合わずにすぐ離婚したんだ。父は独身のときに仕事で渡英していたきみのお母様と出会い、そうしてきみが生まれた」

「……そう、なんですか」

少しだけホッとしたけれど、眼の前の、母より年上に見えるジョージが自分の兄だと言われたことには正直混乱していた。あまりに現実感がなく、どうしていいか分からなかった。

「ねえ、レイ。舅《しゅうと》を悪く思わないでね。あなたが生まれたと聞いて、ファブリスはすぐにあなたのお母様と結婚しようとしたの。でもこの……グラームズ家はとても古い名家なのよ。アジア人の自分が入れば、悪い噂をたてる人がいるだろうと、あなたのお母様は遠慮なさったの」

「きみのお母様は、心の立派な方だった。我々のような家には、スキャンダルは御法度《ごはっと》なんだ」

そんなものなのだろうか？　ここに来るまで、グラームズ家が由緒ある貴族の家だとさえ知らなかった礼には想像がつかず、だからこそ腹は立たないが、戸惑いはある。

「あなたのお母様が亡くなったことを知って……話し合ったの。世間には今さら、ファブリスに隠し子がいたとは公表できないわ。だからあなたのことは、恩ある友人の子どもとして、引き取れないかって」

「是非、そうさせてほしいんだ。そうすれば、今まで埋められなかった兄弟の時間も埋められる。可愛《かわい》い弟のことを、私も守れるからね」

「十二歳で天涯孤独になるなんて。神さまはひどいことをなさるわ」

不意にサラが悲しげに言い、礼の体を引き寄せて抱いてくれた。甘い香水の匂いが、鼻先まで漂ってくる。母とは違う香りだった。言われたことはまだよく飲み込めていなかったが、悪い申し出ではない。むしろ彼らは身寄りのない礼を守ってくれるというのだから、これほどありがたい話はなかった。どちらにしろ、日本に帰っても施設しか行くところはないのだ。分かりました、どうか僕をこの家に置いてください。そう言おうとしたときだ。

バタン、と扉を閉める音がすぐ頭上から聞こえてきた。続いて、コツコツと響く冷たい足音……とたんにジョージが顔をしかめ、サラはおろおろした様子で礼を放した。

「エド。まあ、待っていたのよ。今日はレイが来るって伝えておいたでしょう?」

ご機嫌をとるようなサラの声音に、礼は不思議に思って顔をあげた。

二階部分に張り出したバルコニーに、誰かが立っていて広間を見下ろしている――それは、ハッとするほどの美少年だった。

(エド……エドワード?)

金色に輝く明るい髪に、高く通った鼻梁《びりょう》と肉厚の唇。長い睫毛に縁取られた、エメラルドのような緑の瞳が印象的で美しい。少年とはいっても、礼より五つは年上に見える。

「そいつが、Sacrificeですか」

美しい眼を細め、つまらなそうにエドは言った。彼と眼が合い、礼はドキリと身じろいだ。彼の瞳は煌々《こうこう》と輝き、まるで夜空に浮かぶ二つの星のように見える。

なんて、なんてきれいな人なんだろう――。

前髪を掻《か》き上げる気だるげな仕草さえ絵になる。胸が高鳴り、礼はつい心臓のあたりを手で押さえていた。

と、ジョージは「エド」と厳しく、諫《いさ》めるような声を出した。つい先ほどまでの優しげだった顔に、苛立《いらだ》ちと怒りを浮かべている。それにしても今、エドは礼のことをなんと言ったのか。

(Sacrifice……?)

耳慣れない単語だ。意味はなんだろうと思っていると、エドが螺旋階段を下りて来た。

「レイ、紹介するわね。私たちの一人息子の、エドワードよ。九月で十四歳になるわ。普段は遠くのリーストンスクールに寄宿しているのだけど、今は夏休みなのよ」

サラが慌ててそう言ったが、エドは母親を無視し、礼を上から下までじろじろと観察した。その眼には礼に対する侮蔑のような色が含まれており、礼は思わず怯えてしまった。

(き、嫌われてる？　……日本人だからかな)

「この程度で、俺への供物《くもつ》になると？　まあ他にアテがないからでしょうけど」

鼻で嗤ったエドに、ジョージが「やめなさい」と唸《うな》った。と、エドは礼へ向き「おい、お前」と呼びつけた。それはまさに、「呼びつけた」と形容するに相応《ふさわ》しい、尊大な態度だった。

「『平気でうそをつく人たち』という本を読んだことは？」

見下ろす姿勢で不意にそう訊ねられ、礼はびっくりした。

エドの言葉は早口で、まだネイティブの英語に慣れていない礼はあまりうまく聞き取れなかったが、読んだか、と言われるのだから本のタイトルだろうと見当がつく。けれど知らなかったので、首を横に振ると、エドは皮肉げな笑みを浮かべて肩を竦めた。

「なら読んでおいたほうがいい。残念ながらアメリカ人の本だが、この家にいるつもりなら、ためになるぞ」

「エド、やめるんだ」

横から、ジョージが怒った様子でエドの言葉を遮《さえぎ》った。エドはせせら嗤い、部屋を出て行く。サラが「どこに行くの」と声をかけても無視している。

「今日の夕飯は、家族そろってする。定時に帰りなさい」

「いいえ。俺は遠慮します。Sacrificeがかわいそうなので」

またSacrificeという単語が出てきた。戸惑う礼をよそにエドは部屋を出て行き、サラが落胆したようにソファに座った。ジョージは腹を立てている様子だったが、それでも感情を抑えた声で礼に言った。

「すまないね、レイ。あの子はつい最近までまともだったんだが……少し前からおかしくなってしまったんだよ」

「おかしくなったのはあの子のせいじゃないわ、ジョナスなんていう下劣な子が……」

「サラ」

興奮気味に抗弁したサラを、ジョージが制した。サラはぐっと言葉を飲み込み、悔しそうにうつむいた。

（エドと家族は、もしかして仲が悪い？）

よく分からないが、上手くいっていないのは確かだろう。エドは反抗的で、子どもの礼から見ても、あまり褒められた態度ではなかった。母と支え合って暮らしてきた礼には、親にあんなに冷たく振る舞えることが少し信じられない。

けれどどうしてか、礼はエドを嫌いだとは思えなかった。イヤミっぽい言い回しをしていたが、エドはなにもかも本音で話している――そんな気がしたせいかもしれない。

その日の夕飯の席にはエドは現れず、どこでなにをしているのか、ジョージもサラもエドなど初めからいないように振る舞っていた。これからの話は後日しようということになり、礼は夕食後、与えられた居室に引っ込むことが許された。

礼の部屋として用意されたのは、屋敷の二階にある二間だ。一方が寝室で一方が勉強部屋。勉強部屋の本棚にはぎっしりと本が詰まっていたので、礼は眠る前、なんとか辞書を捜しあて、聞いた音だけを頼りにSacrificeという言葉を引いた。英語の辞書なので、なかなか意味にたどりつけない。何度もひき、そうしてようやく理解した。

(……いけにえ?)

――エドワードは礼を生け贄《いにえ》だと言ったのか? 誰のための? そして、どうして?

時差と、長時間の移動、慣れない英語に、知らなかった事実を聞かされたショックまで合わさり、体も心も疲れているはずなのに、礼はなかなか寝つけなかった。

辞書を抱いてベッドに転がると、瞼の裏に、バルコニーの上から冷たい顔で礼を見下ろしていた、エドの美しい瞳がちらついた。

(緑色のシリウスが二つ、並んだみたいにきれいだった……)

夜空で一際強く、ぎらぎらと光る星のことを、礼は思い出した。

母違いの兄だというジョージよりも、甥《おい》と叔父の関係になるはずのエドのほうがどうしてか礼を惹きつけ、そしてどこか近しく感じられた。それは年齢のせいなのか、エドの持つ不思議な魅力のせいなのかは分からない。

(……もう一度、あの人と話してみたいな)

眼を閉じ、星のような瞳を二つ思い浮かべているうちに、礼は久しぶりに、母のことを思い出さずに眠りに落ちていた。


グラームズ家に引き取られた翌日から、礼には三人の家庭教師がつけられることになった。

「九月になったら、ここから通いで行けるプレップスクールに入学できるよう手続きはすませてあるの。あなたのために、一学年下げたわ。だから休みの間に、少しでも英語に慣れたほうがいいわね」

サラにはそう言われ、礼は簡単にこれからの生活について説明を受けた。

義兄のジョージ——戸籍上は、養父となる——は、礼をいずれエドと同じリーストンという名門パブリックスクールに通わせたいが、そのためにはまずプレップスクールに通学せねばならないそうだ。

イギリスでの生活は未知で、想像もつかない。不安だったけれど、養ってもらうからには言われたことは努力しようと礼は思った。毎日の勉強の他に、グラームズ家の恥にならないようにと屋敷の執事から礼儀作法も教えられ、礼の毎日は忙しくなった。けれど忙しくてよかったのかもしれない――。

礼が来た翌日には、ジョージはロンドンへ行ってしまった。サラいわく、会社はロンドンにあり、ジョージが屋敷に帰ってくるのはたまのことだという。

サラのほうも社交で忙しいようで、あちこちの夕飯に招かれたり、買い物や小旅行に出かけたりとあまり家におらず、礼は最初の日以降、ずっと一人で食事をとることになった。

話し相手といえば家庭教師くらいだったが、例えば礼の父、ファブリスのことを訊いてみても、「会ったことがありません」と返ってくるばかりで、私語はほとんどさせてくれない。執事や使用人も、どうしてか礼と私的な会話を避けているようだった。

初日に会ったエドにも、まるで会わなかった。夏休みで家にいるはずが、夕飯の席でさえ見かけない。一度だけメイドに、「エドワードさんは、どこにいるんですか？」と訊ねたけれど、「さあ、わたくしには分かりかねます」と首を傾げられただけだった。

誰も彼もがよそよそしく、冷たい。

あなたのお母様の話を聞きたいと言っていたサラは、礼の部屋を訪れることもないし、兄弟の時間を埋められると微笑んでいたジョージも、電話一つ寄越さずロンドンにいる。使用人は礼と眼が合っても、すっと静かに逸らしてしまう。

グラームズ家にやって来て六日が経つ頃、礼は気づき始めた。もしかするとこの家にいる限り、こんな生活はずっと続くのかもしれないと。

家族になってほしい。そう言われてやって来たから、もっと自分に関心を寄せてもらえると思いこんでいた。けれど礼が思っていた家族の形と、グラームズ家の家族の形は違っているのかもしれない――。

(この先ずっと、ここで暮らしていける……? もしかしたらこんなふうに一生、一人でも)

広大な屋敷の片隅、自室の中、一人家庭教師から出された宿題を片付けている途中で、礼は自分に問いかけてみた。

すると指先が震え、息が乱れるほどの緊張に襲われた。孤独と絶望が心に押し寄せてきて、叫び出したくなる。これは悪い夢ではないのか。本当の自分は日本にいて、母は生きていて、長い長い夢を見ているだけでは……? 何度か、礼はそう思った。

けれど頭ではこの信じられない現実が本物だと分かっていて、礼はもうどうしようもなくなると、ベッドに突っ伏してすすり泣いた。

……耐えられない、助けて。お母さん。助けて。

心の中で呼びかけながら、礼が思い出していたのは母の言葉だ。

――人から愛されるためには、まず自分から愛さなければ……。

（お母さん、本当？）

問いかければ、本当よ、と礼の中の母が笑う。

（じゃあこの家の人たちのこと……僕は、好きになりたい――）

礼はジョージを、サラを、そして使用人たちを好きになり、親切にすれば、彼らも自分を受け入れてくれる……そう信じようとした。執事には、次にジョージやサラが帰ってくるのはいつなのか、もし帰ってきて一緒に食卓を囲めるなら、そのとき自分が手料理を振る舞いたいと話してみたり、メイドにもエドが屋敷のどこかにいるなら、参考に学校でのことを聞かせてほしいと言ってみたりした。けれど誰も取り合ってくれなかった。彼らは日本から来た子どもが、妙なことを言い出したというように眉を寄せて首を振るだけ。

幼い努力は無視され続け、やがて礼は、ジョージもサラもエドも、礼と関わりたくないのだと察するようになった。屋敷の中には何枚もの家族写真が飾ってあり、ジョージとサラ、そしてまだ小さなエドが笑顔で映っていた。けれどその中にファブリスの写真は一枚もなかった。

礼が来て二週間が経った週末、ジョージが久しぶりにロンドンから帰宅した。サラもそろい、三人で午後のお茶を囲むことになった。

エドも来るかもしれない……と思ったが居間に姿はなく、礼は少しがっかりした。アフタヌーンティーの最中、礼は思いきってファブリスの写真はないのかと訊ねてみた。ジョージは一瞬眉根を寄せたが、すぐに苦笑し「父は大の写真嫌いでね」と言った。

「それにあまり、家庭に興味のない人だった。家族写真も残っていないんだ。私は父のそんなところが不満で、自分はこうして、家族の写真を飾っているんだよ」

「そうだわ、ジョージ。レイも新しい家族になったんだもの。今度は四人で写真を撮りましょう。一番よく見えるところに飾りたいわ」

サラが甘えるようにジョージに言い、ジョージもそうだなと笑ったので、礼の質問はすぐに流れてしまった。今度ロンドンで、私たちに相応しい素晴らしい額を選んで来よう——ジョージは楽しそうに言ったけれど、礼はなんとなく信じられなかった。

(……本当にこの人たちは、僕と写真なんて、撮りたいのかな)

つい、疑ってしまった。ファブリスの話をするのが嫌で、嘘をつかれただけでは。考えたあとで、礼は自己嫌悪した。寄る辺のない自分を迎え入れてくれた二人に、こんな気持ちは抱きたくない。それに二人のことを、好きになりたいと思っているのに……。

嫌な気持ちを忘れようと、礼は顔をあげて壁に飾られた家族写真を見つめた。小さなエドが、両親に囲まれて屈託のない笑みを浮かべている。相変わらず造作は整って美しかったが、写真の中のエドは最初に会った時の印象とは違って、とても素直そうだった。どこをどう間違っても、礼に「生け贄」などとは言いそうにない。そして写真は、どうやらここ数年は撮られていない様子だった。少なくとも礼が見た、あの大人びた容姿のエドはどこにも写っていない。

写真の中の無邪気そうなエドから、今のエドに変化したのは、なぜなのだろう?

ジョージとサラの話題はもはや礼のことなど忘れたように、ロンドンの株の話になっている。サラが個人で所有している株の価値が下がっているらしい。なんとかしてあなた、HL社が今は買い時だって聞いたわ。新しいドレスが必要なの……。

(サラは……エドが心配じゃないのかな。夏休みなのにちっとも会ってないみたいなのに)

しきりとお金の話をしているサラを見ながら、礼は自分の母とサラは、ずいぶん違うなと思った。

週末が終わると、ジョージはロンドンに戻り、サラもまた忙しく出歩くようになった。家族写真は結局撮らないままだった。

「……少し、家の中を歩いてみてもいいですか?」

その日の課題が終わったので、礼はおそるおそる家庭教師に訊ねてみた。

イギリスにやって来てから、礼はなにをするにもびくびくしどおしだった。

周りはみんな礼より大きく、なにより礼に関心がない。誰からも愛されていないという気持ちに、礼は萎縮し、無意識のうちに他人の顔色ばかり窺うようになっていた。

その日も怯えながら訊いた礼に、初老のその家庭教師は「どうぞ。あなたのお家でしょう」とだけ言い、部屋を出て行った。

季節は八月にさしかかろうとしており、その日はイギリスには珍しい晴天の一日だった。

礼は古く広大な屋敷の中を、一人さまようように歩いた。

ひんやりした石の壁。埃《ほこり》っぽい匂いの中、高い位置に据《す》えられた窓から陽光が射して、その光の帯の中で空気に舞う埃がきらきらと輝いていた。

大きな階段にさしかかり、下を覗いた礼はあっと思った。

すぐ下の踊り場の壁に、一枚の絵が飾ってあったのだ。大きな額の中、緑と黒を基調にした絵は、ミレイのオフィーリア。礼の好きな絵だった。

ミレイはイギリスを代表する画家の一人で、代表作であるオフィーリアはラファエル前派の最高傑作とも言われている。題材はイギリスのみならず、全世界で上演されるシェイクスピアの舞台『ハムレット』の一場面を切り取ったものだ。

恋人のハムレットに冷たく突き放された少女、オフィーリアは、花を摘んでいる最中川で溺《おぼ》れて死んでしまう。その死は単に足を滑らせただけか、それともハムレットへの失恋に苦しんだ末の自殺なのか、真相が分からない。謎に満ちたオフィーリアの死は悲しく、ミレイだけではなく大勢の画家が彼女の死をモチーフにして作品を遺している。

しかしそのいくつもの絵の中で、礼はミレイのオフィーリアがとりわけ好きだった。

薄暗い川の中に浮かんだあどけない少女、顔の周りに、花冠のように花が散っている——。

一度日本の美術館にこの絵がやって来たとき、礼は母と二人で展覧会を見にいった。すっかり心惹かれ、ミュージアムショップで画集を開いてためつすがめつしていると、母がそれを買ってくれた。値段が高かったので礼は慌てたのだが、

「この絵、好きなんでしょう。嬉しかったら、キスしてくれたらいいのよ」

母はおどけて言っていた。画集を受け取った礼は嬉しくて、母の頰にキスをしたものだ。

それから一ヶ月ほどは、買ってもらった画集を見て、夢中でオフィーリアを模写した。母が本屋で『ハムレット』の英語版を見つけてきてくれ、眠る前に少しずつ一緒に訳しながら読んだりもした。布団の中で本を広げた母が、礼にぴったりと寄り添いながら「オフィーリアは自分から死んだのじゃなくて、足を滑らせたんだと思うわ」と言いきっていたのを覚えている。

「どうしてそう思うの？　だってどうやって亡くなったか、分からないって書いてあるよ」

不思議に思って訊くと、「オフィーリアはハムレットのことを愛していたもの。きっと彼の心を取り戻せると信じてたはずよ」と、母は一人決めつけていた。

「ハムレットはオフィーリアにひどいことを言ったのに？」

「愛していても、ひどいことを言ったりするでしょ？　愛さないことが、愛の場合もある……」

「嫌いなことがいいことなの？」

礼がびっくりすると、母は「礼にはちょっと、難しいわね」と、おかしそうだった。

「お母さん時々、考えるの。人が生きている時間なんて、そんなに長くないでしょう。なのに

どうして、上手に愛せなかったり、人に冷たくしてしまうのかって」

礼はそんなことを言う母の顔を、思わずじっと見つめてしまった。

朗らかな笑顔の下で――。時々、なぜ人は、人を上手く愛せないのかを考えているという母。

その言葉に、淡く胸の痛みを感じた。

幼い礼にはよく分からなかったが、母がそんなふうに考えるのは、愛されない痛みを知っているからでは。

そして母を愛してくれなかったのは、父ではないか。そう感じたせいだ。

母は優しく眼を細め、「だから好きな人のことは、なるべく好きなままがいいわ」と言った。

「ずっと好きなままがいい。愛したら、相手がどうでも……お母さんは愛していたい。そうすればいつかは、愛が返ってくる。過去の愛は、きっと生きるための道しるべをくれる……」

独り言のように言い、母は礼の体を抱き寄せてくれた。そうして囁《ささや》くように「お母さんには、礼が来てくれたみたいにね」と言ったのを、礼は今でも覚えている。

それにしても、この屋敷に「オフィーリア」があるとは。本物は国立美術館に収蔵されているから複製画だろうが、大きさまでそっくりで、礼はドキドキしながら階段を下りていった。けれど、あと数段というところでぴたりと足を止めた。絵の前に、エドワード・グラームズが立っていたのだ。

仕立てのいいベストとシャツを着崩し、スラックスのポケットに両手を突っ込んで、エドは睨《にら》むように絵を見ていた。天窓から差し込む光がエドの双眸に映ってきらめき、それがあまりに美しいので、礼は息を呑んだ。

「……なんだお前?」

エドから声をかけられてやっと、礼は我に返った。エドは、じろりとこちらを見上げている。

「あ、あの……すみません。そこの、オフィーリアを、見たくて……」

初めてこの屋敷に来たときに会って以来なので、エドと顔を合わすのは二週間ぶりだった。緊張して声が震え、頬に熱が集まってきた。けれどエドは胡散《うさん》臭げに眼を細め、「ここに先にいたのは俺だ。お前は去れ」と傲慢《ごうまん》に言い放った。同時に、くいっと顎《あご》をしゃくる。

その態度ときたら、これほどまでに人に命令し慣れている人間がいるのかと驚くほどだ。エドには、まるで王子か王のような風格が自然とにじんでいる。つい言うことをききたくなったが、もしかしたらこれがエドに会える最後のチャンスかもしれない。

「……あの、あの……っ、どうして僕を、いけにえって言ったんですか?」

気がつくと階段を下り、ずっと気になっていたことを訊いていた。初めて会った時から、礼はエドの言ったSacrificeの意味について考えていた。足は震え、怖くて仕方なかったが、礼は勇気を振り絞った。エドは礼の行動に眉をしかめると、すぐに鼻で嗤った。

「どうして? この家に来たら分かっただろう。ここがどんな家で、住んでるやつらがどういう人間か。さほど楽しい生活じゃないのも、理解できたんじゃないか?」

エドの言葉は難しい。皮肉に満ち、核心を言わない。けれど彼は、嘘をついてはいない……。

「ま……たとえ生け贄でも、構わないか。お前だって金が欲しくてこの家に来たんだろうから」

けれど続けられた言葉には、びっくりした。金目当て？　咄嗟に「え？」と声をあげたあと、礼は必死になって否定した。

「ど、どうして？　ち、違います。お金目当てなんて……なんのことですか？」

「違う？　ファブリスの遺産目当てで来たんだろ？　安心しろよ、祖父はお前に遺産を残してる。それも相当な額だ。ジョージが腹を立ててるくらいにはな」

フン、と嗤われ、礼はただ困惑した。小馬鹿にする視線とエドからの威圧感に、小さな体がいっそう縮こまり、指まで震える。怖かったけれど、間違っていると思ったので、再び勇気を出して続けた。

「い……遺産、なんて知りません。僕は、お金がほしくて来たわけじゃ、ありません」

細い声で反論する。それは本当のことだ。日本まで迎えに来てくれた弁護士からも、そしてジョージからも、遺産についてはなにも聞かされていない。

日本では貧しい暮らしだったからお金のありがたみはよく分かっているが、それだけが人生の全てではないことを、礼は母から学んできた。遺産がほしいなんて、チラとも思ったことはないし、考えも及ばなかった。

けれどエドは、まるきりそれを信じるつもりがないようだ。

「嘘をつけ、金が目的じゃなきゃ、なんでこんな異国まで来る」

「それは……僕はお父さんが生きていると思ってて……家族になりたいと言われたから。母を喪ってて、悲しかったし……誰か家族になれる人がいると思ったら、来ずにいられなくて……」

英語で、自分の気持ちに添う単語を探すのは難しかった。震えが収まらず、両手を胸の前でもじもじと結ぶ。持って回った言い回しなどできず、正直に言うとそれは弱音になる。弱音を吐くと淋しさに襲われてうつむいたが、エドには「やっぱり嘘だな」と一蹴《いっしゅう》された。

「ど、どうして？」

思わず、礼は顔をあげた。真面目に話しているのに、信じてくれないエドが分からない。けれどエドは白けた顔で、冷たく礼を見下ろしていた。

「見ず知らずの、それも外国人に家族として愛される……本当にそんなことを信じて、こんなところまで来るような人間がいるか？　俺なら来ないな」

礼は一瞬言葉を失ったあと、思わず漏らした。

「……でも、一人では、生きていけないでしょう……？」

エドはつまらなそうな顔のまま「なぜ」と短い言葉で、礼を否定した。

「俺は生きていけるが？　一人は自由だ。そのほうがいい」

礼はぽかんとし、声もなくエドを見つめていた。もうなにも言えなかった。言葉が出てこない。それはエドの言葉が図星だったからでも、冷淡だったからでもない。

ただはっきりと気がつかされた。自分は——会ったこともないグラームズの人間に、家族として愛してもらいたい。まさにそう思って、ここまで来ていて、そうして、愛し愛されなければ生きられない。そんな人間なのだと。

(僕はそんなにまで……誰かが必要なの？)

自分の弱さを、眼の前に大きく引き伸ばして見せつけられたような気持ちだった。

一人のほうがいいと言うエドの、そんな価値観や生き方がこの世にあるとも知らなかった。礼はずっと母を愛し、愛されて生きてきた。世の中の誰しもが、そんなふうに生きていると思い込んでいた。

「なぜ金目当てじゃないと言い張る。べつに悪いことじゃない。当然の権利だ」

黙り込んだ礼に構わず、エドは続ける。

「大体、お前は面倒をみてもらうことをアテにして、この家に来たんだろう？　まだなんの力もない子どもなら、生きるためにそうするのは普通だと思うが」

「……違うよ、本当に」

小さな声で、それだけは否定するとエドは呆《あき》れたように「素直じゃないな」と息をついた。

礼は今さらながらだが、もどかしくなってきた。どうして違うということを、信じてもらえないのだろう？

「そこまで言い張るなら、日本に帰れよ。遺産もなにもかも固辞してな。大体、本気でここにいて、グラームズの家族になれると信じているなら、お前は相当おめでたい。ジョージやサラが、お前を愛するわけがない」

「……どうしてそんなこと、分かるの？」

うすうすそうだろうと気づいていながら訊き返した。するとエドは、緑の瞳をすうっと細めて言い放った。

「決まってるだろう。ペディグリーが違う」

ペディグリー。

意味はたしか、血統だ。

「知ってるか？　貴族の血は、青いらしいぞ」

エドはどうしてか自嘲するように、眼を細めて鼻で嗤った。

「お前みたいな混血児は一族の、青い血を汚してる。だから親父は、お前を血の繋がりがない知人の子どもという名目で引き取ったんだ。お前の母親が、自ら遠慮してファブリスと結婚しなかった？　まさか。そうじゃない。グラームズ家の血を汚されたくなくて、ジョージが反対したのさ。ジョージは血を汚した祖父を憎み、祖父もジョージを許さなかった。それでも、お前を引き取らなかったんだから、ファブリスだって血に縛られてたんだよ」

お前は愛されていない、むしろ嫌われている。しかもその理由は、日本人の血のせいだと言われている。礼は心臓が嫌な音をたてるのを感じた。胸の前で握った両手がぶるぶる震えたが、それでも礼は、エドの価値観は間違っていると思った。

「そんな……血なんて、大したものじゃないのに……」

だから喘ぐような声で、なんとか反論する。

「大したものじゃない、と思う時点でお前は違う。もう、青い血じゃないのさ」

とたんに突き放され、礼は困惑し、立ち尽くした。

血統。血の色。混血児は血を汚す？　とても理解できない、未知の価値観だった。

「それとも、お前はまだよく知らないこの俺のことも、愛していると言えるのか？」

無言で固まっていると、不意にエドが突拍子もない問いを向けてくる。礼は眼を瞠《みは》り、おずおずと、エドの美しい顔を見つめた。

エドを、愛しているか？　会ったばかりの、まだよく知らないこの少年。それも、自分を傷つけてくる彼を……？

うろたえながら、礼はふと気がついた。自分だって、会ったばかりの相手に愛情を求めていた。見知らぬグラームズ家の人間には求めて、自分のほうは愛さないというのはおかしい。それに母なら、きっとこう言う。

――初めに、愛すると決めるのよ。

それがどんな相手で、自分をどう思っていて、たとえなにも、返ってこなくても。

「……愛せると……思うよ。ううん、愛したい……」

小さな声だったけれど、礼はそう答えていた。口にした瞬間に、なぜかそれが本心に思えた。

愛したい。誰かを愛していたい。

眼の前のエドのことだって、できることなら好きになりたい……。

エドは片方の眉をつりあげ、バカにしたような笑みを浮かべている。

「薄っぺらな言葉だな。だが、ここにいるなら平気で嘘をつけたほうがいい。そういう意味じゃ、お前も合格かもしれない」

蔑《さげす》むような口調で言うと、呆然としている礼を置き去りにして、エドは階段を下りてしまった。

薄っぺらな言葉。

自分でもそうだと感じた。

一体誰が、ほとんど初対面の相手に愛すると言われて、それを信じるだろう?

それでもそんな言葉を言ってまで、自分はエドからなにをもらおうとしていたのか――。

(たとえ薄っぺらでもいいから……あの人から好きだって、言われたかったのかも……)

そう思うと、礼の眼にはじわじわと涙が浮かんできた。

――一人では生きていけない。誰か、愛さなければ……。

弱い自分の心が見える。うつむくと赤い絨毯《じゅうたん》の上に涙がこぼれ落ち、消えていった。

複製画の中から、オフィーリアだけが礼の泣く声を聞いている。

生まれた国からは遠すぎるイギリスの土地で、礼はどうしようもなく今、たった一人ぼっちだと自覚していた。

三

　翌日の午後、家庭教師が帰り、今日出された宿題を片付けている最中、礼《れい》は少し冷静になって、そう考えるようになった。

（でも、エドワードさんの言ったことも、当然かも。実際、僕はグラームズ家にお世話になってるんだし……お金目当てと思われても、仕方ないか……）

　無意識に、ため息が漏《も》れる。一晩経ってみると、このままグラームズ家にいていいのか、ますます分からなくなってしまった。

（本当は歓迎されてないなら、日本に……帰ろうかな）

　けれどそう考えても、結局は同じだと気づいてしまう。

（日本に帰っても……一人ぼっちなのは変わらない。きっと、どこにいても同じ――）

　愛している人も愛してくれる人も、イギリスにも日本にもいないのだ。どうしていいか分からずに途方に暮れ、大きな辞書の上に突っ伏したとき、廊下に足音が聞こえた。

　礼の部屋を訪れる人間は、家庭教師くらいだ。使用人が廊下を通っていくところかとボンヤり聞いていると、予想に反して部屋の扉が乱暴に開け放たれた。

しかも、部屋に入ってきたのはエドワードだ。

驚いて思わず背筋を伸ばした礼に、「おい、なんだこれは！」とエドが怒鳴る。乱暴に扉を閉め大股に近づいてくるエドを、礼は眼を白黒させて眺めていた。エドは明らかに腹を立てており、そうして手にはなにやら英文がぎっしり書かれた書類を持っていた。

「親父の書斎で見つけた。いつサインした？　なんでサインした！」

怒鳴り散らし、エドが机の上へ書類を叩《たた》きつける。見ると、それは数日前グラームズ家の弁護士から養子縁組の手続きに必要なものだと差し出され、サインした書類のコピーだった。

「……養子縁組の……書類？」

なぜこれを見て、エドは怒っているのだろう。自分と家族になることが、そんなに嫌だったのだろうか。おろおろしながら見上げると、「違う」と鋭い声が返ってきた。

「よく読め！　遺産相続を放棄する書類だ。ファブリスが……祖父がお前に遺した遺産のすべてを、放棄する、と書いてある。なんでサインしたんだ、バカかお前は！」

凄《すご》まれ、礼は書類に眼を落とした。難しい英文で、専門用語がずらずらと並んでいるので、すぐには読めない。英英辞書を引き寄せ、最初のタイトルだけでもと急いで訳す。

「……遺産相続放棄に関する同意書……？」

やっと訳して呟《つぶや》くと、エドが舌を打った。礼はただ、サインさえしてくれればいいと言われたからした。けれどそうか、遺産の相続放棄の書類だったのか――。

「もしかして僕……嘘つかれてた……？」

遺産については、そもそもその存在すら知らなかったから、怒りは湧《わ》かなかったが、悪意があってされたことなら悲しかった。ジョージが自分を愛していないという、決定打に思える。

「やっぱりジョージさんは、僕をよく思ってないんだね……」

気がつくと、ぽつりとそう呟いていた。ただジョージの気持ちも、礼には分かってしまう。父親が母親とはべつの女性に産ませた子どもだ。普通なら受け入れられない。

「はあ？　なにを言っている。この際、親父の好意なんてどうでもいいだろ。お前の権利が不当に奪われたんだぞ。もらえる金をもらえなかったらここに来た意味がない。お前、訴えろ」

礼はその時初めて、不思議に思った。形のいい眉《まゆ》をひそめているエドから、怒気を感じる。

（もしかして……怒ってくれてる？　僕のために？）

素直に、嬉《うれ》しい、と礼は思った。

エドが礼のために、怒ってくれている。それがただ嬉しかった。本当に関心がないなら、こんなふうに腹を立てたりはしてくれない。この家に来て二週間あまり、初めて人の感情に触れた。それが嬉しく、胸の中に温かいものが満ちてくる。礼は思わず言っていた。

「エドワードさんて……優しいんだね」

「はあ？」

「だって、僕のために怒ってくれてる。僕、嬉しい」

英語はまだ、やっと会話が成り立つ程度だ。複雑な言い回しはできない。シンプルに気持ちを伝えると、そのせいか、エドは嫌な顔をした。

「優しい？　バカか。俺はただ、お前が損をしているから教えてやってるんだ」

「でも親切にしてもらえて、僕は嬉しいから……ありがとうございます」

言葉を重ねると、エドは一瞬眼を見開き、驚いたようだった。

この人はもしかすると、少し不器用なのかもしれない。不意に礼は思った。

皮肉やイヤミを言うのは得意でも、感謝を受け取り、優しい言葉を素直に言うのは、苦手なのかもしれない。するとどうしてか、頭の奥で母の声がした。

――してくれたことだけ見るの。その人がしてくれたいいことだけ。助けてもらえたことも。それが愛していくための秘訣なのだと、いつだったか母は教えてくれた。

（どんなに意地悪を言っても……この人は僕のために怒ってくれて、こうして僕の部屋まで来てくれた）

冷たい態度よりも、してくれたことだけを見れば、エドは優しい。

礼にはそう思えた。とたん、

（僕、この人のこと、ちゃんと好きになれそう……）

そう思った。笑みがこみあげ、眼の前がパッと明るく、開けていく。

好きになれそう。もしかしたらもう、好きかもしれない。自分の心の中に、誰かへの愛情が湧いてくる。母が死んでからずっと、固く閉ざされてカチコチになっていた心が、優しく温かなもので和らいでいく……和らいで、そしてそんなふうに感じられる自分を、礼はとても久しぶりに好きだと思えた。

（僕、ここで生きていける……？）

もしも好きな人がいれば、生きていけるかもしれない。イギリスに、いられるかもしれない。

「……どうした。なぜ泣いている」

呟くように訊《き》かれて、礼は眼もとに手をあてた。指先がわずかに濡《ぬ》れて、ようやく礼は自分が泣いていると気がついた。予期せぬことにびっくりして、慌てて涙を拭《ぬぐ》う。

「わ、ほんとだ。な、なんでだろ、ずっと、緊張、してたからかな……？」

涙は拭《ふ》いても拭いても、あとからあとからにじんで、頬《ほお》にこぼれてきた。張り詰めていたものが緩み、その涙で固くなっていた心まで溶かされるようだ。

けれどこんなに泣いていては、エドに呆《あき》れられるだろう。礼は急いで泣き止もうと、手の甲で瞼《まぶた》を擦《こす》る。しばらく黙って見ていたエドが、不意に舌打ちした。

「やめろ、擦ると眼が腫《は》れるだろ……」

大きな手のひらで両手首を掴《つか》まれ、ぐっと顔から離される。礼は眼を見開いて、エドを見上げた。エドの手は、想像よりずっと大きく、そして温かかった。

「お前……眠れてないのか？」

訊いてくる声も、今までのエドの声より少し優しく聞こえる。

一瞬その真意が分からずに首を傾《かし》げると、「眼の下が黒ずんでる」と言われて納得した。みっともない顔を見せたことが恥ずかしく、頬が赤らむ。

「お母さんが死んでからは、寝付きが悪くて……」

弱音を吐くのが気まずくて、礼は顔を伏せた。けれど礼の手を放したエドは、シャツのポケットからきれいにアイロンのかかったハンカチを取り出した。

「これを使え」

差し出されて、礼は戸惑った。おそるおそるハンカチを受け取り、ぺこりと頭を下げる。エドの行動にびっくりさせられたせいで涙はもう止まっていたが、濡れた睫毛《まつげ》に当てると、ハンカチからは優しい香りがふわっと漂ってきた。

「いい匂いがする……」

思わず鼻にあてると、エドが「ラベンダーだ」と教えてくれた。

「ハーブの一種で、うちの庭にも生えてる。イギリスじゃ、どこの家でも大体見かける。香りには鎮静効果があって、昔からハンカチを日干しするときに、花の上にかけて乾かすんだ。すると匂いもうつる……言っておくが、やったのは俺じゃないぞ。メイドだ」

ずいぶん乙女チックなことを、と思って眼を丸くしていたのが分かったのか、エドがムッとしたようにメイドのことを付け加えた。その反応がおかしくて、礼はふふ、と笑った。

「今泣いてたくせに、もう笑うのか。……ゲンキンなやつだな」

呆れるエドに、礼はえへへ、と笑いながら、恥ずかしくて頬を染めた。そんな礼をじっと見て、エドはなにを思っていたのか、小声で付け足した。

「……金目当てじゃないっていうのは、本当だったんだな。じゃあお前は本気で、ただ愛されたくて来たのか？」

エドの声ははっきりと聞こえなかった。礼が眼をしばたたくと、エドは「まあいい」と呟いた。

「俺には関係ない。お前が親父を訴えないなら、俺の用は終わりだ」

机上から同意書のコピーをさらうようにして取ると、エドはあっさり踵《きびす》を返してしまった。もう少し話したかった気がして、礼はしょんぼりと肩を落とした。けれどそんな礼に、エドは小声で付け足してくれた。

「……俺のことはエドでいい。長々と名前を呼ばれるのは好きじゃない。敬語も不要だ」

それは素っ気ない口調だったけれど、礼の胸にはじわじわと喜びが広がってきた。エドが自分に、少しだけ心を開いてくれたようで――。嬉しくて「はい」と頷《うなず》く。そのときにはもう、エドは扉を閉めて出て行っていた。

（エドワードさん……エド、次、会えるのはいつだろ？）

エドが立ち去ると、やはり一抹の淋しさに襲われた。この広い屋敷の中をくまなく探したところで、エドに会えるかは分からない。いくら名前で呼ぶことを許してはくれても、エドが礼を訪ねてくれるとも思えない。

エドが去っていった扉を見つめ、礼はいるかいないか分からない神さまへ祈った。

「夏休みが終わる前に、あと一度でも、会わせてください……」

そうすれば、もう少しこの国で頑張れるかもしれない。礼はそう思ったのだ。

ところが意外にもすぐ、礼のその願いは叶《かな》えられた。その晩眠る間際になって、エドが礼の部屋にやって来たのだ。

「なんだその顔は」

パジャマ姿で出迎えた礼が驚いて眼を瞠《みは》っていると、エドは不満そうに眉根《まゆね》を寄せ、舌を打った。寝巻きの上から薄手のナイトガウンを羽織ったエドが、ずかずかと部屋に入ってきて、無遠慮にベッドに座る。「ほら」と、なにやら差し出され、礼は戸惑いながら受け取った。それは紗《しゃ》でできた小さな巾着で、紫色の可愛《かわい》らしい花房が五つほど包まれていた。

「……ラベンダー？」

昼間貸してもらったハンカチと同じ甘い香りに気づいて呟くと、エドは礼の手からそれをひったくり、枕カバーの中へ無造作に押し込んだ。

「本当はポプリにして入れる。けどまあ、これでも効果はある。枕に入れると、ラベンダーの香りでよく眠れる……俺はやったことないがな」

エドはつまらなそうに言う。礼はしばらく固まったままだった。

「庭から花を、摘んできてくれたの……？」

もしかすると、礼が寝つけないと言ったからだろうか。大きな黒眼をますます大きく開くと、エドが怒った声を出した。

「昨日、俺が勘違いをしたからだ。これで貸し借りはなしだろ」

勘違い、と言われて、礼は一瞬なんのことかと思った。やがて金目当てと言われたことだと気づいて、再びびっくりする。

（僕は別に怒ってなかったのに。……エドはそのこと、ずっと気にしてくれてたの？）

不機嫌そうに腕組みしているエドを見ているうちに、礼はつい、微笑《ほほえ》んでいた。エドはムッとしたように「なにがおかしい」と言う。そのぶっきらぼうな口調や、頬にうっすらとにじんだ血の色に、礼は嬉しくなった。

今ではエドが十四歳の少年に見えたし、優しさを示すのが不器用なだけに思えたし、なによりまた一つ、エドの「してくれたこと」が増えた。

（エドを好きになる理由が、また、増えた……）

この国で、この家で、好きになれる人がいる。そのことが礼はとても嬉しかった。ベッドにあがって枕に顔をうずめると、ラベンダーの甘い香りが鼻腔《びこう》いっぱいに広がり、心がホッとする。けれどそれは、香りのためだけではない。

「ありがとう、エド。今日は眠れそう」

「……そうか、そりゃよかったな」

無関心げに言い、ぷいとそっぽを向いたけれど、礼はエドの無愛想な態度を、もう怖いとは思えなかった。この人はきっと優しい人。してくれたことだけ見たら、そう思えた。じろりと見られると緊張はするが、それは単に礼がエドに嫌われたくないからだ。

姿さえ知らないファブリスも、エドのようだったかもしれない。だから母は、父を愛したのかもしれないと思うと、母の淋《さび》しい人生にも、救いがある気がした。

「あの……エドと僕のお父さんは似てた？　あ、エドにとってはおじいちゃんになるけど」

遠慮がちに訊くと、エドが眼をすがめた。どうしてそんなことを言う、というような顔だった。

「もしお父さんがエドみたいだったら……お母さんが好きになったのも、分かるなって思ったんだ。僕も、エドのことは、あの、好きだと思ったから……」

それはただ、好意を示す英語の語彙《ごい》が礼の中にほとんどなかったから、迷った末に結局素直に出た「好き」だった。けれど言ってすぐに、エドがため息をついた。

「どういう育ち方をしたらそう、おめでたくなるんだ。なぜ俺のことを好きだとか言える」

「……エドが優しいから……」

言うと、エドは鼻で嗤《わら》った。

「残念ながら、俺は優しさとは無縁だよ。大体、俺が下心を持って親切にしていないとは分からないだろうが。そもそも親父は、お前が十三になったら、お前を俺に……」

なにか言いかけて、けれどエドは口をつぐんだ。大袈裟《おおげさ》にため息をつき、イライラと髪を掻《か》くと、エドはスリッパを放るように脱いで礼の隣にどさりと横になった。

「お前がこうものんきに育ったのは、母親のせいなんだろうな。どうせお人好しだったんだろ」

礼はおかしくなり、ふふ、と笑った。

笑うと、どうしてかエドが少しだけ、眼を見開く。

「お母さんはしっかりしてたんだけど、掃除や片付けが苦手で、同じ場所に同じものをしまえないんです。ハサミがトイレから出てきたりするの。油断すると、家中本で溢《あふ》れかえって、積み上げた本が雪崩《なだれ》になったりするから、僕がいつも片付けをしてて」

しっかりしているのに、どこかずれている。それが母だった。のんきと言えば、母も大概だったと思う。

驚いたのは翻訳の仕事をしていた最中、たまたま地震が起き、すぐ後ろで一メートルものタ

ワーになっていた本が音たてて崩れた瞬間、母が、

「あ！　ここは『ガラガラと大きな音をたてて』がぴったりだわ！」

と、嬉しそうに叫んだことだった。揺れたことに気づいてさえいなかった母に礼は呆れ、拍子抜けさせられた。

「僕はそのとき、お母さんは、自分でも知らないうちに死んじゃうんじゃないかなって思って」

貧しく苦しい暮らしの中で、母のそういうぬけたところは、救いでもあったけれど。

話していると、ふとエドが小さく笑った。ニヒルな笑みではない。思わず漏れたような素直な笑みだ。すると冷たく見えるエドの顔が、急に優しくなる。ドキリとして黙り込むと、「実際そうやって死んだのか」と、エドは静かな声で続けた。

――実際。

礼の脳裏には、母が死んだ日のことが蘇《よみがえ》ってきた。

六月の終わり。日本の小学校。教室に青ざめた担任が入ってきて、中原《なかはら》、と呼ばれた。お母さんが倒れた。すぐに病院に連れていくから……。そう言われ、車に乗せられた。病院に向かっている最中、礼にはなにが起きているのか分からなかった。

記憶は途切れ途切れで、はっきりしない。脳出血で倒れた母は麻酔で眠っていた。病院に着くやいなや、これから緊急手術だと言われ、同意書にサインを求められた。名前を書く手が汗

で湿り、ペンが何度も滑ったことを覚えている。お母さん、と名前を呼ぶこともできなかった。手術室に入っていく母を、ただ呆然《ぼうぜん》と見送っただけ。母はそのまま目覚めなかったから。

「……最後にした会話を、あまり、覚えてなくて」

その日の朝、いつも通り会社へ出る母に、礼はなんと声をかけただろう？　いってらっしゃい？　気をつけて？　母は忘れずに、額にキスをしてくれただろうか？

母が死んでから、医者に言われた。麻酔を打つ前に、母は礼に伝えてほしいと言いのこしていたそうだ。机の一番上の引き出しにある、ファブリス・グラームズ宛の手紙をどうか投函するようにと。もしその一言がなかったら、礼は父に会おうなどとは、思わなかったかもしれない。

「僕はお父さんを、好きになれるか分からなかった。ずっと僕らは、捨てられたと思ってたし……でもお母さんはお父さんのことも、ずっと愛してた。――本当は」

頭の奥の冷静な部分で、礼は、なぜこんな話をエドにしているのだろうと思った。

訊かれてもいないし、もしかしたら興味もないだろうことだ。

けれど一度滑った口は止まらなかった。よく考えたら、母が死んだ日のことを訊《たず》ねてくれた人も、聞いてくれた人も、エドが初めてだ。ずっと、本当はずっと心の奥底で、誰かに聞いてほしかったのかもしれない。

「本当は、お母さんを苦しめてたのは、ファブリスじゃなくて……僕だった。僕が、生まれなかったら」

自分さえ生まれなければ、母の人生はまるで違っていたはずだ。

出産前まで、母は大きな企業に勤めていたという。礼を産まずにそのまま働き続ければ、いずれはそれなりの相手と結婚もできただろう。暮らしも豊かだったはず。不倫の末の出産だとか、父親がいないとダメだなんて、人から言われることもなかった。

礼のせいで母は苦労し、礼はそれを認めたくなくて、いつもファブリスを悪者にした。

いつか大人になったら、少しでも楽をさせてあげたい。きれいな母に似合う、明るい色の服も買ってあげよう。そう思っていたのに、母は呆気《あっけ》なく逝《い》ってしまった。

母の人生とは、一体なんだったのだろう？

瞼の裏に映るのは、東京《とうきょう》の片隅の、小さな木造アパートだ。六畳二間の古ぼけたアパートの中で、母がどんなふうに笑い、どんなふうに愛し、そしてどんなふうに耐えて生きてきたか、礼しか知らない。あの淋しさも苦しさも、ちっとも報われていない。

（お母さんはまるで……オフィーリアみたい）

川に落ちて溺《おぼ》れていく瞬間、オフィーリアはハムレットのことをどう思い返しただろう？

愛さなければよかった。そう、後悔しなかっただろうか？　どちらにしろ彼女は、自分の愛がハムレットに届いていたか、知らぬまま死んだのだ。

ふと、礼は思うことがある。

死んでいくとき、母はファブリスを愛したこと、礼を生んだことを、ちらとでも、後悔しなかっただろうか――。

「なにを言ってる。お前は、生まれてきてよかったに決まってるだろう」

そのとき、淡々とした口調でエドがそう、断定してくれた。

とたん、冷たくなっていた体の奥に、ぽっと小さな明かりが灯る。そんな気がした。

（よかったに決まってる……）

エドの言葉を反芻《はんすう》する。体の奥に灯った淡い灯が、礼の心の中にゆっくりと広がっていく。

「お前の母親はお前を愛してた。お前は母親を愛してた。そんなふうに想いあえる相手がいて、不幸なわけがない。想像してみろ。同じことを言ったら、お前の母親はなんて言う？」

お母さんに、もし自分のせいで苦しめた、と、言ったなら……？

考えるだけで、礼の脳裏には母の笑顔が蘇ってくる。優しく礼を呼ぶ声、楽しげな笑顔。小さな手の温もり。抱き寄せてくれる腕の強さと柔らかさ。礼がいてくれてよかった。礼がいるから、お母さんの人生は大儲《もう》けよ。

迷いなく話していた母の言葉が、次々に耳の奥へ返っては消えていく。

「親がみんな子どもを愛せるわけでも、子どもがみんな親を愛せるわけでもない。お前は運が良かったんだ。愛してくれる親に出会えて、愛せる親だった。俺からすれば奇跡だ」

俺にはよく分からないけどな、とエドは付け足して口を閉じる。

それまで、なんとか我慢していた涙が、目尻に浮かんできて礼は慌てた。けれど涙を拭おうとした手を、エドが強く摑んでくる。

「だから擦るなと言っただろうが」

その瞬間礼は腕をとられ、引っ張られて眼を見開いた。気がついた時には、ベッドの上で寝そべったまま、エドの胸に抱かれていた。

「泣くの、ずっと、我慢してたんだろう……」

ふと独り言のように、エドが呟いた。するともう我慢はできず、こみ上げてきた涙がどっと頬を落ちていった。

さほど年の差がないとは思えないほど、大きくしなやかな胸は温かく、シャツの下からエドの心臓の音がとくとくと聞こえてきた。息を吐き出すのと同時に、礼の眼からは溜《た》まった涙がこぼれ落ちる。けれど心は優しいものに満ちている。

体から力が抜け、礼はエドの胸に、そっとしがみついていた。


どのくらい経ったころだろう。ようやく涙の落ち着いた礼が、エドから離れようと顔をあげて見ると、窓から差し込む月灯りを顔に受け、エドはいつの間にか寝息をたてていた。

(あれ、寝てるの?)

胸で泣いている礼がいたというのに、たいして気にならなかったのだろうか。エドの寝つきのよさに驚いたものの、起こしては悪いと思い、礼はそうっと腕から抜けだした。礼がいなくなっても、エドは気持ちよさそうに眠ったままで、その寝顔はすやすやと安らかに見えた。

(起こしたほうがいいかな？　でも……すごく気持ちよさそう)

迷った末に、礼はそのまま寝かしておくことにした。風邪をひかないようエドに布団をかけてあげ、自分は隣の枕に頬を埋める。ラベンダーが鼻先にうっとりと香り、横にあるエドの体温は温かい。

寝る前にいつも襲ってくる淋しさや不安、心の中に絶えずあった重たい罪悪感も、今は感じなかった。

ふと、エドが寝返りを打つ。思わず息を詰めた瞬間、

「ジョナス……」

エドの呻《うめ》き声が聞こえて、礼は固まってしまった。

見ると、エドの長い睫毛に涙がかかり、それは淡い月光に照らされ、銀色に光っていた。

(ジョナス……？　誰かの、名前？)

エドは悲しい夢を見ているのか、眉間《みけん》に皺《しわ》を寄せている。涙はその頬を伝い、揮発して消えていったけれど、礼の記憶には強く焼きついた。

なぜだか急にエドがかわいそうになり、礼はそっと手を伸ばして、エドの髪に触れてみた。柔らかな感触に戸惑いながら、おそるおそる撫《な》でてあげる。

しばらくそうしていると、エドの眉間から険がとれ、再び穏やかな寝息が聞こえてきた。ホッとしたけれど、礼の胸は妙に騒いでいた。ジョナスとは誰だろう？

理由は分からないのに、礼はふと、エドも、と思った。

（エドも……もしかしたら本当は、一人ぼっちなのかな……僕と、同じように）

こんなに大きな屋敷に住み、裕福で、両親がそろっていて、美しくても。

それでもエドが淋しいなら。

その淋しさは、礼の淋しさより深い。礼にはどうしてかそう思えた。

本当の家族がいても孤独なのは、家族がいなくて孤独なことよりも、淋しいかもしれない……。

エドの隣で瞼を閉じると、大人びた彼には似合わない、あどけない寝息が聞こえる。

（エドのことを、僕も慰められたらいいのに……）

たった今エドが礼にしてくれたように。

自分もエドに返したい。

大それたことかもしれないが、眠りに落ちていきながら、そんなふうに思う。それは長い間礼が母に抱いてきた感情とよく似ていて、礼は気がついてしまった。

自分はエドのことを、もう愛している。

この世界で生きている人の中で、礼が愛しているのはただ一人。エドだけだと……。

四

初めて二人一緒に眠った翌日から、エドは家庭教師が帰ったころを見計らって、毎日のように礼《れい》を訪ねてくれるようになった。

エドが礼を構う理由は分からない。もしかしたら、同情されているだけかもしれない。けれど理由はなんでもよかった。礼はエドと会えることが嬉しく、部屋に来てもらえると、それだけで舞い上がった。もしも尻尾《しっぽ》がついていたなら、エドといる間中、ぶんぶん振られているだろう。

エドはやって来るわりに、礼を見るといつもムッと眉を寄せた。

部屋に一緒にいても、特別話すわけではない。エドは一人で本を読みだすこともあれば、庭へ誘っておきながら、木陰で昼寝を始めてしまうこともあった。

気ままで、尊大な王さま。礼は従僕のように後ろをちまちまとつきまとい、気まぐれなエドの関心が自分に向くのを、それこそ子犬のように待ちわびていたが、エドといられるだけで楽しくて、不満はなかった。

エドが好きだ。好きだから、礼はイギリスにいて、不慣れな土地で学校に行こうとしている。そう思えるようになると、もう日本に帰ろうか悩むことはなくなった。好きな人のいる場所が、礼の生きていく場所だ。心を向ける人がいるだけで、世界は輝きに満ちて見えた。

それにエドは素っ気なくても、本当は優しかった。話の流れで、ふと和食が懐かしいとこぼすと、そのときは興味もなさそうなのに、翌日の夕飯に和食が出てきたりする。給仕のメイドに訊くと、

「さあ、料理長が急に変更したとしか聞いてませんわ」

と返ってきたが、きっとエドが頼んでくれたのだろうと思った。

「あの、ご飯、ありがとう」

翌日お礼を言っても「なにが？」と返される。けれどそのあとで小さく「美味《うま》かったか？」と訊かれるから、礼は笑顔になってしまうのだった。

気ままで尊大な――けれど不器用で、優しい王さま。礼はエドをそんなふうに見るようになっていた。知れば知るほどエドを好きになった。してもらったことが、一つ二つと増えていく。

「優しいね、エド」「大好き、エド」「きみがいてよかった、エド」

まだ拙《つたな》い英語で気持ちを伝えると、エドは「ああ」とか「ふうん」としか言わない。それどころか、時々呆れた顔をしていた。自分に懐いてくる子犬を、どうあしらったものか分からない――そんな顔もされたし、

「あんまり俺ばかりに懐くなよ……」

と、言われたこともある。

けれどエドとの楽しい日々は、そう長く続かなかった。

イギリスの学校制度では、新年度が九月からと決まっている。夏休みが終わり、エドはリーストンスクールの寮へ戻ることになった。

エドが帰寮するその日、礼はすっかり消沈していた。明日からは自分もプレップスクールに通うのだから、本来なら緊張してそれどころではないはずなのに、礼の頭にはエドのことしかなかった。

「そんなに落ち込むことじゃないだろう」

その日は食堂にエドが現れたので、二人で朝食をとったあと、広間で紅茶を飲んでいた。執事と運転手が車や荷物の準備をしている最中で、終わり次第エドは屋敷を発つことになっていた。息子が学校に戻る日だというのに、ジョージもサラもおらず、淋しい見送りだったが、エドは毎度のことだと動じていなかった。礼は涙をこらえ、眼を潤ませていた。

明日からこの家にエドはいない。次の長期休暇は秋のハーフタームで、それは二ヶ月後だ。

「お前だって明日から学校だろ。新しい友人ができれば、俺のことなんて忘れるさ。いつまでもくよくよするな」

エドは決めつけたが、礼にはそんなこと、あるはずがないと思った。たとえ他に友だちができたとしても、エドはエドだ。ほかの誰かと比べられるはずがない。けれどエドはそう思わないらしい。居心地悪そうな顔で困っている。

（……エドはたぶん、学校に行ったら友だちがたくさんいて、僕のことは忘れられるんだよね）

重荷にはなりたくなくて、礼は無理やり笑顔を作った。

「二年経ったら……僕もリーストンに行けるんだよね？　そうしたら一緒にいられるよね」

気持ちを切り替えて続けたとたん、エドが礼の言葉を遮《さえぎ》った。

「いや、レイ。お前はリーストンに来るな」

予想外の言葉だった。礼は眼を見開いて、エドを見つめた。

（ど、どうして？）

なぜ行ってはいけないのだろう。困惑を浮かべてエドを見つめると、エドは今まで見たことがないくらい厳しい顔をして礼を凝視していた。それから、言い聞かすように強く続けてくる。

「俺はお前を、リーストンには来させない。二年経ったら、日本に帰そうと決めてる。だからお前も、プレップスクールを卒業したら日本に戻るつもりでいろ」

エドの言葉に、礼は声を出せなかった。なぜ、どうして、エドは礼を日本に帰すと言うのだろう？　飛行機があれば半日で移動できるが、子どもの自分やエドにとっては、イギリスと日本の距離は遠すぎる。それは現実、もう会わないと言われているようなものだ。

「……だ、だけど、ジョージは僕を、リーストンに行かせるって」

「それはお前を生け贄《いけにえ》にするためだ。お前のためじゃない」

「いけにえって……なんのこと？　エドはずっと、言ってるけど」

礼は思わず訊いていた。出会った当初から、なぜエドは何度も、礼を生け贄と言うのか。けれどエドは答える気がないらしく、視線を逸《そ》らして紅茶をすすりはじめた。もはや礼と会話をする気がないエドの構えに、礼は小さく震えた。

「僕は、リーストンに行きたい……エドがいるから、僕はイギリスにいるんだよ。なのに、そ、そばにいたらダメなの？」

必死になって訊く礼に、エドはしかめ面になった。

「お前は勘違いしてる。お前は俺を好きだと言うが、それは俺が構ってやったからだ。お前は孤独で、不安で、頼れる相手に飢えていた。べつに……俺じゃなくてもよかったはずだ」

最後のほうだけ、エドは眉を寄せて、独り言のように呟いた。

厳しい言葉に、礼は呆気にとられた。違う、と首を横に振る。いや、たしかにエドを好きになった理由は、優しくしてくれたからだ。けれどそれだけではない。気ままで尊大なところや、ぶっきらぼうなところ、眠りながら、一人泣いていた淋しげなところも含め、礼はエドが好きになっていた。けれどそれを言葉で説明するには、礼の心は幼すぎた。深い愛を語れるほど、英語の語彙も表現も知らず、ただおろおろと言葉を探して固まる。

「それに……俺がお前に優しくしたのが、お前のためじゃなかったらどうする？」

ふとエドが眼を細め、じっと礼を見つめてきた。緑の瞳に、冷たい光がちらつき、礼を貫く。

「――俺が、俺のためにお前を利用していたんだとしたら？　それでも、好きだと言うか？」

（利用って……）

礼にはエドの真意が読めなかった。一体礼に優しくすることで、エドになんのメリットがあるのだろう。

「……どうして、そんなことを言うの、エド。好きに、決まってるよ。エドの優しさがなんのためでも、きみは僕に優しくしてくれた。僕にとって大事なのは、それだけだよ……」

言ううちに泣きたくなり、礼は涙をこらえようと両手を膝《ひざ》の上で、ぎゅっと握る。エドは黙りこみ、じっと礼を見つめていた。

「そういうお前だから、ダメなんだよ……」

ぽつりと独りごちたあと、エドは一瞬不安げに瞳を揺らしたが、その感情はすぐに見えなくなった。強すぎるエドの自制が、いつでもエドの心を礼から隠してしまうのだ。

やがてエドは、囁《ささや》くように言った。

「それこそ……俺を本気で愛してるなら、レイ」

見つめると、エドの眼は夜空に浮かぶ一等星のように、ギラギラと輝いている。その瞳には焦げるほどの強い意志が宿っている――。

「俺のためにリーストンに来るな。……それが俺を救う」

（……どういうこと？）

難しくて、礼には分からない。けれど問うより先に執事が部屋の扉をノックして、エドを呼んだ。準備が整いましたと言われ、エドはあっさりと立ち上がった。

部屋を出て行くエドを追いかけ、礼も玄関まで出たが、珍しく晴れた夏の光が反射して眩《まぶ》しく、姿はよく見えなかった。

「エド」

このまま見失ってしまいそうな不安に、か細い声で呼んでも、エドは振り返らなかった。やがてエドを乗せたリムジンが行ってしまうと、礼はなすすべもなく、玄関先に立ち尽くしたままだった。

（来るなと言われても……僕は、エドのそばに行きたい）

エドがリーストンに戻った翌日から、礼はプレップスクールに通い始めた。

プレップスクールはイギリスの私立小学校とでもいうのだろうか。日本の学校とはかなり授業内容が違っていて、礼は最初ついていくのに精一杯だった。

二週間ほどするとなんとか学校には慣れてきたし、英語もほとんど問題なかったが、友だちはまるでできなかった。学校にいるのはどうやらみな、貴族の子女ばかりらしい。

異例の編入をした日本人の少年として礼は警戒され、遠巻きにされていた。廊下を歩けば、時折ひそひそと礼について噂《うわさ》する声が聞こえた。なにを言われているのか、ただでさえ早口の英語なのでよく分からなかった。そして屋敷にいるときと同じで、自分より体が大きく、大人びた同級生に囲まれ、しかも彼らから冷たい態度をとられて、礼はすっかり萎縮していた。

（エド、元気にしてるかな……）

交友関係が広がらないせいもあり、礼は相変わらず、四六時中エドのことばかり考えていた。

結局、リーストンには来るなと言い渡された理由は、いくら考えても分からなかった。

家に帰ってもサラもジョージもいない。週末も一人ぼっち。礼は話し相手もなく、自由時間になるとスケッチブックにエドを描くようになった。

毎日毎日、夏休みの間ずっと隣にいてくれた、エドの姿を思い出して描いた。

初めて会った日、バルコニーから自分を見下ろしていたエドの美しい姿。

オフィーリアの絵の前で、礼を睨《にら》んでいたエド。

二ヶ月の記憶を頼りに、笑っているエド、怒っているエド、頭の中にいるエドを全部残しておこうと、礼は描きつづけた。ほらみろ、と、時々礼は心の中のエドに向かって思った。

（僕はエドを忘れなかったでしょ。僕の気持ちは、やっぱり本物なんだよ……）

最初は得意に感じていても、やがて胸が痛み、苦しくなってしまう。

（……エドは学校で、もう僕のことなんて忘れてしまったろうな）

そんなふうに考えると、たまらなく切なかった。当たり前だが、リーストンに戻ったエドからはなんの連絡もなく、週末になっても帰ってくることはなかった。

それでも十月の終わりになれば、ハーフターム休暇がある。

ハーフターム休暇はイギリスの学校に設けられた一週間ほどの休暇で、年に三回、それぞれ学期の真ん中にある。この期間は大抵寮が閉まるので、エドも帰ってくるはずだった。

次に会ったとき呆れられないよう、せめて学校の勉強だけは頑張ろうと、礼は努力した。

九月も終わろうというある日、授業中、礼は詩の暗誦をさせられた。指される生徒のほとんどが間違う中、礼はすらすらと最後まで言えた。帰宅してから毎日練習していたおかげだったが、最後の一文を終えたところで、教師が褒《ほ》めてくれた。

「……ふむ、レイ。きみの英語は完璧《かんぺき》だね。発音もネイティブのように美しい」

一ヶ月近く勉強に明け暮れてきたぶん、努力が報われたようで礼は胸が熱くなった。英語を褒められると、ずっと教えてきてくれた母を褒められたようで嬉しい。頬を染め、「あ、ありがとうございます」と頭を下げた瞬間、エドにこのことを話したい、と強く思った。

エド、すごいんだよ。僕、先生に英語を褒められたんだ――。

そう言ったら、彼はなんと言うだろう？　きっとつまらなそうに「ふうん」と言うだけだろうけれど……もしかしたらちょっとだけ、微笑んでくれるかもしれない。それだけでも嬉しい。

そうしてこんな夢想が、礼の日常を少しずつ、見えないところで支えてくれていた。

けれど席についたとき、後ろのほうから小さく声がした。

「どこが完璧なんだ。売春婦の子どもの英語だぞ。聞くに堪《た》えない」

礼はぎくりとして、振り返った。教室はいつもと変わりなく、品のいい生徒たちが静かに教科書を広げている。

（聞き間違い？　そうだよね……だって……prostituteなんて）

prostitute、間違いなくそう聞こえた。

それは売春婦を指す言葉で、礼はシェイクスピアの作品で使われているのを見るまで知らなかった単語だ。そんなひどいことを自分が言われるはずがないと、この時は一度忘れた。けれどすぐに、礼は忘れられなくなった。それはその日の昼食での、とある事件のせいだった。

学校の昼食は、全学年が同じ食堂に集まり、トレイにそれぞれ好きなメニューをカウンターで受け取って食べる、というシンプルなシステムだった。生徒は男子ばかりで、年の若い者も多い。いくら貴族出身の育ちのいい子どもたちとはいえ、教師の監視がない学食は騒がしく、中には走り回る者もいる。礼はその喧噪《けんそう》の中で、いつも一人きり、ひっそりと食事をしていた。

食事を半分ほど終えたころ、頭になにか粘っこいものがべちゃっと落ちてきた。髪がべっとりと湿り、冷たい水分が地肌に染みてきて、礼は眼を瞠った。

（……え？）

頭に手をやると、学食の水っぽいマッシュポテトが指につく。礼は啞然《あぜん》とし、一瞬思考停止に陥った。頭にポテトが、たっぷりと落とされている。一体なぜ？　意味が分からなかった。

「ああ、すまないね。手が滑っちゃったよ」

後ろで誰かが言い、複数人が、くすくすと笑う声もした。見上げると、同じクラスに在籍している男子生徒たちが数名、礼の背後に立っていた。

「悪い、こっちも手が滑った」

そのうちの一人が言って、礼の頭にはまたなにかが落とされた。冷たいそれは、デザートのストロベリーアイスだ。

「な、なにをするの……？」

礼は慌てて頭を庇《かば》い、飛び退《の》いた。どろどろに溶けたアイスが、こめかみを伝い唇に触れる。もったりと甘い味が舌に広がり、礼は気持ち悪くて眉を寄せたが、それよりも狼狽《ろうばい》のほうが強かった。どうして、なぜ、こんなことをされたのか全く理解ができなかった。

「甘いポテトに甘すぎるアイスか。売春婦にはお似合いのトッピングだな」

最初にポテトを落とした生徒がおかしそうに言い、礼は彼の名前を思い出した。

ギルバート・クレイス。

たしかそんな名前だった。クラスで一番背が高く、大人びたギルは、顔立ちも整い文武に秀でている。学年でもかなり目立ち、いつも数名の取り巻きを連れているので、友だちのいない

礼でも覚えていた。そのギルが礼を嘲《あざけ》って嗤うと、一緒にいた数名も同調するように嗤った。

礼のほうはというと、再びprostitute、という単語を聞かされ、愕然《がくぜん》としていた。

「売春婦って……きみは、僕のことを言ってるの？」

（もしかして……授業中……僕にそう言っていたのも、ギルバート？）

「だってそうだろ。きみは日本人の売春婦が産んだ子どもで、大貴族に囲われてるって聞いたよ。だからこんな妙な時期に、我が名門なるスクールに編入できたんだって」

「どぶさらいの庶民が、俺たちと同じ空気を吸ってるなんて気味が悪いよ。ねえ、ギル」

ギルに便乗し、また一人が鼻で嗤う。礼は彼らの悪口に驚きすぎて、なにも言い返せなかった。一体彼らは礼のなにが、そんなに気に入らないのだろう。隅っこで一人ぽつねんとしているだけの礼に、なぜわざわざ文句を言うのか――。

（……僕の血が青くない、から……？）

やっと理解できたのは彼らが立ち去り、洗面所で髪を洗っているときだった。同じようなことは、以前エドにも言われたことがあった。混血児の礼は、青い血を汚していると。

（売春婦なんて……お母さんはそんな人じゃないのに）

冷たい水が頭にしみ、礼は怒りよりも悲しみに囚《とら》われた。自分のせいで、また母を悪く言われた。そう思うと辛《つら》く、咄嗟《とっさ》に反論できなかった自分が悔しかった。

アイスやポテトは大量につけられていたので、頭から落とすのに時間がかかった。髪の水気をとるために使ったハンカチが、すぐにぐっしょりと重たくなる。ハンカチを何度も搾《しぼ》って、礼は髪を拭いた。薄暗いトイレの中とは裏腹に、外からは昼休みを使ってスポーツに興じる生徒たちの笑い声が聞こえ、礼はだんだんみじめになっていった。

（次に言われたら、ちゃんと、違うって言おう。お母さんのことは悪く言われたくない――）

薄い唇を噛《か》みしめながら、礼はそう決めた。

そしてこの日から、礼は密かないじめを受けるようになった。

机の中にしまっていたノートに、売春婦の子どもと書かれていたり、使用済みのコンドームが入れられていたりと、その方法は陰湿だった。食堂に座っていると、ギルたち一団に小突かれ、頭を叩かれたりする。食べ物をかけられることも、唾を吐かれることも何度もあった。

そのたび礼は抗議しようとしたけれど、彼らは人目を盗んで礼をいじめ、終わるとすぐに立ち去るので、礼はうまく対処できないでいた。もともと、争いごとには向いていない性格だ。汚された頭や制服を学校で洗うので、しょっちゅう濡れて帰ったが、そんな礼を見ても使用人も家庭教師もなにも言わない。当然のように、ジョージやサラもなにも知らないだろうし、関心もないようだった。なにしろ二人は家に寄りつかないのだから。

誰にも話せない。誰にも頼れない。

一人悩んでいると、十二歳の幼い心は、たやすく追い詰められていった。

――礼には、人を愛してほしい。

夜になり布団に入ると、耳の奥に母の声がこだまする。エドがいてくれた間は熟睡できた礼も、いじめに遭うようになってから、また寝付けなくなっていた。寝不足の頭は神経が尖《とが》り、眼の裏がしくしくと痛む。じっと虚空《こくう》を見つめながら、礼は「お母さん……」と呼んでみた。

「お母さんを悪く言う人のことも、愛したほうがいいの……?」

想像の中、母は困ったように微笑むだけで、答えを返してはくれなかった。

ようやく礼が抗弁できたのは、いじめが始まって二週間後のことだ。

食堂でいつものように小突かれた礼は、今日こそはと覚悟を決め、肘《ひじ》をぶつけてきたギルバートの腕に必死でしがみついた。相手の体は自分の倍ほどもある。渾身《こんしん》の力を込め、礼はギルの腕を抱きこみ、逃げられないようにした。

「なにをする。放せ」

急にしがみつかれたギルは、さすがに色めきたっていた。今このときを逃せば言うチャンスはないと、礼はずっと言おうと決めていた言葉を、勇気を振り絞り、震えながら叫んだ。

「僕は売春婦の子どもじゃない……っ、母は日本で慎ましく暮らして、僕を育てて亡くなった。古い知人が引き取ってくれたからここにいるだけで、囲われてなんかないし、お金だってもらってない。売春婦って言葉は取り消してください……っ」

精一杯の早口で声を張り上げたので、それまで見向きもしていなかった食堂中の視線が、なんだなんだと集まり始めた。ギルは舌打ちし、力任せに礼の腕をふりほどいた。

礼は小さな体を突き飛ばされ、その場によろめいて尻餅《しりもち》をついた。

「フン、なにを謝れって？　お前が日本の売春婦と、英国の貴い血との複合物だっていうことなら、俺は知ってるんだ」

ギルは忌々《いまいま》しげに、唾棄《だき》するように言う。礼は頭から、血の気がひいていくのを感じた。今、自分はなにを言われているのか――理解できない。

「貴族の青い血を汚した忌《い》まわしい女を、売春婦だと呼んでなにが悪い。早死にしたのなら、それは神が天罰を下したのさ。卑しい血の庶民が、貴族と交わったりするから――」

その瞬間、礼は眼の前が真っ暗になるのを感じた。

神が下した天罰？　母の死が？

母は礼を産んだから、その罪のせいで、早死にしたと、ギルはそう言うのだろうか？

瞬間、体の底のほうから、ぐらぐらと煮えていたマグマが一気に噴出したようだった。それは礼の内側を傷つけ、引き裂いて外に溢《あふ》れようとする。

気がついたときには、礼は弾かれたように立ち上がっていた。

「取り消して……今の、ひどい言葉――！」

その拍子、ちょうど礼の手がテーブルに載せていたトレイに当たった。トレイは勢いよく跳ね、ギルの服めがけて飛んでいった。信じられないものを見るようなギルの顔が、視界に映る。

よろめき、後ずさったギルの上半身に、今日、礼が選んだビーフシチューがどろりとかかっていた。取り巻きたちも食堂中の生徒も、みんな唖然として、ギルのほうを見ている。

数秒の沈黙のあと、ギルが顔を赤くして怒鳴るのが聞こえた。

「青い血を汚した庶民が！　この俺になにを！」

とたん、あたりからもそれに共鳴するような怒号が沸いた。なんだなんだ、と食堂に教師が駆け込んでくる。ギルが立ち上がり、教師に礼から暴力を受けたと報告した。呆然として棒立ちになっていた礼は、それに対してなにか言おうとしたのに、なんの反論もできない。一部始終を見ていた生徒たちも、誰一人礼を庇ってはくれなかった。みんなが、ギルの言葉を肯定した。

礼の体は小刻みに震え、顔からは血の気が失せていた。

似たようなことが、九歳のときにもあったと、礼は思い出していた。

あのときも礼が悪者にされたのだ——当時は、父親のいない子どもだったから。そして今はきっと、礼が貴族ではないから……。

「とんだ恥さらしだわ。学校からお小言なんて。あなたはおとなしい良い子だと思ってたのに」

ギルとの事件で、礼は二日間の通学停止を言い渡された。学校に呼び出しを受けて帰ってきたサラは、礼を部屋に呼ぶなりそう小言を始めた。

十月中旬の夕方で、あたりは薄暗くなりはじめている。サラは昨夜までフランスのニースに行っていて、急にイギリスに戻らされたことに腹を立てていた。

「今夜は楽しみにしてたクルージングナイトだったのよ。あなたのせいで乗れなかったわ。ハリウッド俳優のジャコック一家も乗ってて、私の席に招待するはずだったのに」

「……ごめんなさい」

謝ったけれど、礼は内心では自分が悪いと思えないでいた。間違っているのはギルのほうだと思う。けれど理由も説明も聞かれず、学校にもサラにも一方的に悪者にされてしまった。

そのことに、礼はショックを受けていた。

心は悲しみと怯《おび》えに縮み、見えない悪意があちこちから自分に向けられているようで息が詰まった。サラが自分を愛さないのも、ジョージが礼を無視しているのも、礼の血が青くないからかもしれない。本当は彼らも、礼の母親を売春婦だと思っているかもしれなかった。

（……怖い。みんな、みんな僕を、汚いものだと思ってる……？）

礼の体はずっと小刻みに震えていた。この国にいる限り、常に誰かから軽蔑《けいべつ》されるのだろうか？　売春婦と言われ、母が死んだのは天罰だと言われ、礼は怒り以上に傷つきでいっぱいになっていた。そんなふうに蔑《さげす》まれるだなんて、礼にはとても理解できない状況だった。

「まあ、いいわ。明後日はうちで晩餐《ばんさん》会だから、どうせ戻らなきゃいけなかったし。レイ、あなたも出るのよ。グラームズの親戚が集まって、あなたを見に来るの」

「……僕を?」

そうよ、と言いながら、サラは憂うつそうにため息をついた。

「そんな矢先にこんな問題を起こすなんて……おまけにエドも帰ってこないと言い張るし、また私が、口うるさい親戚連中から文句を言われるのよ」

独りごちたサラに、もう行っていいわ、と部屋を追い出され、礼は一人廊下に出た。

自室へ戻るまでずっと、廊下は薄暗かった。歩いているうちに、胸の奥が鈍く痛み、まるで大きな太い針が刺さっているように、じくじくとしてくる。その痛みはだんだん強くなり、礼はとうとう耐えきれずに立ち止まっていた。

唇を噛みしめ、我慢しようとした。

(……しっかりしなきゃ。サラは僕を好きじゃないけど、家には置いてくれてるんだし)

ここには食事もあるし、眠れるベッドもある。着るものもあり、学校にも行かせてもらっている。たとえ愛されていなくてもグラームズ家には恩があるし、学校に通い続ければ、エドにまた会えるかもしれない――。

(エドは……僕を忘れてるだろうけど)

名状しがたい重たい痛みが、そのとき突然、大きな波のように礼に押し寄せてきた。こみあげてきた涙が、ぽろぽろと頬を落ち、礼は慌てて腕で拭ったが、廊下には誰もいないのだ。なら泣いてもいいじゃないかと思うともう止まらず、礼はその場で嗚咽《おえつ》を漏らした。長い間そうしていると、背後から「レイ様？」と、声をかけられた。

振り向くと、立っていたのは屋敷の執事だった。年老いた彼は、昨日騒ぎを起こした後、学校まで礼を迎えに来てくれたので、礼が今どういう状況かは、とっくに知っているだろう。

泣いているところを見られた気まずさに、礼は慌てて涙を拭った。

「すみません、廊下で……みっともないところ」

頭を下げ、逃げるようにその場を去ろうとしたとき「ちょっと」と、執事から言われて立ち止まる。執事はなにやらしばらく考えていたが、「こちらへ」と言って、礼を誘導し始めた。

（なに……？）

まだしゃくりあげたまま、礼は執事についていった。やがて彼の執務室に連れて行かれる。戸惑ったが、執事はさっさと机上の電話を取り上げた。通話はすぐに繋《つな》がったらしい。執事は「グラームズにかわってほしい」と頼んだ。礼はそこで、思わず眼を見開いた。

「どうぞ。奥様には内緒にしておきます」

執事は礼に受話器を渡すと、部屋を出て行ってしまった。

一人になると、しゃくりあげる自分の声だけが聞こえる。受話器を耳にあてたが、電話の向こうはまだ静かだ。けれどしばらくして、受話器をとる音がした。

『なんだ？　なんの用だ。週末の晩餐会なら出ないと言っただろ』

尊大で、不機嫌そうな声——。それは間違いなく、エドの声だった。懐かしいエドの、低く、よく通る声。驚いて声が出ず、通話口でついしゃくりあげた礼に、電波の向こうで、不審がる気配がある。ややあって、『まさか……レイか？』と、戸惑うように訊かれた。

「うん」

やっと出た声はかすれていて、うん、としか言えなかった。

エドがいる。この世界にはエドがちゃんといる。そうして礼のことを、まだ覚えてくれていて、名前を呼んでくれた——。

（嬉しい……）

胸の奥がじんと熱くなり、体の隅々までその熱が行き渡っていく。残っていた涙がぽろりと頬を落ちるのと同時に、礼の心を押しつぶそうとしていた重たい痛みが、すうっと退いていくのが分かった。

『……お前、もしかして、泣いてるのか？　どうした？』

瞼の裏に、困惑したように眉を寄せているエドの顔が浮かぶ。どうした、と訊いてくれる声が少し早口で、優しい、宥《なだ》めるような響きだ。礼はそれだけで満足した。

「うん、ううん、もう大丈夫だよ」

『なんだ、意味が分からない。なにがあったんだ？』

少し腹を立てたように、エドが言う。あのね、と礼は言葉を探しながら話す。

「学校で失敗したんだ……でもエドの声を聞いたら、元気になったよ。ありがとう。僕のこと、覚えててくれてて」

『はあ？　おい、質問に答えてない。なにがあったんだって訊いてるんだろ』

イライラしたエドの口調さえ懐かしく、嬉しかった。誰かとこんなふうに、普通に会話をできるのが久しぶりで、胸がぽかぽかと温まっていく。エドはまだ、礼が泣いていた理由を気にしてくれている。それも嬉しかった。

（この国ではみんな僕が嫌いかもしれないけど……エドは、僕にも、優しい）

愛されているとは思わないが、憎まれてはいないはず。そう思うと、それだけで救われた。

とはいえ、いじめられている話はできなかった。単純に心配をかけてはいけないと思ったし、言われたところでリーストンにいる以上、きっとエドも困るだろう。

「あの、ありがとう。もう切るね」

もっとエドの声を聞いていたかったけれど、これ以上繋いでいるといじめのことを話さねばならないだろうと思い、礼は切ってしまった。電話口で『バカ、切るな』と言うエドの声がしたけれど、もう受話器を置いた後だった。

部屋を出ると、ぴんと背筋を伸ばした姿勢で、廊下に執事が立っていた。

「もう終わったのですか？」

「はい。あの、ありがとうございました。……元気が、出ました」

きっと執事は礼を慰めようとしてくれたのだろう。

無口で余計なことは話さない人だが、優しい人なのかもしれないと思うと、素直に笑顔がこぼれた。礼をどう思っているかは別として、きっとギルたちほど蔑んではいない。そういう人がエドの他にももう一人いてくれるのだ。

(もう少し……この国で、生きていけるかな)

やっとまた希望が見えて、礼はホッとしていた。心なしか、執事の目許が優しく見える。けれどそのとたん扉の向こうから電話が鳴り始め、礼は慌てた。執事はなにも言わずに部屋に入り、数秒後には電話のコール音が消えたので、礼は彼の邪魔にならずにホッとした。


翌々日、礼は通学停止のまま晩餐会の日を迎えた。

昼食のあと、数人のメイドに取り囲まれ、礼は正装をさせられた。

といっても晩餐会は大がかりなものではなく、一族だけの集まりだという。グラームズ家の親戚は、国内を問わず海外まで広く散らばって暮らしている。そのほとんどが集う会は、開催そのものが一年ぶりだそうだ。

「粗相のないように。レイ様をご紹介する会でもありますから」

そう諭され、礼は緊張した。会場は屋敷にある最も大きなサロンだった。支度も済んで一人になった礼は、廊下の窓から屋敷前のロータリーにどんどん到着する車を眺めた。車からは着飾った人々が降りてくるが、彼らはみな品が良く、礼はどんどん不安になった。

(きっとみんな、僕なんて初めから嫌いだろうけど……)

礼はもう無邪気に、この家の人たちに好意を期待できなくなっていた。混血児というだけで、ギルのように蔑む人もいるだろう。そう思うとどんどん心が萎縮する。

(……そうだ。サラに、今日どう振る舞えばいいか訊いてこよう)

せめて振る舞いだけは呆れられないように。そう思いたち、礼はサラの部屋へと向かってみた。

「まったく、なんだってこのタイミングでそんな騒ぎを起こすんだ。きみの監督不行き届きだぞ」

けれど廊下を曲がり、部屋の前まで来たところで、礼はノックする手を止めた。室内から怒った男の声がしたからだ。どうやらジョージらしい、と礼は気づいた。

「私はあの子のナニーでも先生でも、ましてや母親でもないわ。勝手に責任転嫁しないで」

応じたサラも不機嫌そうだ。

(あの子って……僕のことかも)

そう気づいて、胃がじくじく、と痛む。二人は礼のことで、ケンカをしている様子だった。

「エドも来ないと言うし、これじゃ親族連中になにを言われるか……。売春婦の子どもに、頭のおかしな跡取りか。ひどいものだな……」

――売春婦の子ども。その言葉に、礼は体が震えるのが分かった。ぎゅっと拳《こぶし》を握り、息を止める。けれどその瞬間、扉の向こうでサラがヒステリックに叫んだ。

「やめて。エドはおかしくないわよ。私の子ですもの。ジョナスなんて子が下劣な真似《まね》をしただけだわ。なのにあなたったら、ハリントン社を売り飛ばさないなんて」

「きみは経営のことが分かってない。会社の苦しい時に、なんだ、その派手なドレスは」

「美しくしているのが妻の務めじゃないの」

二人の言い合いはなかなか終わらない。礼はそろそろと後ずさり、もう声が聞こえないところまで来ると、手近な階段を早足で下りた。誰も来そうにない薄暗がりに入ってから、詰めていた息をゆっくりと吐く。売春婦の子ども、と言ったジョージの声が耳に返る。

冷たい汗がじわっと背ににじみ、礼はゴツンと額を壁につけた。冷たい壁が肌に心地よく、いつの間にか自分の体が、やたらと火照《ほて》っていたと気付いた。

（……大丈夫、もう知ってたよね。ジョージとサラが僕を、好きじゃないことくらい）

それどころかもしかしたら、息子のエドにさえ、真っ当な愛情をかけていないかもしれない……。ついさっきジョージが言っていた「頭のおかしな跡取り」という言葉にも、礼はショックを受けていた。実の息子のエドのことを、なぜあんなふうに言うのだろう……？

礼は眼を閉じて、一昨日聞いたばかりのエドの声を思い出してみる。レイ、と名前を呼んでくれ、なにがあったと心配してくれた。すると早鳴っていた心臓が、少し落ち着く。心に受けたショックも、和らいでいく気がした。大丈夫、まだ頑張れる、そう思う。

気持ちを立て直し、礼は会場に入ることにした。サロンには何十人もの男女が集まっていて、老人もいれば礼よりまだ子どももいた。彼らは給仕からウェルカムドリンクを受け取り、それぞれに挨拶《あいさつ》を交わして談話している。

（ここにいる人たち、みんなグラームズ家の親戚なんだ……）

人数の多さに驚いていると執事が手招いてくれ、礼は慌てて彼のそばに行った。

「旦那様と奥様は間もなくいらっしゃいます。それまで私とお待ちしましょう」

居場所が見つかってホッとした矢先、「セバスチャン、その子なの」と声がした。呼ばれた執事が顔をあげ、丁寧にお辞儀をしながら「これはカーラ様」と女性の名前を口にした。

近づいてきたのはジョージより五つは上に見える貴婦人で、染めていない白髪を品よく束ね、シンプルなドレスを身にまとっていた。美しい人だったが、眉間には皺が寄り、眼がつり上がって意地悪げに見える。彼女は頭のてっぺんからつま先まで、礼をじろじろと観察した。その間中顔をしかめ、臭うのを気にするかのように、ハンカチを鼻に当てている。

「どこからどう見てもアジア人ね。こんな子がお父様の血をひいてるだなんて、ジョージは本気かしら」

「レイ様がファブリス様のご子息であることは、間違いありません」

嫌そうな顔をしているカーラに、執事はごく丁重に答えている。なにがなにやら分からなかったが、自分が貶《けな》されていることだけは分かったので、礼は体を小さくした。心臓が、ドキドキと音をたて、なんとか押しやっていた恐怖心が胸にのぼってくる。

「アジアの女に他の男がいなかったなんて、誰に言えるの。身元もよく分からない女じゃないの。この子の遺伝子鑑定は済ませたのでしょうね？」

「あ、あの」

礼は思わず、口を挟《はさ》んでいた。アジアの女、というのは母のことだろう。

「は、母は、身元のおかしな人間ではありません」

声も体も震えていたけれど、それだけは言っておきたくて、細い声で言う。するとカーラは、ますます不愉快そうに眉をひそめた。

「貴族の青い血を盗んでいった泥棒が、おかしくないなんて、やっぱりこの子どもは血統違いのようだわね……」

礼とは話もしたくないのか、カーラは執事に向かって言った。蔑みに満ちたカーラの視線がショックで、礼の頭からはさあっと血の気が下がっていった。やがて「姉さん」とジョージの声がし、続いてサラも「まあ、お義姉さま」と慌てたようにやって来た。

「サラ、晩餐会のホストはあなたなのに、お客様をお迎えもしないなんてなにごと？　それにまあ、なんて品のないドレスなの。無知をさらすかのようね」

襟《えり》ぐりが大きく開いた派手なドレスを着ているサラが、引きつりながらなにか言いかけたが、カーラは無視してジョージに向き直った。姉と呼ばれていたからには、やっぱり彼女はジョージの姉で――つまり礼にとっても、姉のはずだった。もっともとてもそうは思えないし、向こうも思っていないだろう。

「ジョージ、こんな貧相な子をリーストンに送って、エドの悪癖が直るだなんて正気かしら？　ハリントン社の子どもとの火遊びが、一時のものじゃないとしたらどうする気なの？」

「お義姉さま、一時のことに決まってますわ」

サラが口を挟んだが、カーラは聞いていない。居心地悪そうなジョージを伴い、座の中心のほうへと歩いて行く。それを、サラが慌てて追いかけていきながら、途中で「レイ、あなたも来るのよ。挨拶しなければならないでしょう」と苛立《いらだ》った様子で振り返る。

礼はもう頭の中がパンクしそうになっていた。思考が追いついていかない。それでも自分はこの家に養われているのだ。失礼にならないよう精一杯努力して、会場にいる人々に挨拶をして回った。けれど彼らはみなどこか、卑しいものでも見るかのように礼を見て、小さく愛想笑いを浮かべるだけで、まともな自己紹介も返してこなかった。

「サラ。その子がご自慢の息子のお人形？　せめてもう少し鼻を高くしたらどう？」

「ハリントンの子には見劣りするわ。エドは面食いでしょ。そういうところ、あなたそっくり。エドは血筋は気にならないみたいだけど」

「あら、それはそうよ。サルだって、オス同士なら毛並みだけで選ぶわ」

何人めか、挨拶をした女性たちがくすくすと笑いながら言い、サラは明らかに頬を赤く染め、怒りをこらえている様子だった。

――いい気味だわ、サラ・グラームズ。なにも持ってないお馬鹿さん。息子だけが自慢だったのに。その息子がアブノーマルだなんてね。

どこかからそんな声も聞こえて、礼は居心地悪くずっと緊張していた。

一通り挨拶が終わったあとは晩餐になり、食後は団らんの時間となった。女性と男性にテーブルを分かれて、話し合う。礼もみんなに倣《なら》わねばと、男性のグループのほうへ行きかけたとき、ハッとなって足が止まった。

一群の中に、ギルバート・クレイスの姿があった。見間違いではなかった。ギルは礼の眼を真っ直ぐに見ると、小バカにするように嗤った。

やあ、と彼の口が動いた気がして、頭の奥に、礼の母を、そして礼を売春婦と言ったギルの声が聞こえてくる。怒りや悔しさと一緒に、不意に礼は恐怖を感じた。ギルがいるグループの中へ入っていきたくない――。

あそこにいる人たちはみんな、礼のことを蔑んでいる。礼は青い血を汚した、薄汚い存在だと思っている。男たちの顔すべてがギルに見え、謂《いわ》れのない悪意と嫌悪の刃が、一斉に向けられている錯覚を覚えた。

自分はなにも悪いことはしていない。だから怖がることなんてない。

そう思うのに、足が震え、息があがってきた。呼吸が苦しく、気がつくと後ずさって、礼は一人サロンの外のバルコニーへ出てしまっていた。

バルコニーの柵に飛びつくと、礼は浅い呼吸を繰り返した。心臓が痛いほど激しく鳴り、冷たい汗がどっと背に噴き出した。

「……っ、あ、う……う」

十月の冷たい風が頰に当たり、柵に乗せた指は情けないほど震えていた。それにしてもなぜギルがここにいたのだろう。そう思っていたとき、

「それは俺がお前の親戚だからさ、レイ・ナカハラ」

背後で声がして、礼はハッと振り返った。見ると明るい室内から、バルコニーに出てくるギルの姿があった。

「知らなかったかい？　クレイス家はグラームズ家の分家だって。ちなみにお前の血が本物なら、俺はお前の甥《おい》になるよ」

礼は眼をしばたたき、ぎゅっとバルコニーの柵を握りしめながら、ギルを見つめた。

「甥……？」

喘《あえ》ぐように訊き返すと、ギルは肩を竦《すく》め「俺の母はカーラ・クレイス。ジョージ・グラームズの実の姉だよ」と答える。それでやっと、礼は納得した。ついさっき礼を下手物《げてもの》のように扱

ったカーラがギルの母なら……ギルの価値観は、きっと彼女と同じだろうと。

「だから言ったろ？　お前が売春婦の子どもだって、俺は知ってるって。エドがリーストンで男娼《だんしょう》を買って、日本人の子どもが生け贄にされるってことも――一族はみんな知ってる」

「……な、なんのこと？」

礼は困惑し、震えながら、なんとか話についていこうとした。けれどギルの話す言葉は、とても自分の知っている英語とは思えない。

売春婦？　男娼？　普段、けっして人に向けて使わない言葉が、ずらずらと並べられる。

「分からない？　エドが異常だから、お前が男娼として買われたって、そういう話だよ」

十二歳の幼い心には受け入れがたい、なにかいびつな話が、急に見えてこようとしている。

無意識に震えていた礼は、そのときふと誰かの足音を聞いた。

「……そのへんにしとけ、ギル。寝言がすんだならとっととママのところへ帰るんだな」

低く、威圧を含んだ声。礼は弾かれたように振り向き、そこにいるはずのない人を見て、眼を瞠った。心臓がどくんと大きく鼓動し、思考が止まる。

意外だったのはギルのほうも同じなのか、ぎょっとしたように後ずさった。

庭からバルコニーに続く階段を上ってくる背の高い影は、たしかにエドのものだった。

黒いタキシードを着こなし、白い手袋を片手にまとめて持っているエドは、庭の常夜灯と窓辺から漏れる淡い光に照らされて、幻想的なまでに美しかった。薄闇の中、凜々《りり》しい緑の瞳が星のように輝いている。ギルにも貴族らしい気品はあるが、こうして並ぶと、エドの魅力は圧倒的だった。太陽と月、一等星と三等星ほども、輝度が違って見える。

「……こ、来ないはずじゃなかったのか？　それとも、きみの人形に会いに来たとか？」

ギルが精一杯、皮肉げに唇を歪《ゆが》めると、エドは冷たく眼を細めた。

「執事から、学校でお前がなにをしてたか聞いた。自分の人形にマッシュポテトを投げつけるヤツを許してやるほど、俺が甘い人間だと思ってるか？」

その言葉を聞いて、礼はハッと我に返った。執事から聞いたということは、エドは礼がいじめられていたことを、知っているのだろうと気づく。ギルは青ざめ、「大口叩いてるが」と苦しそうに続けた。

「男娼を買ったきみのことを、一族が危ぶんでること、忘れてないか？」

「今の時代、男娼くらい誰でも買う」

エドはギルの悪態をものともせず、淡々と応じている。

「お前もリーストンに来るんだろう。クレイス家は代々ウェリントン寮。となればお前もそうなる。監督生に指名してほしいなら、俺には媚《こ》びといたほうがいいんじゃないか？」

とたんに、ギルが鼻で嗤った。

「お前だってまだ監督生になってないくせに、よく言う」

「いずれなる。そのための人形だ。俺がならなくて誰がなる？　それくらい、分かるだろう」

エドは静かに言った。静かだが相手を平伏させる、不思議な威圧のある声だった。

「それから、どれだけ吠《ほ》えたところで、お前のママはうちの筆頭株主じゃない」

不意に口の端を持ち上げてエドが嗤い、ギルは顔を赤らめて呻いた。室内に戻るため踵を返すギルを、エドは冷めた眼で見ている。けれどギルはいきなり振り向き、最後の一矢のように声を張り上げて吐き捨てた。

「新しい男娼も、きみのために手首を切るかもしれないね、エド！」

瞬間——エドの顔からさあっと血の気が失せるのを、礼は見た。もともと白い肌はさらに白くなり、紙のようだ。エドは眼を見開き、拳を握りしめている。エドにショックを与えられたことが嬉しいのか、ギルはニヤリと嗤ってサロンへと戻っていった。


ギルが消えてバルコニーに礼と二人きりになると、エドは「クソガキめ……」と唸《うな》った。礼はどう声をかけたものか分からず、おろおろとエドを見つめていた。青白い顔で、エドはまだ震えている。けれど突然、ぷいとそっぽを向いて、礼に一言もなく庭へと続く階段を下り始めた。礼はびっくりしながら、焦ってエドを追いかけた。

「エド、エド、どこへ行くの？」

声をかけたけれど、エドは振り向かなかった。庭に下りると、生垣の間をかいくぐってぐんぐん歩いて行ってしまう。足の長さがまるで違うので礼は走らねばならず、次第に息があがっていく。

「エド、待って。待って。どうしたの？」

せっかく会えたのに、エドは礼を見ようともしない。このまま帰ってしまうつもりかと、思わず伸ばした手ですがるようにエドの腕を摑んだ瞬間、礼の手は乱暴に振り払われていた。

「ついてくるな！」

怒鳴られ、礼はびくっと震えて立ち止まった。見上げると、エドは真っ赤な顔をして怒っていた。

「なんで俺がこんなところに来なきゃいけない。お前のせいだぞ、分かってるのか！」

礼はぽかんとし、眼を見開いた。するとエドが、イライラしたように舌打ちした。

「お前があんな……ギルごときにやられてるから……だから俺がわざわざ来てやるんだろうが。なんで俺がお前に、責任を持たなきゃならない⁉」

やっと、礼は驚きから、怖さと後ろめたさに気持ちが変わった。エドは礼のせいで嫌な気持ちをしたのだと思うと申し訳なく、震えながら「ご、ごめんなさい」と謝る。謝ると、それにさえイライラしたようにエドが舌打ちする。

「大体……全部お前がイギリスに来たせいだ。俺は親戚連中から後ろ指を指され、アブノーマルだの病気だの言われて、ジョージは躍起になってる。自分の血と遺伝子が正常だって示すためにな。こんな腐った場所に放り込まれてるのに、お前があんまりガキでぼけてるから、俺が世話をするはめになって……本当に分かってるのか⁉」

次から次に言われても、礼は答えられずにうろたえていた。エドはますます怒ったように、

「くそったれ」と悪態をついた。

「いいか、ここにいたってお前を愛する人間なんか誰もいない。誰も、誰もだ！　俺も含めてな。この家の連中に愛なんて期待するなよ、一族中、どいつもこいつも人が一人死んだって、それが自分の損にならなけりゃなんとも思わない。せいぜい、家畜が一匹いなくなったくらいのものさ。特にそいつが、貴族じゃなけりゃ……！」

俺もそうだ、俺だって、とエドは言った。

「俺だって同じだ、ジョージもサラも、ギルも、死んでしまえと思ってる。お前に構ったのだって、愛からじゃない、憂さ晴らしだ！　犬が一匹俺のせいでいなくなったから——同じ雑種のお前を構えば、気が紛れるかと……。だから今日ここに来たのだって……本当ならお前なんかどうでもいい、どうでもいいのに」

礼は眼を瞠り、しばらくの間声もなくエドを見つめていた。

庭の常夜灯が、青白くエドの顔を照らしている。怒りに満ちたその眼の中に、けれど言葉を重ねれば重ねるほど、傷ついた色が広がっていくように見えるのは、どうしてだろう？

「……ジョージとサラだってそうだ。……あいつらだって、俺に死ねと思ってる。期待したと

おりの息子じゃなかったから――くそったれ、俺のほうがあいつらを、殺してやる、いつか」

　悪態をつき、お前なんかどうでもいい、愛していない、殺してやると言いながら……エドは「助けて」「助けて」と叫んでいる――。

　身勝手な妄想かもしれないのに、そんなふうにしか思えずに、礼は泣きたくなった。

「エド」

　声が震え、ツンと鼻の奥が酸っぱくなる。とたん、弾みで礼はエドの腕にすがりついていた。

「エド、エド……ごめんね。ごめんね」

　謝るのと同時に、淋しさと悲しみが胸をいっぱいにし、傷だらけの心を感じた。

　引き裂かれ、切りつけられて心が血を流している。けれどこれが自分の心なのか、エドの心なのか、礼には分からなかった。それでもきっと、この苦しみはエドのもの。

　どうしてだか、そう感じてしまう。

「もうこれ以上言わないで、エド。サラやジョージが、エドに死んでほしいなんてないよ。エドだって、本当は、違っててほしいでしょ？　本当は、お父さんやお母さんを、死んでほしいなんて……思わない。思ってないよ。そうでしょ？」

　喉の奥が痛み、涙がすぐそこまでこみあげてきている。

「違わない、俺はあいつらを殺したい。あいつらは殺しかけた――俺の、俺の……」

　友だちを、と言いかけてエドは言葉を飲み込んだ。礼はぎゅっと、エドの腕を抱いた。

震える睫毛の向こうにエドの顔が見える。ゆっくりと怒りが退いていくと、エドは迷子のように途方に暮れた顔になり、口を半開きにしたまま、自分が言った言葉に驚いているような、そんな顔で礼を見返していた。

「……違う、今のは、忘れてくれ」

一呼吸のあとに、エドが苦しげに呟いて、やんわりと礼の肩を押した。大きな手で目元を覆い、エドは激したことを悔いているかのように少しうつむいていた。

礼はエドの腕から離れながら、急いで首を振り「うん。ううん」と言う。

「忘れる。忘れるよエド。大丈夫、エドは当たってるよ。ギルのことは、僕の問題なのに……助けに来てくれて、ありがとう。ありがとうね」

ごめんね、と付け足すと、エドは苦しそうに呻き声をあげる。

「違う。そもそもは、俺が病気だからお前が引き取られた……ギルがお前にひどくしたのだって、あいつは俺を気に入らないからで……」

「ギルが僕を憎んでるのは、僕が貴族じゃないからだよ。……そうでしょ?」

言うと、エドは言葉に詰まったようだった。顔を覆っていた手をはずす、その仕草だけで、礼は自分の問いが真実だと悟る。ややあって、エドはたしかにそれもあるが、と喘いだ。

「だけど……俺が最初に親父に、リーストンを卒業してほしいなら生け贄を連れて来いと言ったんだ……できなければ放校されると……だからジョージはお前を、俺の、生け贄にしようと……それは俺がリーストンで、男の……」

友だちを、と言いかけ、けれどエドはそれ以上言えないように何度も口を開いては閉じた。その眼には迷いが映り、眉間は苦しそうに歪んでいる。言いたいけれど言えない。言うべきでも言いたくない。なにもかもを礼に知られるのが嫌だという、エドの気持ちが見えるようだった。それがプライドのためか、他の理由のためかは、分からなかったけれど。

ただ礼は幼い使命感で、「いいよ、エド」と遮った。

「……いいよ、言わなくて。僕にはきっと、重要じゃないと思う。優しくしてくれたことだって、憂さ晴らしでもいいんだ。理由なんて関係ない。……僕が知ってるのは、してくれたことだけだよ」

言うと、エドはまるで奇妙なものを見るような眼で礼を見、それから小さく「なぜお前は……」と、呟いた。

「俺なんかを、好きでいられる。……俺はお前に、優しくなんかしてない――」

エドは唇を引き結んだ。緑の瞳は潤んで揺れ、それが悲しげで、礼はどうしていいか分からずに困った。

「……エドは、僕がいたら困る？　僕は日本に……今すぐ帰ったほうがいい……？」

そうだと言われては耐えられないと思いながら、それでもついさっき、お前がイギリスに来たせいだと言った、エドの言葉を無視できずに訊く。すると、エドはどこか痛んだような顔でうつむいてしまった。

「そうはいかないだろ。お前はまだ十二で、プレップスクールは卒業したほうがいいし——」

小さな声でぽつぽつと言うエドは、いつものような覇気《はき》がまるでない。尊大で気まま。自由で傲慢《ごうまん》な王さまのような、いつものエドに戻ってほしくて、礼は悩んだ。ただ元気づけたくて、エドの大きな手を、礼はおずおずと取った。

「あのね、エド」

呼びかけながら、礼は思う。

(誰もいなくて淋しいのより、誰もかもいるのに淋しいほうが、もっと淋しい……)

いつだったか初めてエドと同じベッドで眠った日も、礼は同じことを思った。母がいなくて感じる恋しさは身を切るようだが、母の隣にいてもなお残った淋しさは、それはそれで重たい苦しみだった。エドの抱えている苦痛は、あれよりもっと重い気がする。

サラもジョージも死んでしまえと言う、彼らも自分に死ねと思っていると言う、エドの痛みを礼は想像し、体が震えた。愛したい人を愛せないことや、愛されたい人から憎まれることは、憎んでいる人から憎まれるより、ずっと痛いのではないだろうか……?

今はいなくても礼にはもともと母がいた。惜しみない愛情を注いでくれる人が。

もしもかつて一度も、エドの世界にそんな人がいなかったとしたら……?

思うだけで、悲しくて淋しくて、心が死んでしまいそうになる。

「エド、あのね、この手は、神様がくれた手なんだって」

なにを言えばいいのか分からず、礼は必死に、エドを元気づけたくて言った。エドが眉をひそめたが、他に言えることが思いつかずに、昔の母の言葉をなぞらえた。

「エドが生まれてくるときに、神さまがくれたんだよ……きっとね、そう……エドには、慰めるのが、上手な指をあげよう。ラベンダーを摘むのが、上手な指をあげよう……って……」

ただ礼は、伝えたかった。

エドは大事な人。

エドの命も存在も、心も体も自分にとっては大切で、だから生きていてほしいこと。

少し前、エドが礼に、生まれてきてよかったのだと教えてくれたように。

おずおずと見つめると、エドは眉をしかめ、礼を見下ろしていた。やがて数拍の沈黙のあと、

「ラベンダーなんか、摘んだ記憶がない」

そうしらばっくれて唇を尖らせた。その声にはいつもの張りが戻っていた。拗《す》ねたような表情にも礼はホッとして、思わずふふ、と笑っていた。

「……今、嘘ついた唇も、神さまがくれたんだよ。でもエドの嘘は、分かりやすいね」

礼が言うと、エドはムッとした。礼は僕ね、と囁いて続けた。

「初めて会った日に思ったんだ。エドの言葉はきついけど、きっと嘘はついてないって。だからきみと、もっと話してみたかった」

最初の日。辞書を抱き締めて眠りながら、エドのことを想っていた。あの日のことを記憶に返していると、エドが瞳を揺らす。

「――俺は冷たくしたのに？」

ぽつりと訊かれ、「気高い王さまみたいだった」と答えると、エドは複雑そうな眼で、じっと礼を見下ろしていた。けれどやがて「そうか」と、言った。

「うん。そうだよ」

「……そうか」

そうか、としかエドは言わない。礼から眼を逸らし、やがてうつむいて、エドは「俺はお前に、優しくできているのか……？」と、訊いた。

「うん。優しい。優しいよ、エド。エドだけが、優しい」

エドはもう、そうか、とも言わなかった。伏せた睫毛の下で、緑の瞳が憂いを含んで揺らめいていた。優しいと言われて、エドがなにを思っているのか、嬉しいのか、苦しいのかも、礼には分からなかった。ゆっくり礼の手を解くと、エドは屋敷のほうへと足を向けてしまった。

「お前はもう部屋に戻れ。晩餐会には出なくていい。俺が出てくるから……」

そう続けられ、礼は眼をしばたたいた。

「あそこは俺にも針のむしろだ。お前まで守ってやる余力がない。部屋にいてくれたほうが、俺には助かる――」

突き放すような語調だったが、エドが礼のために言ってくれていることはよく分かった。エドは一度だけ振り向き、礼の前髪をそっと指で払った。そうして小声でそっと囁いた。

「……ラベンダーの花言葉を？」

知らないので首を横に振ると、「献身的な愛だと」と、エドから返ってくる。

「お前に、似ているかもな」

言われた言葉に、礼は眼を瞠った。同時に腰を屈《かが》めたエドが、礼の額に額をくっつける。

「……おやすみレイ、良い子でお眠り」

長いエドの睫毛が、礼の睫毛と絡み合った。礼はドキリとしたけれど、エドはすぐに離れていき、踵を返して歩き出した。そのエドには、先ほどまでの不安そうな面影はなく、整った横顔には、いつものような尊大な色が戻っていた。

礼は額をおさえ、エドの背を見送りながら、ドキドキとしはじめた。触れあった場所がじんわりと熱く、不思議な高揚感が体を包んでいたけれど――その想いが恋だとは、このときの礼には、幼すぎて分からなかった。

五

「……これ、なに？」

夏休みが始まって一ヶ月が経った八月のはじめ、礼《れい》は屋敷に戻ってきていたエドと、午後のお茶を飲んでいた。

そのとき差し出されたのは、英文の書類と、日本行きの飛行機チケット。礼は困惑していた。

その日はイギリスでは数少ない晴天日で、明るい光が窓から差し込み、部屋の中はフレーバーティーの甘い香りに満ちていた。

礼がこの国にやって来て、三度目の夏。今では礼もイギリスの暮らしに慣れ、休日の午後にはアフタヌーンティーをしなければ落ち着かないほどになっていた。

この二年、礼はプレップスクールに通い続けた。当初あったギルバートによるいじめは、エドが釘《くぎ》を刺してくれたあとからなくなったが、結局卒業まで友だちはできなかった。

最初の年の晩餐《ばんさん》会以来、ギルは礼を無視しているが、礼はいまだに周りから、売春婦の子どもだと呼ばれ続けている。

一方で、ただでさえ留守がちだったジョージとサラは、もはや屋敷に寄りつかなくなっていた。親戚を集めての晩餐会もはじめの一回だけ。サラは海外を歩き回り、ジョージはロンドン暮らし。使用人の間では、時折二人の離婚が噂《うわさ》され、礼も何度か偶然立ち聞いていた。

だから礼の生活は相変わらず、誰もいない、一人ぼっちの生活だった。

それでも礼には、エドがいた。長期休暇になると、エドは必ず帰ってきてくれたし、ほんの時々、週末に戻ってきてくれることもあった。相変わらず尊大で無愛想ながら、屋敷にいる間は礼の勉強をみてくれ、食事をともにとってくれた。

エドを心のよすがにして、礼はなんとかプレップスクールを卒業した。

そしてやっと、恋というもの、愛というものをうっすらと理解しはじめた礼は、エドへの感情が、家族への想いにしてはいきすぎていることを自覚するようにもなっていた。

「遺産相続に関する書類だ。お前はサインさえしてくれればいい」

ティーテーブルに置いた書類を押し出しながら、エドに言われ、礼は不審な気持ちで書類を持ち上げると、難しいその英文を解読した。

『遺産の相続に関する同意書』、と、そこには書かれていた。

内容は、ファブリス・グラームズがエドのために遺した遺産のすべてを、レイ・ナカハラに譲渡するというものだ。礼は青ざめて、エドを見上げた。

エドはもうすぐ、十六歳になる。出会った頃から大人びていたが、今ではもはや大人にしか見えない。高かった背はさらに伸び、体には男らしさが加わった。来月からは新年度が始まるが、既に監督生に指名され、学校の成績も同学年の中ではトップだと聞いている。

よく知らないが、パブリックスクールで監督生になるということは、ケンブリッジやオックスフォード大学を卒業すること以上に名誉だという。寮代表にまで選ばれれば、それはもう、明るいエリートの道筋を約束されたも同然なのだそうだ。そしてエドはその、明るい道のスタートに立っている、未来のエリート候補の一人だった。

けれど礼にとってはこの二年、エドは変わらずただただ、たった一人の好きな人だった。

「どうしてエドの遺産を僕にくれるの？　こんなこと頼んでないよね」

言う声がついかすれる。エドは、そんな礼の動揺をよそに淡々と続けた。

「お前はジョージに遺産を取り上げられただろう。だから俺の分をやる。これを持って日本に帰れ。飛行機のチケットもあるし、荷物はあとで送る。あちらでお前の生活の手続きや、日常の手助けをしてくれるエージェントも見つけてある。なにも心配しなくていい」

矢継ぎ早に言われて、礼は戸惑いながら首を横に振った。

「どういうこと？　突然日本に帰れって……この遺産の手続きだって、どうやってやったの？」

礼には信じられなかった。エドが礼に譲渡する遺産は、贅沢《ぜいたく》をしなければ一生働かずに暮らしてゆけるほどの額で、そんな大金をまだ学生のエドが、勝手に動かせるはずがないのだ。けれどエドは、「ジョージには許可を得てる。心配しなくていい」と、ため息をついただけだった。

「これはきちんと取引した結果だ。遺産も、俺にとっては大した額じゃない。いずれ会社を継げばもっと入ってくるしな。とにかく――」

「エド、待って。よく分からない。じゃあ僕は……日本に帰されるの？」

礼は焦燥にかられて、エドの言葉に途中で割り込んだ。

「前から何度も、そう言っていたろう？」

エドにじろりと睨《ね》めつけられ、礼は一瞬震えた。

それはたしかにそうだった。エドは出会ったころからずっと、プレップスクールを卒業したら、日本に帰れと言っていた。それでも、礼はずっとリーストンに行くつもりでいた。そうすれば、エドと一緒にいられる。礼はこの二年、それだけを目標に頑張ってきたのだ。

エドに来るなと言われていたのを忘れていたわけではない。けれど礼にはエドしかいないのだ。エドの来るなという理由も分からないから、最終的には礼の気持ちを受け入れて、そばに置いてくれるだろうと信じてきた。進学を眼の前にした今日までなにも言われなかったので、入学を許してもらえたのだと、そう思い込んでさえいた。

「……どうして？　どうしてリーストンに行っちゃいけないの？」

礼は身を乗り出し、つい、同じソファに座っていたエドの腕を両手で摑《つか》んでいた。額に冷たい汗がにじみ、胸がドキドキと緊張で鳴る。ここで言い負かされては、本当に日本に帰されてしまうと思った。そして日本に帰されれば——エドにはもう会えない。そんな気がした。

エドは舌打ちしたが、礼の手を、突然ぎゅっと握り返す。不意をつかれ、礼はドキリとした。見上げると、エドは切羽詰まったような眼で礼を見つめていた。

「レイ。頼むから……俺の言うことをきいてくれ。どうか俺の言うとおり、日本に帰ってほしい。——お前がリーストンに来たら……俺は、困る。これ以上は、お前を守れない——」

絞り出すように言い、エドがもう一度、「頼む」と言った。

「ジョージの思い通りに、俺はしたくない……これが一番、お前のためなんだ……」

エドが人に、ましてや礼に懇願をするところなど、初めて見た。礼は言葉が出てこずに、固まってしまった。

——自分がリーストンに行けば、エドを困らせる。

迷惑をかけたくない気持ちと、エドと離れたくない気持ちで揺れ、頭がガンガンと痛む。

「……書類は受け取るから……少し、考えさせて」

礼がようやく言えたのは、その一言だけだった。そのとき礼の手に、痛みが走った。エドにきつく、まるで押しつぶすように握られたせいだ。ハッと顔をあげると、眼の前に迫るエドの眼に、鬼気迫るものが光っていた。

「書類にサインして日本に帰れ。これは命令だ。もし背いたら、俺はお前を裏切り者と考える」

一方的な言葉に驚き、礼は息を呑《の》んだ。エドは怒気をはらんだ声で、ゆっくりと続けた。

「リーストンに来たら、俺は二度と、お前を許さない」

（どうしたらいいの……僕には日本に帰るなんてできない――）

その晩、礼はベッドに入ると、長い時間悶々《もんもん》と悩み続けた。

いくら考えても答えが出ない。エドを困らせるのも、怒らせるのも嫌だけれど、礼にはエドと離れるという選択肢がないのだ。

日本に帰れば、きっと二度とエドに会えない。そう思っただけで、胸が張り裂けそうになった。心はちぎれて散らばり、死んだような気持ちになる。世界は母が死んだ直後と同じく、灰色に染まり、重たく礼にのしかかってくるだろう……。

もう十二歳のときほど幼くはないから、礼は自分でも、エドへの思慕が重たすぎる愛着だと気がついていた。分かっている。とっくに知っている。これが恋じゃないのなら、なんだというのだろう。

（やっぱり僕はエドが……恋愛の意味で好きなんだ――）

認めてしまうと、よけいに日本には帰れないと思った。帰らないとすれば、エドが納得するだけの理由を考えなければならない。

（結局は、僕がエドの邪魔にならなければ……それなら、リーストンにいてもいいはず）

ベッドの中で寝返りを打ち、礼はこの二年間で見聞きした経験から、なんとなく輪郭の見えていたおぼろな事実を紐解《ひもと》いていった。

（エドもジョージも僕には話さないけど……僕はなんとなく分かる。生《い》け贄《にえ》って、つまり）

詳細は知らない。知らないが、ただエドは過去、きっと礼と出会う前に、男とセックスをしたことがあるのだ。セックスの意味は、さすがに礼ももう理解している。そしてグラームズの一族はなぜかそれを知っていて、エドを異常だと考え、世間から隠したがっている。きっと貴族として「性癖」以外は優秀なエドを――完璧《かんぺき》な人間にするために、生け贄として用意されたのが礼なのだろう。

（優等生でいてほしいなら、生け贄を連れて来いってジョージを脅《おど》した……エドは、前にそう言ってた）

なにかがあってこじれたジョージとエドの間で、そんな条件が交わされ、ジョージは礼を引き取り、エドはリーストンに優等生として残った。

そして礼はリーストンにいる間の、エドの性欲処理の道具。卒業するまでの間に合わせ。

きっとそういう存在だ。とても信じられない突飛な想像だが、ほとんど真実だろう。そう考えれば、なにもかもつじつまがあう。エドの古い相手がジョナスという人だろうとも、エドがその人を愛していたのだろうことも、礼には想像がつく。こんなおかしなことを受け入れられるのは、礼もまた、同性なのにエドに恋をしているせいかもしれない。

「あ……そっか。エドは僕を抱きたくないから……？」

悶々と考えていた礼は、不意に気がついた。

（僕を抱きたくないから、来るなと言ってるのかも。でもそれは、問題じゃないよね？）

礼はベッドの上に起き上がり、そのことを掘り下げてみる。

（だって僕はエドが好き……。だから抱かれてもいい。だけどエドが嫌なら、抱かなければいい。どっちでも僕は、エドの味方をする……）

エドに抱きたくないと言われれば落ち込むけれど、それでも日本に帰されて、二度と会えないよりはマシだ。

（ジョージに訊《き》かれて困るなら、抱いたことにしておけばいい。僕も口裏くらい合わせられるし、第一……ジョージもサラも、この家にはほとんど帰ってこないもの）

ようはエドが無事エリートとして卒業し、一流大学に進んで、卒業後は家の決めた相手と結婚できれば、彼らには問題ないはず。そうなればジョージの体面も保たれ、サラもまた得意顔ができるのだ。まだ幼い礼でも、そのくらいは想像がつく。

たとえエドが他に恋人を作り、その隠れ蓑《みの》として利用されてもいい。それでも、そばにいたい。

エドはきっと、そんなふうに礼を利用することを憐《あわ》れんで、日本に帰れと言ってくれているだけ。すべてはエドの優しさなのだと思えば、話し合う余地はいくらでもある。

（言うとおりにするから、リーストンに行かせて。そう言えばきっと、エドも分かってくれる）

明日の朝、エドに話してみようと礼は決めた。決めると気持ちが楽になった。きっとエドは許してくれると思ったからだ。時計を見ると、もう夜中の二時で、安心すると一気に眠気が襲ってきた。

ところが翌朝、いつもより一時間も寝坊して礼が目覚めると、朝食の用意された食堂にエドはいなかった。執事に訊くと、「今年は監督生になって、いろいろ準備があるからと、今朝早くに学校へ戻られました」と言われ、礼は面食らってしまった。

慌ててエドの部屋に行くと、そこはもぬけの殻で、机の上にこんなメモが一枚置かれていた。

『レイへ。　書類にサインをして執事に渡せ。俺はリーストンに帰る。それから、もしもお前が俺を裏切ったら、俺はこれきり、もう二度とお前を信頼しない。言うことをきいたなら……大人になったら、一回くらい、会いに行けるだろう。だから言うことをきいておけ』

流れるような筆記体は、エドの筆跡だ。礼は息を呑んでそのメモを見つめた。膝《ひざ》から力が抜け、礼はその場にへなへなと崩れ落ちてしまった。

心臓が破れそうなほど痛み、思わず手で押さえる。眼の前が真っ暗になる。

（そんな……エドは本当に、これで僕と別れるつもりなの？）

エドとこのまま離れるなんて、礼には考えられない。なのにエドは、ろくに挨拶《あいさつ》もせず学校へ帰ってしまった。

エドは礼なんて、いなくなっても平気なのだろう。自分がどれほどちっぽけな存在なのか思い知らされるようで、礼はショックだった。

（大人になったら会いに行くかもしれない、なんて……信じられないよ）

昨日考えたことを話せば、礼がリーストンに入っても問題はないと分かってくれるはず。特別なことは要求しない。ただ同じ場所にいたいだけなのだから。

礼は執事に電話を貸してほしいと頼んでみた。けれど執事には眉《まゆ》を寄せられ「それはできません」と断られてしまった。

「お坊ちゃまに、もし頼まれてもきかないようにと命じられております」

礼は愕然《がくぜん》としてしまった。話を聞いてもらえば分かってくれるはず。そう思っていたのに、話す道を閉ざされてしまった。当然ながら携帯電話も個人所有のメールアドレスもない礼は、エドと連絡をとる手段がなかった。屋敷のなかで、一人悶々と考えているうちに、とうとうリーストンの入学式が明日に迫った。

決心がつかずに、部屋で悩んでいた礼に、来客があったのはその日の午後だった。

「ここがお前の部屋か、混血児」

吐き捨てながら部屋に入ってきたのは、ギルだった。礼は眼を瞠《みは》って、座っていた座席から立ち上がった。後ろに執事が控えていて、「ギル様、ここは私室です……」と言ったが、ギルは聞かずにずかずかと近寄ってきて、ちょうど礼が眺めていた遺産相続の書類を奪い取った。

「ギル……っ？」

礼は困惑していた。ギルとは学校でももう口をきいていなかったし、二年前の晩餐会以来、この屋敷に来ることもなかったのに。けれどギルは礼に眼もくれず、書類を見て鼻で嗤《わら》った。

「お母様の危惧《きぐ》が当たるとはな。エドはどうかしてるよ。お前みたいな混血児にこんな大金を用意するなんてさ」

嗤ったあと、ギルはすぐさま冷たく礼を睨《にら》みつけた。

「レイ、逃げるなよ。リーストンに入れ。お前には、エドが異常なことを証明してもらう必要がある。せっかくの弱みが潰《つぶ》れちゃたまらない」

「……なんのこと？」

礼がおそるおそる訊《たず》ねると、ギルは「エドのためにそうしろって話さ」と肩を竦《すく》めた。

「エドは一族中から今、テストを受けてる。これ以上の不祥事を起こさずリーストンを卒業し、オックスブリッジに進めるかどうか……お前もそのテスト問題の一つだよ」

さっぱり意味が分からず眉を寄せる礼に、ギルは続けた。

「お前がリーストンに入らなければ、エドは問題を一つ回答しそびれる。それじゃ意味がない。

評価を放棄したんじゃ、エドは不合格になるだろ」

「ギル、ごめん。僕にはなんの話だか、全然分からないよ……」

えらそうなギルの口調に、礼はおどおどしながら答えた。蔑《さげす》みに満ちた眼で見られると、無意識のうちに体が恐怖で縮まってしまう。それはイギリスに来て、しみついた癖のようなものだ。

「簡単に言うと、お前が日本に帰ったら、エドは一族の当主になれず、路頭にまようかもしれないってこと」

礼は固まり、ギルを見返した。まさか、と思ったけれど、ギルのすぐ後ろでは執事が神妙な顔をしており、あながちそれが間違いではないのだと気がついた。

「俺としても、きちんと見届けたいからね。お前にはリーストンに来てもらわなきゃ困る」

これはもらっとくよ、と言って、ギルは書類と、それから机上に置いておいた飛行機のチケットを奪って行った。執事が「ギル様」と苦い顔をしながら追いかけていき、礼はよろよろと椅子《いす》に座り直した。

(僕が日本に帰ったら、エドが当主になれないって……どういうこと?)

正解はまるで分からなかったが、そこから考えた挙げ句出した答えは一つだった。

こうなったら直接、リーストンへ行こう。行って、エドと話をしよう。ギルの言葉の真意もそうだが、自分だって本当はエドと一緒にいたいのだ。その気持ちもちゃんと話したい。

礼はこのとき、まだ心のどこかでは信じていなかった。

エドが本気で礼を許さないことなど、あるはずがないと思っていた。

エドは優しいのだから、きっと許されるはずだという子どもらしい思い込みのまま礼は決め、リーストンに入学したのだった。


「なぜ来た？　俺を裏切ったのか！」

礼がエドから叱責《しっせき》を受けたのは、入学式と入寮式が終わった直後のことだ。

ウェリントン寮の入寮式で、新入生を迎えた監督生たちの列に、エドはすっと背筋を伸ばして立っていた。初めて見るスクールの制服。胸ポケットに花をさし、堂々と立っている姿はいつも以上に格好良く、礼はどぎまぎしたが、一群の中に礼を見つけたエドの眼を見て、そんな悠長な感想は吹き飛んだ。

エドは礼を認めたとたん青ざめ、次には怒りに顔を真っ赤にした。激しく睨みつけられた礼は、一瞬で緊張した。そして式が終わった直後、人目のない瞬間にエドが礼の腕をとった。

「来い」

低く命令され、力尽くで連れてこられたのは、ウェリントン寮の地下にある図書室だった。暗く陰気で、人気《ひとけ》のない場所。湿った紙とインクの匂いが、黴《かび》のように部屋にこびりついていた。そこで礼は初めてエドに胸倉を摑まれ、乱暴に揺すられた。

「来るなと言ったよな？　何度も言ったよな？　俺は許さないと言ったはずだ！」

エドの怒号に、礼は動揺していた。

怒られるだろう、罵《ののし》られるだろうとは思っていたが、これまでのエドからは想像すらできないほどその怒り方は激しかった。エドは素っ気なく無愛想であっても、礼に対して乱暴だったことは一度もなかった。それなのに、今はすぐにでも殴られそうなほどの剣幕だった。

「……エド、エド、聞いて」

思考停止に陥っていた礼は、喘《あえ》ぐようにやっと声を出した。つま先が宙に浮き、息苦しい。エドが舌打ちし、乱暴に礼を放したので、礼はよろけて後ろの本棚に背をぶつけた。薄い背は、それだけでじんじんと痛む。

「お前は俺を裏切った！　俺の誠意を無視したんだ！」

吐き出すように言うエドに、礼は「違う」と首を振った。

「なにが違う？　俺はお前に温情をかけた。お前のために、遺産まで用意したんだぞ、ジョージに頭を下げて！」

「……それは、ごめんなさい。だけど……だけど、聞いて。聞いてくれたら分かるから」

礼は必死になり、エドの腕にすがりついた。早く自分の考えを話さねばと思う。話せば分かってくれる。礼はこのときまで、信じていた。高をくくっていたのかもしれない。

「あのね、エド。あの……僕は、エドが、好きなんだ」

一世一代の告白のつもりだった。

英語は本当に分かりやすい。日本語とは違い、Ｌｏｖｅと使えばそれがどんな種類の愛なのかすぐに分かってしまう。アイラブユー、というだけの簡単な文章、けれど礼は初めて誰かにその言葉を使った。

ドキドキして、体が震えた。エドの顔が見られずに赤くなってうつむき、礼は口早に続けた。

「い、生け贄の意味も分かってる。だけど僕は、エドが好きだから、そういうことされても……傷つかない。だからエドが、気を遣ってくれることなんてないから——」

けれどそれ以上言う前に、エドが舌打ちをした。小さな声で「くそ」と呻《うめ》き、エドは搾《しぼ》り出すような声で続けた。

「……そんなことを言って、お前まで俺を追い詰めるのか？」

礼は驚き、顔をあげた。追い詰める？

そんなつもりはなかった。好きだと告白して、どうしてエドを傷つけるつもりなどあるだろう。愛し返してとは言っていない。ただ愛していると言っただけだ。けれどエドは苦しそうに眉をしかめ、今にも血が出そうなほど唇を噛《か》みしめていた。

（そんなに……僕に好きだと言われたら……エドは、困るの？）

訊きたくて、けれど声が出せない。そうだと肯定されたら、胸が張り裂けてしまう。

エドは礼を、やっぱり恋愛対象としては見ていない。そのことだけは理解できて、制服の裾《すそ》をぎゅっと握り、礼はけれど、気丈に振る舞おうとした。

（落ち着いて。エドが僕を特別に想ってないことは、もう分かってた。それでもただ、そばにいたくて来たんだから……）

「エド……僕、考えたんだよ。エドが嫌なら、僕を抱かなくていいと思うし、でもジョージが気にしたら、してることにしたらいいんじゃないかって……。その、僕はきみが他に、好きな人を作っても、内緒にしておけるし……」

「なんだそれは⁉」

けれど精一杯の提案は、エドの苛立《いらだ》った声によって否定された。

「つまりお前は、俺が他の男を抱いてもなにも思わないと。そんなことを言いに来たのか？」

そうではない。たった今エドが、礼に好きだと言われて困っているから、提案しただけだ。うろたえながら、礼は「ただ……」と口にした。

「ただ僕は、エドのそばにいたくて……だってもう、日本に帰っても誰もいない。僕にはエドしかいない。……そばにいさせて。エドの役に立てるならなんだってするから……」

こういうとき、どう言えば気持ちが伝わるのだろう？

エドを愛していること。できることなら、エドの助けになりたいこと。だから決して邪魔はしないこと。ただ、ただそばにいたい。好きな人のいる世界にいたいだけ。

それだけで、礼はきっと生きていける。

震える指と指を組み、懇願するようにエドを見つめる。眼が潤み、心臓は痛いほど鳴ってい
た。拒絶され、日本に帰れと言われたらどうしよう。眼の前が真っ暗になる。そう思いながら
礼はまだどこかで、エドは許してくれると思っていた。

エドは優しいから、きっと最後には、受け入れてくれる……。

「……人の気も知らず」

黙って聞いていたエドが、苦い顔で呟《つぶや》いた。

「なにも分かってない。お前がここに来た時点で、もうお前は俺を裏切ってるんだ」

エドは悔しげに吐き出すと、額に手をあてる。

「なぜお前をここに来させまいとしたか……一族のやつらは、お前が俺の弱みだと思ってる。

……お前は、この先ずっと俺に責任を持たせ、我慢を強いるつもりなのか……」

エドは唸《うな》りながら、ドン、と壁を叩《たた》いた。重たい音が室内にこだまし、本棚が小さく揺れる。

礼はびくっと肩を揺らして、エドを見つめた。エドはうつむき、「ちくしょう」と独りごちた。

「ジョージのやつ、俺がおとなしくなると思って、お前がここに入るのを止めなかったんだ」

エドは独り言を始めたが、礼にはまだ言わねばならないことがあった。勇気を出し、礼は
「あのね」と再び切り出した。

「僕が来たのはそれだけじゃないんだ。ギルが……リーストンに僕が来なければ、エドが困る

と言ってたんだ。一族のテストに、不合格になって、エドは当主になれないって――」

どういうこと？　と訊ねると、エドは一瞬眼を瞠り、それから舌打ちした。

「カーラの差し金だろ。……それこそ、一族の思うつぼだ。お前を横に置いとけば、俺をコントロールできるつもりなんだよ。ついでに粗探しもできる」

エドはそう言い、近くの本棚をまた蹴《け》った。その乱暴な仕草に、礼は竦みあがりながらもエドが心配になった。

「エ、エド……あんまり暴れたら、怪我《けが》しちゃうよ……」

「……そういうところだ、レイ」

けれどおそるおそる言った礼に、エドは嘲《あざけ》りを含んだ声で、力なく呟いた。

「お前のそういうところが、俺は嫌なんだ……押しつけがましい、親切ぶった、素直さが。なにも知らずに俺を好きだとか言える――厚かましさも。なにも分かっていないのに、俺の役に立ちたいだと？」

屋敷にいて、離れていたから構ってやれたのに、とエドは唾棄《だき》するように言う。

礼はもう言葉もなく、ただエドを見上げていた。体が震え、エドの本音に胸が突き刺された。

「お前が俺の助けになどなれるものか！　むしろただ俺を苦しめるだけだ。この檻《おり》の中で――お前という足枷《あしかせ》までつけられたら、俺は溺死《できし》する！」

足手まといだ、お前がいては迷惑だ、エドはそう言っている。礼には理由は分からない。

礼が物知らずだから？

貴族ではないから？

だからエドの言う意味が分からないのだろうか。

「お前がいなきゃテストに不合格？　バカバカしい。それどころか、お前がいたらそれこそ、俺の合格点は厳しくなる。分からないだろうな、お前には……」

舌打ちまじりに独りごち、エドは頭痛がするようにこめかみを押さえ、長く深い息をつく。

「いいか。お前は籍の上では、俺の弟だ。だが、グラームズ家の恥でもある。……分かるだろう。お前は青い血じゃない。汚れた血の子どもだ」

礼は一瞬、なにか聞き間違いをしたのかと思った。

——家の恥。汚れた血の子ども……。

これまで散々耳にしてきた言葉だが、エドの口からその言葉を聞いたことは一度もなかった。

鈍い痛みが心の中を行き過ぎ、やがてそれは重たいショックに変わった。

（エドも、そう思ってたの……？）

「俺とお前が親しければ、当然スクールの連中はお前を見る。小さなほころびから、お前の出生が知られることもある。うちはな、イングランド随一の貴族なんだ。社交界では過去のスキャンダルは格好の肴《さかな》さ。つまり……お前の秘密が知られればその不祥事を理由に、俺とジョージを一族の頭から落とすつもりのやつらもいる」

当のジョージは、バカだから気づいていない。サラだってな、とエドは吐き捨てる。

「あの二人は、ただお前を俺の性欲処理道具として――つまり、俺が要求した生け贄として送ったただけのつもりだ。自分たちの首までかかってるとは思ってない」

礼は息を吞み、唇を嚙みしめる。心臓が、どくんどくんと大きな音をたてている。

「理解したか？　要はお前と俺の話じゃない、会社の株と金と権利を誰が好きにしていいかって話なんだよ、これは」

「……きみが僕の甥《おい》だと分かったら、ダメってこと？」

礼は震える声で訊き返した。エドは冷たく眼を細めて肯定する。

「日本から来たかわいそうな子ども……俺の害にならないうちは、優しくしてやろうかと思ってた。犬の世話を焼くのも悪くない。でもお前は、俺の手を嚙んだな」

「嚙んで、ない」

礼は思わず、そう言っていた。

「嚙んでないよ……僕はエドが好きなのに……エドにとって不利になることがあるなら、それはしない。黙っていればいいんでしょう？　きみと僕との本当の関係を……」

エドは鼻でせせら嗤い、それから「都合のいい愛だな」と呟いた。

「俺の言い分を無視しといて、なにを今さら」

「――じゃあ、じゃあ、学校をやめて、日本に帰れば、いいの？」

言ううちに、じわじわと涙がこみあげてくる。泣かないように抑えながら、そうだと言われたらどうしようと、絶望が心を染める。けれどそれでも、訊かずにはいられなかった。

数秒間、礼は怯《おび》えてうつむいていた。軽蔑《けいべつ》の眼差しが、見ていなくても頰《ほお》を突き刺す。

「いや……入学してしまった以上、ヘタにやめるほうが目立つ」

ややあって忌々《いまいま》しげに呟いたエドに、礼はおそるおそる顔をあげた。眼が合うと、エドは凍てつくような眼で、鋭く礼を睨みつけた。

「ここにいたいなら、俺が卒業するまでだ。ちょうどお前は、共通試験の受験が終わる。そこでやめるやつは時々いる。ただしその三年までだ。俺が大学に進学するときには、お前も日本に帰れ。嫌だと言っても帰すがな」

「……エド」

これはエドの、礼への優しさだろうか？

期限付きとはいえ、そばにいることを許してくれたのではないか——そう一瞬見えた希望にすがろうとしたとき、エドが「勘違いするな」と低い声で礼を牽制《けんせい》した。

「俺はただ単純に、これが一族のテストなら、耐えて受けてやるというだけだ。お前を助けるつもりはない。俺がこれからお前に与えるものは、すべて罰だ。そう思え」

「……罰？」

よく分からずに訊いた礼に、エドが眼を細めて冷淡に続ける。

「ここでは隠れていろ。誰の眼にもつくな。寮の行事にも参加するな。人を避け、関わるな。もしお前が俺を――愛していると言い張るなら、レイ。俺のために、俺の眼にも、他の生徒の眼にも留まらないくらい、存在を殺していろ」

愛しているのなら。そう言われて、礼は嫌だとは言えなかった。

「隠れていれば……そばにいて、いいの？」

「ここにいてもいい、と言っただけだ。お前からは俺に話しかけることも、近づくことも許さない。約束できないなら今すぐ日本に帰れ。お前の事情は無視だ。執事に言って手続きする」

後頭部を叩かれたようなショックで、礼はしばらく言葉を失った。

エドと話せない。そばにいってはいけない。人目についてもならない。

それは今まで以上に孤独で、一人ぼっちでいろということだろうか。そんな生活に、自分は耐えられるのだろうか？

迷ったけれど、もし今ここで嫌だと言えば、日本に帰されてしまう。エドのいうことをきき、従っていれば、いつかエドも怒りをおさめ、自分を許してくれるかもしれない。

（きっと……だって、エドは本当は、優しいもの）

自分を蔑むようなエドの姿に直面してもなお、礼はこれが本当のエドだとは信じていなかった。礼のためにラベンダーを摘み、シェフに和食を頼み、参加したくない晩餐会に出てくれる……それが本当のエドのはず。そして礼の知るエドなら、今は怒っていても、きっといつかは礼を許してくれる。たとえ一族のテストがあるにしても――礼がぼろを出さなければいいはず。

――違う、お前は失敗したんだ。選択を間違った。もう二度と戻らない。

頭の隅でもう一人の自分が警告していたが、礼はそれを無視した。

(大丈夫。これまでだって誰も周りにいなくて、遠くにいるエドを想ってた)

目先の欲に囚《とら》われた。一秒でも、一センチでもいいから、エドのそばにいたかった。傷つけられても、ひどいことを言われても構わない。恋心に、眼がくらんでいた。

「分かった。そうする。エドの言うとおり誰とも話さないし、エドにも話しかけない。一人ぼっちでいればいいんでしょう?」

エドがイライラと、眉を寄せるのが分かった。本気で分かっているのか、疑っている顔だった。けれど礼は「分かってるよ」と続けた。

「だけどいつか、罰が解けたら……」

「そんな日は来ない」

言いかけた礼に、エドが言い放つ。渋面で舌打ちし、エドは礼を憎んでいるように、鋭い眼で睨みつけた。

「お前がなにを言っても、どうしても、俺はお前を受け入れないし、愛さない。……よく覚えておけ。俺がお前を愛することはない――」

苛烈《かれつ》な言葉に、礼は息を呑んだ。体はもうずっと、小刻みに震えている。

伝わらない愛はある。ふと、頭の奥に母の声が蘇《よみがえ》った。

もしかしたらたった今、自分はその伝わらない愛に、直面しているのではないだろうか。

あるいは母が、ファブリスとそうだったように？

心の奥でそんな不安が頭をもたげたけれど、礼は見ないふりをした。

そこから二年以上もの間、本当にエドが自分を許してくれないなどとは――到底、思っていなかった。エドの本心も、本音も、そのときの礼にはなに一つ分かっていなかった。

そしてそれは十六歳になった今も、分からないままだった。

六

「誰がコマドリ殺したの……わたし、とスズメが言いました……」

礼《れい》は川辺の秘密の場所で、小さな声で歌っていた。イギリスの古い童謡だ。歌いながら、川底を泳いでいる魚を膝のノートに模写していた。

十月下旬も間近になり、この頃、冷え込みはいっそう厳しくなった。礼は上着の下にセーター、さらにコートとマフラーを着込み、持ってきたブランケットをすがれた草の上に置いて座っていた。それでも剝《む》き出しの手は、描いているうちにかじかんでくる。指先が動かなくなると、魔法瓶《びん》から温かなお茶をコップに入れて飲んだ。

今日もまた、遠いグラウンドからは歓声が聞こえてくる。学校は、十月下旬から一週間ほどの中休みに入るが、それが明けるとクリスマスの準備で忙しくなるので、シーズンを惜しむかのように、このごろは毎日、ラグビーの対抗試合や交流試合がもたれていて、礼以外の生徒はみんなその応援に夢中だった。

(今日エドは、部屋に来るかな……)

絵を描く手をとめ、礼は魔法瓶を持ち上げながら思った。エドがいつ来るか、なぜ来るかに法則性はないが、この二年の学校生活で、エドが選手として出た試合に勝った日には、やって来ることが多い――そんな気が、なんとなくしている。

（来てくれたからって……べつにいつもどおり、短く話すだけなんだけど）

コップにお茶を注ぎながら、礼はため息をついた。

紅茶をすすって灰色の空を眺めていると、すずかけの木からコマドリが下りてきた。

「珍しいね。最近はきみたちを見なかったのに……」

話しかけると、コマドリは小首を傾《かし》げて礼を見上げた。可愛《かわい》い仕草に、思わずふふ、と笑いが漏《も》れる。

礼はポケットからビスケットを取り出し、少し砕いて草の上に撒《ま》いてやった。コマドリは小さいのに、警戒心の弱い小鳥だ。そうすると、すぐに木から下りてきて、ちょんちょんと跳ねながらビスケットを啄《ついば》んだ。その様子を、礼はたてた膝にこてんと頭を乗せて眺める。

礼が座っているのは、川べりの、木々や生け垣に囲まれた小さな空間だった。寮対抗試合などでどこにも居場所がないとき、礼は大抵ここで絵を描いて過ごしていた。

それにしても、と礼は思う。少し前の夜、コマドリは大群で空を渡っていったばかりだ。今年は寒い冬になるそうで、そういう時は留鳥のコマドリも南へ渡ることがある。

「……きみはみんなと行かなかったの？　群れをはぐれたら生きづらくない？」

そっと訊いてみると、コマドリは可愛い黒い眼で礼を見つめる。

「この学校じゃ、僕もはぐれてるんだ。……僕は淋《さび》しいけど、きみは淋しくないの？」

小さな鳥に自分を重ね、憐れに思った矢先のことだった。

「いいね、そのビスケット。ボクにも恵んでくれない？」

頭上から声がし、礼はびっくりして心臓が縮み上がるような気がした。

（だ、誰……っ？）

今までこの場所に、自分以外の人間がいたことなどない。聞き間違いかと思いながら立ち上がり、声がしたほうを振り向いた礼は、眼を瞠った。川べりに生えたオークの太い枝の上に、礼より年上らしき生徒が一人、寝そべって本を読んでいたのだ。

彼は礼と眼を合わせるとニッコリと笑った。モデルのようにすらりとした体つきで、長い足を片方ぶらんと垂らしている。整った甘めの顔立ちに、栗色のやや長い髪。ハシバミ色の瞳が明るくきらめいている。エドの瞳のような、ギラギラとした強い光とは違う。晴れた日、陽光を弾いて輝く水面のような、朗らかな眼だった。

けれどなにより驚いたのは、その美貌《びぼう》より、彼がラグビーの試合を観戦していないことだ。

謎の青年は軽い身のこなしで木の上から下りてくると、からかい混じりの笑みを浮かべて礼の顔を覗《のぞ》き込んだ。

「なに？　眼、丸くして。コマドリにはあげるのに、ボクにはビスケットくれないの？」

少し鼻にかかる、甘えた声。並ぶと、背丈は礼より頭一つ高く、エドよりは少し低めだ。

「あ……い、いえ。ビスケットですか」

礼は慌てて、ポケットからもう一枚ビスケットを出して渡した。受け取った彼の手は白く優美で、スポーツのために鍛えられ、骨張ったエドのそれとは、まるで違って見えた。

「ショートブレッドか。この国で食べる価値のある数少ないものの一つだよね」

おどけているのか本心なのか、皮肉めいた言葉をニコニコと言い、彼は嬉《うれ》しそうにビスケットを頬張った。ラフなセーター姿で、上着も着ていない。よく見ればネクタイも緩め、完全に崩して着ている。そのことにも、礼は驚いた。なにしろリーストンの学生は伝統ある制服を着ることに誇りを持っているので、けっして着崩したりしない。

「これ、中身は紅茶？　ボクはカフェオレのほうが好きだけど、ま、いっか」

彼は礼のブランケットの上に座り、コップの中にまだ残っていた飲みさしを、勝手に飲んでしまった。そのことにも呆気《あっけ》にとられ、礼はまだぽかんとしていた。けれど、

「きみって、絵が上手いね。これは……オフィーリア？」

置きっぱなしにしていたノートをパラパラとめくられて、礼は「わっ」と声をあげた。開かれていたのは、礼がミレイのオフィーリアを自己流にアレンジして描いた絵のページで、色鉛筆で着色もしてあった。それを見ると、彼はなぜだか驚いたように眼を大きく開け、じっと食い入るような視線になった。

礼は慌ててノートに飛びつき、閉じた。秘密を覗かれて恥ずかしく、頬を赤らめていると、彼はそんな礼を見ておかしそうにしていた。

「どうして隠すの？　もっと見せて。コマドリと一緒で、群れからはぐれて淋しいんでしょ？」

からかわれて、礼はますます頬を赤らめた。ついさっき、コマドリに話しかけていた言葉を聞かれていたらしい。どう思われたかと想像するだけで怖くて、礼はうつむき、慌てて荷物をまとめた。

「あれ、どうしたのかな」

眼を丸くする彼には返事せず、礼は両手一杯にノートと魔法瓶を抱え……ブランケットは彼が座っているから諦《あきら》めよう――その場を立ち去ろうとした。けれどそのとたん、「待って待って」と青年が礼の腕を摑み、強引に隣へと座らされる。

「思ったより警戒心が強いね。ボクはまだなにも、きみにひどいことしてないんだけど」

彼の喋《しゃべ》り口調は、まるで歌うような軽やかさだ。ペースに巻き込まれ、礼は上手く反応できずに固まってしまった。この人はもしかして、自分になにか文句があって言いに来たのだろうか？　イギリスに来てからの四年で、すっかりしみついた萎縮癖が出て、礼は小さく震える。

「……あ、あの、手を離してくれますか？　僕もう、行くので……」

しどろもどろに言うと、彼はきょとんとした。

「どうして？　今はラグビーの試合中。授業はないし、きみもボクも観戦してないから暇でしょ？　一人ぼっちが淋しいのに、話しかけられると迷惑なの？　コマドリくん」

コマドリくん、と言われて礼は一瞬戸惑った。それからやっと、自分のことだと分かる。

（どうしよう、この人、変な人かもしれない……）

急にそう思う。そもそも自分に話しかけてくる時点で相当変わっている。そうじゃないなら、エドの義弟のくせに礼の態度が悪いとか、そういうクレームがあるか。実際そういうことは時々ある。主に言ってくるのはライアンだ。もっとも礼は反論もせず、態度も変えないできた。結果的に、礼は強情で弱虫の卑怯者《ひきょうもの》だと思われ、いつも一人きりだ。エドの望みどおり。

「さっきから、ずっとびくびくしてるね。コマドリに話しかけてるきみはすごく可愛かったのに——ボクにもあんな笑顔を見せてほしいな」

けれど青年はおかしそうにし、礼の手から魔法瓶を取って勝手に二杯目を注いだ。

（やっぱり変な人……？）

とても美しいけれど、変わっている。

「……あのう、やっぱり行きます。その魔法瓶、あげますね」

礼は小さな声で言い、そろそろと立ち去ろうとした。けれどその瞬間、「レイくん」と呼ばれて、礼は凍り付いた。

「なぜボクと話してくれないの？　もしかして、エドワード・グラームズに、誰とも話すなって命じられてるから？」

　礼は息を止め、一瞬眼を瞠っていた。どうして自分の名前を？　とも思ったし、エドに命じられている、なんて、分かる人間がいるはずがない真実を、思いがけず突かれたからだ。

　数秒の沈黙のあと、礼の頬には動揺で、熱がのぼってくる。

「そう警戒しないで。きみはあの有名なエドの義弟なんだから、あれ、弟でいいんだよね？　そりゃ耳に入ってくるよ。だから名前を知ってるだけ」

　礼はもうどう返事をしていいか分からなかった。ノートだけ持って立ち上がり、早足で秘密の場所を出て行くと、謎の青年は眼を丸くし、ブランケットや魔法瓶をまとめて追いかけてきた。

「ねえ待って、コマドリくん。不快にさせたなら謝るよ。小鳥に話しかけてるきみがあんまり可愛かったから、つい構いたくなっただけなんだ。学校の噂じゃ、エドの義弟は冷たくて、弱虫で、びくびくしているくせに義務もこなせない卑怯者だって聞いてたし」

　ひどい言葉を羅列したあとに、「そうそう、それから日本人で地味で可愛げがないって」と付け加えられ、礼は顔を赤らめた。怒りではなく、ひどい言われようにみじめになった。

「でも本人を見てみたら、噂と全然違うじゃない。小鳥に話しかけるロマンチストで、淋しいなんて可愛く言う。見知らぬボクに食べ物を恵んでくれる情もあるし」

「か、からかわないでください……」

今度は恥ずかしさに全身真っ赤になりながら、礼は思わず小声で言っていた。けれど彼は、まるで聞こえていないように続ける。

「見た目も、黒眼黒髪に白磁の肌。どこが地味？　完全に美少女か美少年だよ。ちょっとクラクラするくらい。ああそうだ、絵を描きながら歌も歌ってたね。可愛い声で。小首を傾げる仕草、コマドリみたいだ。それになんといっても、小鳥に話しかけるんだもの」

「……あ、あの、もうやめてください……っ」

礼はとうとう立ち止まり、相手を見上げた。自分でも、耳までまっ赤だと分かる。可愛いだの小鳥に話しかけるだの、何度も何度もからかわれ、戸惑っていた。これまで礼に、こんなふうに接してきた人間はいなかったから、どうしていいか分からない。

相手はふっと笑って肩を竦め「やっと振り向いてくれたね」と言った。

「自己紹介してなかったね。ボクはオーランド。オーランド・マーティン。十七歳。きみの一学年上だよ。オーリーって呼んでね、親しみをこめて」

「……は、はあ」

ニッコリと微笑《ほほえ》まれ、礼は呆気にとられた。初対面で愛称を呼んでとは、あまりにフレンドリーで、イギリス人らしくない。そう思っていると、オーランドはどんどん話を続けた。

「母がフランス人なんだ。最近までフランスで暮らしてて、あっちの学校に行ってた。でも大学はオックスブリッジに進めって、父に無理やりリーストンに入れられたんだよ」

「……シックスフォームからの編入生なんですか？」

おずおずと訊くと、そうそれ、とオーランドは頷《うなず》いた。この学校で、自分から誰かに質問などしたことがない礼だ。会話をしていると、なんだかドキドキしてきて、居心地が悪くなる。

「編入生で、しかも庶民だよ。貴族じゃない。うちは商家で、ヨーロッパでチェーンのスーパーマーケットを経営してる」

まだオーランドの自己紹介は続いている。礼はなにか言わねばならないかと頭をひねってみた。世情に疎いのでヨーロッパにある有名スーパーがどういうものかも分からない。

「……僕はスーパーに行ったことがなくて……あ、日本ではよく行きましたけど。お母さんと一緒に――こっちのスーパーでも曜日によっては二割引きですか？」

オーランドが礼の反応を待っているように見えたので、なにか言わねばとひねり出したのがそれだった。とたん、オーランドは噴きだし、我慢できなくなったように声をたてて笑った。

きっと相当的外れなことを言ったのだろう。礼は赤くなって震えていたが、オーランドは

「気にしないで。二割引きね……素敵だね」と礼の肩を優しく叩いてくれた。

「ボクはてっきり、ネズミが出るような薄汚い店の経営者とは、友だちになりたくない、なーんて言われるかと。なにしろきみは、かの名門、グラームズ家の人だし」

笑い終えたオーランドがそう言い、礼はそれこそ驚いて眼を瞠った。そんな発想すらなかったし、オーランドが誰かからそんなことを言われたのだろうか、とふと気になった。そういえ

ばついさっき、オーランドは自分を庶民だと紹介した。礼も同じなので、この学校の中で庶民がどれほど卑下《ひげ》されるかは知っている。かといって、大丈夫ですかと訊くわけにもいかず、不安な気持ちでじっと見つめていると、オーランドはニッコリ笑って首を傾げた。

「よかった、話ができて。怒らせたかと思ってヒヤヒヤしたけど、きみが素敵な人だってことも分かった」

オーランドは礼の腕に魔法瓶とブランケットを返す。それからハシバミ色の眼を悪戯《いたずら》っぽく輝かせ、礼の耳元へ唇を寄せる。

「ねえ、エドワード・グラームズが男と寝てるっていうのは、本当なの？」

と、囁《ささや》いた。礼は一瞬息を止めた。心臓が強く鼓動し、じわっと嫌な汗が額に浮かぶ。

「……あ、あなたはさっきから……エドが嫌いなんです？」

気がつくと、震える声で言っていた。

（この人……さっきからわざと、エドを揶揄《やゆ》してる――？）

礼の行動をエドの命令かと言ってみたり、エドをゲイかと疑ってみたり……。オーランドはけれど、屈めていた背を伸ばし「まさか」と肩を竦めた。けれどそのすぐあと、彼は意味ありげに眼を細める。

「……ただ、ボクはエドの恋人だった人を、一人だけ知ってるからさ」

礼はそれ以上話を聞きたくなかった。心臓が痛いほどドキドキとしている。ぺこりと頭を下げて踵《きびす》を返すと、早足に寮に向かう。今度はオーランドも追いかけて来なかった。

イギリスのパブリックスクールに通っている者で、同性愛者という言葉に、侮蔑《ぶべつ》的な意味を感じない者はいない。

イギリスでは同性愛は認められている。

けれどパブリックスクールでは、集団からの逸脱が、もっとも憎まれるのだ。

グラームズに図書室に誘われたい、という冗談はまかり通るし、誰かと誰かがセックスをしている、ということも暗黙の了解として扱われるが、エドと寝たんだと告白する人間はけっしていないし、自分は同性愛者だとカミングアウトする人間もいない。それはあやふやにしてある境界線から、許されぬ領域へ自分が逸脱したと――はっきり認めることになるからだった。

そうなったとたん、この学校は逸脱した者へ引導を渡すしかなくなってしまう。

マロニエの木立の中へ紛れてから振り返ると、もうオーランドの姿は見えなかった。ラグビー場からの歓声も聞こえず、静かな林の中で、ただ礼の荒い息だけが聞こえた。

――エドの……今の恋人は誰だったっけ?

礼は思い返す。同寮生のミルトン。六年生の中では一番美しいと、いつだったか誰かが言っていた。それとも七年生のメイソン。学園一の美人だとファンが多い。

礼はこんな林の陰にまぎれて、エドが美しい生徒と、時たま逢い引きしているのを知っている。地下の図書室で、セックスに耽《ふけ》っているのも知っている。けれどエドの相手はしょっちゅう変わり、礼はエドが今誰を気に入っているのかは、いつもよく知らない。

（エドに言わなきゃ……）

もしかしたら、エドと誰かが逢い引きしているところを、オーランドが見たのかもしれない。

（……おかしな噂がたってるかも。気をつけてって）

エドはもう二度と、不祥事は起こせないはず。一度でもなにか起こしたら——セックスにまつわるトラブル、あるいは礼の出自が知れること——エドは次期グラームズ家当主からはずされてしまうのだから。

——ボクはエドの恋人だった人を、一人だけ知ってる。

オーランドの声を思い返すと、腹の奥にじくじくとした、嫌な感情が浮かんでくる。顔が熱くなり、礼は唇を噛んで眼をきつく閉じた。オーランドの知っているエドの恋人は、どんな相手だったのだろう？　美しい人？　選ばれた貴族？　どちらにしろそれが本当なら、エドはその人にキスをし、体を重ね、もしかすると相手の体内に、自分の性を埋めたのかもしれない。

（ああ、醜い——）

震えるほどの嫉妬《しっと》と羨望《せんぼう》が心を焼いていき、自己嫌悪で礼は気持ちが悪くなった。

たった一度でもいい。生け贄として捧げられたのなら、その役目を果たしてみたい。

（エドの……慰みものになってみたい……）

そう思っている自分を、礼は浅ましく感じる。

もはや愛されたいなどと願えるほどの自信はないが、それでもエドが一晩限りの逢瀬《おうせ》で恋人たちとなにをしているか、想像できるようになると、羨《うらや》ましくてたまらなくなった。

(エドに抱かれる人に、なってみたい……)

そんな空しい気持ちを、礼はずっともてあましていた。


(エドが立ち上がったらそっと近づいて、それから声をかけるんだ。家のことでちょっと話があるって……そう言えば、周りの人たちはおかしく思わないはず……)

その日の夕方から、礼はずっとそんなシミュレーションをしていた。

寮対抗のラグビー試合はウェリントンの勝利に終わったらしい。今日のゲームでもエドは得点を稼いだようで、これならMVPも間違いないと夕食時の寮内は祝勝ムードで浮かれていた。主役のエドはほとんどの生徒が食事を終えた食堂の真ん中で、人に囲まれて笑っている。礼だけはいつもどおり、隅っこでちまちまと食事をしていたが、それももう終わって空のトレイは返してしまった。

今は柱の陰に隠れるように立ち、エドが席を立つ瞬間を待っているところだった。

寮生のほとんどは、食後団欒室《だんらんしつ》に集まって、談笑したりチェスをしたりして楽しむ。礼は自室に引きこもるのが常だったが、今日ばかりは違った。

昼間会ったオーランドの言葉を、エドに伝えたいからだ。とはいえいつも人の中心にいるエドと、二人きりになるのは難しい。リーストンに入って二年、礼からエドに話しかけたのは片手で足りる回数しかない。

——俺に話しかけるな。

そう命じられていたので、よほどの心配があるときしか、その約束は破っていない。たとえばいくらか乱暴な試合で、エドが怪我をしたときなど。

そうしてただ一言の「大丈夫?」を伝えにいくだけでも、エドはあとからとても怒り、二度と話しかけるなと釘を刺されたので、去年は一度も自分から話しかけていなかった。とはいえ、オーランドの言葉を無視していいものか、礼には判断がつかない。

礼はあれから少し気にしてみたのだが、オーランド・マーティンという編入生は割に目立つ人間のようだ。実際見た目があれだけ華やかなら頷けるが、寮では「あのマーティン、また一人でフラフラしていたらしい」「さすがフランス人は違うな。だからブルーネルは負けるのさ」などと、イヤミを言う声をちらほら聞いた。とりあえず変わり者なのは間違いない。

(やっぱり言ったほうがいいよね。……もしかすると、オーランドって人は、エドに嫌がらせをするつもりかもしれないし——)

やきもきしながら考えていると、食事時間の終わりを告げる鐘が鳴り、とうとうエドが席を立った。下級生が進んでエドの食器を下げ、エドはいつもどおり監督生の取り巻きたちに囲まれ、団欒室へ移動する様子だった。他の寮生たちも、それについていこうとする。礼は一瞬迷ったが、えいっと勇気を出してエドの前に出た。

「エ、エド」

声をかけると、エドが眉を寄せた。とたんにその眼に怒りがのぼるのを、礼は見た。取り巻きや他の寮生たちが礼に気づき、同じように怪訝《けげん》そうな顔になる。礼はエドの怒りがひどくならないうちに、本題を言ってしまおうと焦った。

「エド、あの、試合おめでとう。あのね、ちょっと話したいことが――家のことで……」

そう言いかけた礼だが、エドが「レイ」と言葉を遮《さえぎ》ったので口をつぐむ。

「その話なら執事から聞いてるから平気だよ」

そんなわけはないのに、エドはそう言った。これ以上話しかけるなという意味だろう。礼は思わず、肩をすぼめてエドを見上げた。

「それでもなにかあるなら、きみも団欒室に来るかい？」

言葉ではそう訊きながら、エドは眼だけで「来るな」と物語っていた。こんな目立つところでなぜ話しかける。そう言いたげな怒った眼差しに、礼は言葉を失った。

「い、いいえ」と、か細い声で答えると、「相変わらず、おかしな子だな」とエドは微笑み、礼の横を通り過ぎた。また、エドに無視された。そう分かり、礼は沈んでうつむいた。

と、監督生のライアンがわざと肩に当たるようにして通り過ぎたので、礼はよろめいた。

「応援にも来ずに、よくおめでとうだなんて言えるな。きみの弟」

そのライアンに、エドは「レイは変わり者だからね」と無関心げに返していた。

冷たいエドの態度に傷つき、礼は立ち尽くした。たった一言話がしたかっただけなのに、失敗してしまった。

（どうしよう。オーランドのこと、話さなくていいのかな……）

そう思ったときだ。不意にまだ食堂に残っていた寮生たちから、どよめきがあがった。

「あ！　コマドリくん。よかった、きみに話があって来たんだ」

振り向いた礼は、人垣の間から弾むような声を聞いて眼を見開いた。

驚いたことに、そこには昼間会った、オーランド・マーティンがいた。

笑みを浮かべ、あげた手をひらひらと振って、オーランドはレイに近づいてくる。寮生たちは動揺しており、「おい、レイとマーティンは知り合いか？」「変人同士くっついてるのか？」という声までする。ちょうど食堂の出入り口にいたエドも、珍しく驚いたのか眼を丸くしているのが見えた。しかし礼のほうも、オーランドに会いに来たと言われてびっくりし、固まってしまった。

「団欒室でもいいし、きみの部屋でもいいんだけど、少し話せる？」

「え？　えーっと……え？」

礼はしどろもどろになった。なぜ彼はごく普通に、礼にこんなことを問いかけてくるのだろう？　普段目立たないので、寮生たちの探るような視線が痛く、礼はそわそわしてしまった。

「おい、きみ、なにをしてる？」

その時、人垣を一瞬でかき分ける声がした。

顔をあげた礼は、大股に近づいてくるエドの厳しい表情を見て、緊張に体が竦むのを感じた。

――どうしよう、また目立つことをして、エドを怒らせてしまった……。

咄嗟《とっさ》に浮かんだ考えはそれだった。命令に反してしまった。けれどオーランドは、長い睫毛《まつげ》に縁取られた眼を細め、どこか楽しげにエドを見ていた。

「わお、モーゼみたいだ。ね、コマドリくん」

おかしそうに耳打ちしてくるオーランドに、レイは確かに、と思う。エドが歩くと人が自然と道を開けるので、そう見える。レイの耳元に顔を寄せているオーランドを見ると、エドはますます歩みを速めた。

「やあエド。初めまして。といってもきみの噂はよく聞いてるけど」

オーランドが肩を竦める。エドは苦笑したが、その眼は冷たく光って、明らかに怒っていた。

「ブルーネル寮のオーランド・マーティンだね。なにをしにここへ？　きみの寮じゃないよ」

「ああ、ご心配なく。一応、寮監《ハウスマスター》からこの寮に入る許可はもらってるよ。許可証ならさっきこっちの寮監に出したけど？　学年も違うし、こうでもしないとコマドリくんを捕まえられないから」

「コマドリくん？　それは義弟のことかな」

おどけたように肩を竦めるオーランドへ、一瞬、エドが眼光を鋭くしたように見える。

「レイにぴったりでしょ？　コマドリみたいに小さくて、すごく可愛い」

オーランドはニッコリして、礼の肩を抱き寄せた。なにがなにやら分からず、礼はされるがままオーランドにくっつく。とたん、エドが眼を見開き、その顔からすっと笑みが消えた。

「……義弟に触らないでもらえるかな、マーティン」

突然、エドがそう言った。低く唸るような声と、睨むような視線。エドの体から怒気が伝わってきて、礼は自分が言われたわけでもないのにびくっと肩を揺らしていた。

（エド……ど、どうしたの？）

思わずそう思う。礼に対してならいつものことだが、他の人に対して、たとえそれが他寮生であっても、エドがこんなふうに苛立たしげに対応しているのを見たことがない。集まっている寮生たちも、オーランドが礼に会いに来たことより、エドの反応に戸惑ってざわめき始めている。

エドが怒ってる？　変わり者のオーランド・マーティンと義弟が知り合いだったから？　でもおかしな弟が誰と仲良くしてたって、どうでもいいだろうに――。

見ると、エドの取り巻きであるライアンやフィリップも、怪訝そうな顔をしていた。

寮監に許可を得たなら、他寮生でも自由時間にやって来ることはごく稀《まれ》にある。変人のオーランドが変人の礼を訪問したのは気になっても、寮生の大半は礼そのものには関心がない。そんなことよりこの寮の英雄で、誰に対しても穏やかなはずのエドが、もてあましているはずの義弟のために腹を立てていることのほうが、よほど奇妙に映るはずだ。

「オ、オーランド、部屋に行きましょう。話はそこで聞きますから」

ついそう言っていたのは、エドの恋人を知っているとか、エドが同性愛者だとか、そんなことをオーランドにこの場で言い出されては困ると焦ったからだった。

ただでさえエドの様子がおかしい。とにかくエドの体裁を守らねばと礼は思った。

エドはまだ怒った顔をして、なにか言おうと口を開きかけたが、これ以上騒ぎにしたくなくて、礼はオーランドの手をとった。とたん、エドの眼に明らかにショックと呼べるなにかが走ったが、礼は夢中で気づかなかった。

オーランドだけは微笑んで振り向き、こちらを見ているらしいエドへ、ひらひらと愛想良く手を振っていた。

七

「なんの、つもりですっ？」

目立つなと言われていたし、他人と話すなとも言われているのに、礼《れい》はオーランドのために両方の約束を、よりにもよってエドの眼の前で破ってしまった。

きっとエドは相当腹を立てているだろう。そう思うと理不尽な気持ちが湧《わ》いてきて、礼は自室にオーランドを入れて、扉を閉めたとたん、いつもより大きな声を出していた。とはいえ、言ったあとから緊張して、体がぶるっと震えた。怒るのは不慣れで、あまり性に合わない。

「わあ、きみって怒るときにも可愛いね。ぷるぷる震えてるよ、コマドリくん」

そのうえおかしそうに言うオーランドに、礼は黙らされてしまう。

実際礼は震えていて、図星を突かれて顔が赤らむ。

オーランドはくすくす笑いながら、礼のベッドへ勝手に腰を下ろし、長い足を組んだ。そうして「まあそう、怒らないでよ」と可愛らしく首を傾げた。栗色のやや長い髪が、肩のあたりでさらさらと流れた。

「このスクールに入って一ヶ月半、グラームズの噂は四六時中耳にしてる。八割は英雄視。あとの二割はそねみかな。知ってる？　世の中の二割の人はどうしても自分を嫌いだって話。グラームズにもその二割はいるんだよね。アンチ・グラームズってやつかな？」

オーランドの口調は軽やかで、どういうつもりでそんなことを言い出したのか、よく分からない。礼は疑いを込めてじっとオーランドを見つめ、慎重に訊《たず》ねた。

「あなたは……その、エドを嫌いな二割、なんですか？」

とたんオーランドが悪戯っぽく眼を細め、「自分がボクになにをされるかより、お兄さんになにをするかのほうが、心配？」と、からかってくる。

「きみはグラームズが、好きなんだ？」

「……昼間あなたは、変なことを言ってたでしょう？」

好きかと問われ、ぎくりとした礼はごにょごにょと言ったが、オーランドはもう聞いていない。ベッドに放ってあったノートをとり、またしても勝手にめくっている。

「これもきみのスケッチ？　上手だね。これは第四校舎か……写実の基礎はどこで学んだの？」

言われて、礼は我に返った。エド以外訪れる者もいない部屋なので、スケッチ用のノートを無防備に置いてあった。慌てて取り返したが、オーランドはニコニコと食えない笑みを浮かべているだけで、謝る気配もない。

「ねえ、レイ。きみ、油絵は描いたことある？　美術の授業は選択してないでしょ」

美術クラスにきみがいないか調べたけれど、名簿に名前がなかった、とオーランドに言われて、礼は怪訝な気持ちになった。

「……プレップスクールでは美術を選択してました。デッサンはそこで一から習いました。油彩も経験はあります。だけどここでは選択しなかったから……」

それはエドから、美術は選択しないように言われたからだった。礼が目立つ要素を、エドはすべて取り除きたがった。

来るなと言われていたリーストンにやって来たのは自分だ。だから礼も受け入れ、好きな美術の授業はとらなかった。油彩や水彩の道具はグラームズの屋敷に置いてきたから、長期休暇で屋敷に帰るときだけ触れている。ところがその答えを聞くと、オーランドはもったいない、と呆《あき》れたようだった。

「芸術面でも優秀な教師をそろえているところは、このスクールの唯一いいところだよ。きみはそんなに才能があるのに、それを伸ばさないなんてナンセンスだよ」

「……はあ」

だとしても、なぜそんなことをオーランドが気にするのだろう？　困惑している礼に、「実は今日は、きみを誘いに来たんだ」と、オーランドが続けた。

「ボク、舞台芸術の教科をとってるの。一年かけて一つの舞台を作り上げるって授業。毎年、三月に公演をするから知ってるでしょ?」

それは礼も、もちろん知っていた。

舞台制作は名門のパブリックスクールならば、必ずといっていいほど用意されている授業で、入学した三年生では全員参加が義務づけられている。四年生からは選択制になるが、脚本から舞台装置まですべて手作りし、さらに全校生徒が収容できる大規模な劇場で公演するので、舞台は本格的で、人気のある授業だ。スポーツに関心が高いこの学校の文化系授業のなかでは、かなり盛況なほうだろう。もっとも礼はエドの手前、初年度以外は舞台の観劇もしたことがなかった。

(でも一度だけ見た舞台は、すごかったな……)

と、礼は記憶をたぐり寄せて思う。その年は『真夏の夜の夢』をベースにした脚本で、最下級生の礼は雑用をしただけだが、舞台の背景画を描いてみたい……と憧《あこが》れた。

空のように広いキャンバスを使って、観客の想像力をかきたて、物語に色を添えるような絵を描ければ、さぞ面白いだろう……と。

もしもエドさえ許してくれるなら、四年生、五年生と選択したかったが、観劇さえするなという時点で授業の参加も許されないだろうと、礼は訊く前から諦めたのだ。

「ボクは今年の舞台の、脚本と演出を担当してるんだよ」

と、オーランドが言ったので、礼は驚いてしまった。

「……すごい。オーランドは、才能があるんですね」

最初の年に参加したときも、脚本や演出を担当していた生徒は目立つ上級生だった。誰が見ても異才で、アイディア豊かで、魅力的な生徒。オーランドはその位置にいるのだ。

（変わり者だけど……たしかにこの人もとても目立つし、分かるかもしれない……）

エドとは違うタイプだが、造作の整ったその顔は華やかで、不思議な魅力を秘めている。

しげしげと眺めてため息をつくと、オーランドはなにがおかしいのかくすくす笑っていた。

「でね、実は美術の担当が足りてないんだ。ちょうど今年は大きな展覧会があって、めぼしい人材はそっちにかかりきりらしい。だから、きみに参加してほしいんだよ。授業は途中からでも受けられるし、先生《サー》にはもう、誘いたい生徒がいることを話してある」

困惑が頂点に達し、礼は思わず胸に抱いたノートを、ぎゅっと抱き締めていた。

「ぼ、僕が？　絵なら、僕以外にもたくさん上手な人がいると思うんですけど……」

エドの義弟であるということ以外で、気にかけられた経験のない礼には、オーランドの行動は疑問だった。けれどオーランドは優しく微笑んで、小首を傾げた。

「ボクはね、レイくん。絵が上手い人間じゃなくて、きみに頼みたいんだ。きみが描いたオフィーリアを見たから」

一瞬なんのことかと思ったけれど、礼は今日の昼、たまたま彼に見られたスケッチが、ミレイのオフィーリアの模写だったことを思い出した。

「……あれは、ただの模写です。あれくらいなら、描ける人は大勢いると思うけど……」

「そうかもしれない。ミレイのオフィーリアは、イギリス人ならみんな好きだよ。でも、あの絵はきみにしか描けない。あの模写、少しアレンジしてあったでしょ。きみが描いたオフィーリアの周りには、小鳥や魚、動物たちがたくさん描かれてた。まるで彼女を悼《いた》むみたいに、動物たちが彼女のお葬式をあげている――そんな絵に見えたよ。あれは、どうして描いたの？」

礼は思わず黙り込んだ。

たしかに礼は、川に浮かぶ彼女の遺体を小枝から見下ろし、気遣わしげに小首を傾げるコマドリや、彼女を起こそうとドレスをつつく小魚、川べりの茂みから、そっと顔を出して、オフィーリアを見つめるウサギやリスなどを、あちこちにちりばめて描いた。その理由を、改めてどうしてと問われると、急に母のことが浮かんだ。

（……お母さんは、オフィーリアみたい――）

何度か思った考えが、胸をかすめていく。

母は、伝わらなかったかもしれない愛を胸に抱いたまま死んだ。オフィーリアが、ハムレットへの愛を抱いたまま死んだのと同じように。

そうしてそんな母に、礼は時折自分を重ねる。伝わらない愛を胸に生きて、死んでゆこうとしている。川に溺《おぼ》れて死んでしまうのは、次は自分のような――そんな、苦しい想像が、頭をかすめるのだ。

けれどそんなことを言うわけにいかず、礼は小さな声で、「オフィーリアは、自分で死んでなければいいなと思って」と呟いた。

「それはいろんな画家がそう願ったろうね」

だからモチーフに、よく選ばれるんだろうし、とオーランドが頷く。オーランドは好奇心に満ちた眼で、礼の顔をじっと見つめて続きを促していた。ハシバミ色の彼の瞳に、不安そうな自分の顔が映っているのを、礼は見た。内心では、困ったなと思っていた。エドに言われているのだ。人と話すなと。だからオーランドのことも、真意を確かめればすぐに出て行ってもらうつもりだった。けれど――と、一方で礼は思った。このイギリスで、礼の話を、こんなふうに聞こうとしてくれた人が、今までいただろうか？

今まで、礼が描いたものや礼の考えを気にしてくれた人が……果たして、いただろうか？

「……ハムレットより、オフィーリアのほうが理解できます」

気がつくと、礼はぽつりと続けていた。

「小さな頃は、読んでも分からなかった。どうしてオフィーリアは……裏切られてもハムレットを愛してたか。だけど昔、母が……オフィーリアは自分の愛がいつかハムレットに伝わると、信じていたはずだと言ってたんです」

そうならいいなと思う。礼だって、そう願う。

きっと多くの人間が願ったように、愛が伝わればいいと。

「だけど愛は伝わるなんて……眼に見えないもののこと、どう信じていいか分からない。オフィーリアも、知らずに逝《い》ったんだもの……それはもう、伝わってないのと、同じ……」

――伝わったかどうか分からない愛は、結局伝わらないのと同じ。

その言葉を言うとき、礼の胸は締め付けられるように痛んだ。眉を寄せ、「そう想像したらかわいそうで、動物たちを描いたんです」と、結んだ。

愛は伝わると思いたくても、信じられない自分がいる。あの絵のなかで、慰めをほしがっているのは自分なのだと気付いて、礼はうつむいた。

自分の弱さを思い知る。エドに無視されてきたこの二年で、大きくなった心の傷が知らず知らず痛んでいた。

「……コマドリに話しかけてるきみが、まるでオルガンみたいな声を出すから。驚いたんだ」

「オルガン？」

突飛な単語に、思わずきょとんとすると、オーランドは「優しい声だよ」と言った。

「声に心が出るというでしょ。オルガンみたいな声。優しくて、小さなころ聞いた、母親の声を思い出した。そしたらきみの絵も優しかった。そのうえ、二割引きの話をするなんて。おかしかったけど、きみは……他の貴族とは違うんだと分かった」

再び思い出したように笑われ、礼は頬を染めた。

「僕はその……もともとは貧しいんです」

小さな声で弁解すると、オーランドは眼を細めた。

「実はね、今度の劇の演目はオフィーリアなんだ」

言われて、礼は眼をしばたたいた。

「ハムレットのオフィーリアを主役にした脚本。もちろんボクがオリジナルで書く。死んだあとのオフィーリアの霊魂が、肉体を離れて旅をする話にしようと思ってる。といっても、思いついたのは今日で、しかも原案はきみなんだ」

――原案が僕？

なんのことか分からず眉を寄せると、オーランドが「ちょうど今日、脚本に悩んでたら、偶然きみの絵が見れた」と続けた。

「そしたらイメージが湧いて、話が決まったんだ。あのあとすぐ、授業のメンバーに話して、それでいこうって許可も得た。だからきみにも参加してほしいんだよ。きみの絵の力がほしい。舞台の背景は大きいし、描くのはきっと面白いと思うよ」

オーランドは礼のほうへ身を乗り出し、熱っぽく誘ってきた。礼はしばらく呆然《ほうぜん》とした。どうやら自分の絵がオーランドになにかのインスピレーションを与えたことは分かったし、それは嬉しかった。けれどその嬉しい気持ちにこそ、礼は戸惑ってしまった。

（まさか……僕の絵がそんな力があるなんて）

自分から出たものが、誰かに影響を与えるなんて、とても信じられない。

十二歳から今日まで、この国で礼に向き合い、礼を誘い、礼のなにかを褒《ほ》め称えてくれた人は、学校の教師以外には一人もいなかった。同年配の誰かに、こんなに熱心に関心を向けられたことも、当然ない。悪意ならばあるが、オーランドのそれはもっといいものだ。もっといいもの。いうなれば、好意のようなもの。

どう返していいか分からず、そわそわした。本当にオーランドは、自分にこの言葉をかけてくれているのだろうか？　礼はこの数年、どこにいても空気のように扱われてきたのに。

「……あなたには、僕が見えるんですか？」

気がつくと、そんなふうに言っていた。オーランドが不思議そうな顔をしたので、礼はハッとなって口を押さえた。まずいことを言ってしまった、と思う。

「……僕はこんなふうに、個人的に必要とされたことがなくて、それで、びっくりして」

慌てて弁解をしたが、すればするほどおかしなことを言っているようで、オーランドが眼をしばたたく。礼は真っ赤になって口を閉じ、またうつむいてしまった。

（ああ。ダメだ、普段人と話してないから、上手く話せない）

日本にいたときも、けっして社交的ではなかったが、ここまでひどくはなかった気がする。十六歳くらいなら当然身につけているだろう、人に合わせる会話術や、上手に自分を取り繕う方法も、礼はよく知らない。自分の要領の悪さを、礼は幼く思ってコンプレックスにしている。

「すみません……誘っていただけて嬉しいけど、僕はそういうのには参加できないんです」

とりあえずこれだけは言わねばと思って伝えると、オーランドは「どうして？」と唇を尖《とが》らせた。

「きみじゃなきゃダメなんだよ。まずは見学してから決めない？　それもダメなの？」

きみじゃなきゃダメ。そう言われると心がうずいた。けれどエドが許してくれるわけがない。

困って黙っていると、オーランドは唇に指をあて、うーん、となにか考えるような声を出した。

「ボクが寮の対抗試合を見に行かないのは、体育会系のノリが面倒くさいからなんだけど」

不意にオーランドがそう言ったので、礼はびっくりして顔をあげた。

「め、面倒くさい？」

まさか。と思ったが、自分のように誰かに命じられているわけじゃなく、自分の意志で見に行かないのだから、オーランドの理由はよく考えれば妥当だった。ただ、全体主義がよしとされているこのスクールで、彼の考えは異端中の異端だろう。

「そんなこと言う人、初めてです……みんなに、悪く言われませんか？」

心配になって訊くと、オーランドはおかしそうな顔をした。

「……きみはやっぱり優しいね。コマドリくん」

オーランドはなぜか、しみじみとした口調だ。

「きみこそ、周りに悪く言われてる。だけどきみの本心は、べつにボクみたいに面倒だとか、このスクールの愛寮精神に辟易《へきえき》してるとかじゃないでしょ？　きみは……きっとただ、誰かのために我慢してる。悪く言われても、じっと黙ってる。違う？」

でもそれは、本当にその人のためになってる？

一段深い声で訊かれて、礼はドキリとした。その人のため？　エドのためになっているか？

そんなふうに、考えたことはなかった。ただ言われたとおり、聞いているだけで――。

「だってきみは、本当は一人では生きられない。そう思ってるから、あんな絵を描いたんでしょう？」

優しい瞳で、けれどまるで礼の心の奥底まで見透かすように見つめながら、オーランドは囁いた。礼の心に痛みが走り、息が止まる。

（……本当は、一人では生きられない。そう思ってるから……）

心の中の、誰にも見せたことがない柔らかな場所に、一瞬にして踏み込まれた。そんな気がした。

そのとき、不意にノックもなく扉が開いた。

「マーティン！　もう帰る時間じゃないか？」

振り返ると、扉口にはエドがいた。見ると、壁の時計は九時に近い。他寮生は、どんなに遅くても九時には出るものという決まりがある。返事に困っていた礼はエドの登場にホッとした。けれどすぐ、入ってきたエドの眼がギラギラと鋭く光っているのを見て、体を震わせる。緑の瞳は怒りに燃え、苛立ちをこめて礼とオーランドを睨みつけていた。

「やれやれ、この寮の代表は口うるさいね」

オーランドは肩を竦めて立ち上がると、名残惜しげに礼の手を握ってきた。それから茶目っ気たっぷりに、ぱちんと片眼を閉じる。

「さっきの話は、とりあえず返事待ちにしとくから」

その瞬間、エドが「おい」と低く唸った。同時に礼は腕をとられて引っ張られ、むしるようにオーランドの手から離された。

「……マーティン。きみは編入生だからよく知らないようだが、普通は他寮の上級生が、個人的に下級生を訪ねるなんてしないことだ。相手に迷惑がかかる可能性を考えないのか？」

厳しい声でエドが言うと、オーランドはヒュウッと口笛を吹く。

「それってボクとコマドリくんが、あやしい仲だって噂されるってこと？」

とたん、エドは「マーティン」と怖い声を出した。オーランドは笑い、「冗談ですよ」と肩を竦めた。

「それにしても意外。聞いた噂だと、王さまは義弟に無関心だって話だったけど、そうでもないみたいだなあ」

「関心がなくても、不良が義弟に近づくのはさすがに放っておけないんでね」

語気も鋭くエドが言ったが、オーランドはその答えに、喉《のど》の奥で笑ったようだった。呟くように「ボクが不良かどうか、知ってるくせに」と言う。それから礼を振り向き「じゃあね、可

愛いコマドリくん」とだけ残して、部屋を出て行った。

エドは立ち去るオーランドに眼もくれなかった。ただ礼を見下ろしている。その瞳には怒りが燃え上がっていて、礼は思わず息を呑んでいた。


「どういうことだ？」

オーランドが部屋を出て数秒後、エドは唸るように訊いた。

「一体どういうことだ？　なんのために、あいつがお前を訪ねてくる？　コマドリくん？　なんだあのふざけた呼び名は」

礼はエドのその声だけで、腋《わき》の下が汗ばみ、体が震えてくるのを感じた。

今、エドは怒っている。それもかつてないほど怒っていると、礼には分かった。とうとう礼が、エドの言いつけを完全に破ってしまったからだろう。

「あの、エド」

礼は上ずった声で弁解をした。

「話を聞いて。……さっき食堂で、本当はオーランドのことを言うつもりだったんだ」

「なんの話がある！　お前、いつから俺の言いつけを破って、あいつとこそこそ会っていた⁉」

怒鳴られ、礼は震えた。思わず後ずさり、ベッドに足をとられてがくんと座ってしまう。

「違う。会ってないよ。たまたま今日、偶然、話しかけられたんだ。それで、それで……」

礼の言葉に、エドが眉根を寄せる。低くどすのきいた声で「嘘をつけ」と言われて、礼は弱々しく首を振った。

「今日たまたま話して、そいつがわざわざ寮に訪ねてくる？　そんなできすぎた話があるか！　言え、これまであいつと、なにをしていた！」

胸倉を摑まれ、礼は怯えた。顔から血の気がひいていき、指が震える。その震える指で、自分の手より一回りは大きなエドの手を、そうっと包む。眼が潤み、泣きそうになったがぐっとこらえて「エド」と名前を呼んだ。

「……オーランドは、舞台の授業の美術に……僕を誘いに来たんだ。今日、ラグビーの試合中、川辺でスケッチしてたら……そこに偶然いて、僕の絵を見て。担当者が足りないって」

喉の奥に、なにか硬いものがこみあげ、心臓がドキドキと、嫌な音をたてはじめる。

「僕の絵を、必要だって思ってくれたんだよ。……僕はそれが、嬉しかった。だから」

次の瞬間、礼はエドに突き飛ばされるようにして、ベッドに尻餅《しりもち》をついていた。

「嬉しいだと！」

怒鳴ったエドが礼の手からこぼれ落ちたノートを拾い、投げつけてきた。広がったノートはまともに顔に当たり、礼は「あっ」と声をあげた。ジンジンとした痛みが、鼻の頭から広がる。

顔をあげると、眼の前には怒り狂ったエドの、恐ろしくも美しい顔があった。

「図に乗るな。お前の絵なんて素人に毛が生えた程度のもの、大した価値はない！　マーティンが興味本位に、お前を襲ったらどうするつもりだったんだ⁉　その貧相な体じゃろくな抵抗もできない。なのに軽々しく部屋に入れるなんて、お前は頭が悪すぎる！」

礼は困惑し、エドを見つめていた。怒鳴り散らすエドの言葉の刃が、礼の心臓にぐさぐさと刺さる。

——お前の絵なんて、大した価値はない……。

そんなことは分かっているのに、言われるとひどいショックに襲われた。絵だけではなく、礼自身にも価値がないと言われたようだった。震えていると、エドが礼の襟《えり》ぐりに手をかける。

「体を見せろ」

不意に言われ、礼は眉を寄せた。

「シャツを脱げ、なにもされてないか確認する」

「……な、なんの話？　なにもされてない」

「なら脱げるだろう、早くしろ！」

今にも殴られそうな剣幕に、礼は言われるままシャツのボタンをはずした。一歩距離をとったエドが、イライラした様子で礼を見下ろしている。汚いものでも見ているかのような視線に、我慢していた涙がこみあげてきた。ボタンをはずし、上着ごと上半身をはだけると、エドはなぜか薄眼で礼を眺め「痕《あと》はないな」と、呟いて、ぷいと視線を逸《そ》らしてしまう。

「……エド、もう着てもいい？」

涙声で訊くと、エドは舌打ちまじりに「泣くな、女々しい。悪いのはお前だろうが」と、そっぽを向いたまま吐き捨てた。礼はのろのろとシャツを着ながら、ぐすっと鼻を啜《すす》った。

「……じゃあ本当に、マーティンはお前を授業に誘いに来たと言うんだな？」

だからさっきからそう言っているのに――。

どうしてすぐに信じてくれないのかと、訊き直された礼は悲しくなった。

「当然だが、そんな誘いには乗るなよ。大体、それが本気かどうかも分からないんだからな」

礼がシャツを着直すと、やっとこちらを見直したエドがそう決めつける。

さっきよりはいくらか落ち着いた声だったけれど、礼は腹の奥から、じくじくとした嫌な痛みが広がっていくのを感じた。苦しくて辛《つら》くて、もう我慢ができない。気がつくと、

「……どうして？」

と、口にしていた。こぼさないようにしていた涙が、頬をぽろっと伝った。

「オーランドは純粋に……必要としてくれたんだよ。授業に出るくらい、なにがダメなの？」

「純粋に必要？　なぜ、お前みたいななにもないヤツを、必要とする人間がいる。下心があるに決まってるだろ」

礼の言葉を拒むエドに、違う、と礼は思う。最初は礼も、オーランドはエドに悪意があって、

礼に近づいてきたのかと考えた。けれどどうやらそうではない。まだよく知らないが、彼は悪い人ではない。礼にはそんな気がしたし、自分をほしがってくれたのも、とても真摯《しんし》な気持ちからのように見えた。そうでなければあれほど優しい声で、優しい言葉を、オーランドは言うだろうか？

「それとも、あいつの血も青くない。庶民同士、戯れたいとでも？」

また血統の話だ――。どうしてエドはすぐ、血の色で話をくってしまうのだろう。

理不尽な想いが胸にこみあげ、

「……みんながみんな、エドみたいに考えないよ……っ」

不意に礼は叫んでいた。体の奥に詰まっていた熱い塊が、突然、中で弾けるような気がした。叫んだ瞬間我慢が切れ、礼は立ち上がり、痛む心臓を庇《かば》うように、胸元のシャツをぎゅっと握りしめる。

「僕はエドが言うとおり、なにもないよ……なにもないから、なにも起きない……。それに僕がきみを裏切るわけないのに――どうして信じてくれないの……っ」

「まさか信じろと、お前が俺に言うのか⁉」

刹那《せつな》、エドも怒鳴り声をあげ、それから鼻で嗤った。

「お前が俺を裏切ったんだろうが！　最初に裏切ったのはお前だ。リーストンに来るなと言ったのに来た。お前は俺から罰を受けるんじゃなかったのか？　俺は最初に言った、お前への罰は解けないと――なのに信じてくれ？　図々しいぞ！」

礼はもう反論できなかった。鋭いもので胸を貫かれたように、ただ呆然とする。

分かっていたことなのに信じない、と言われると、もうこれ以上なにをどう言えばいいか、
分からなくなった。そうでなくとも、エドの言うことはいちいち正論だ。

「でも……もし日本に帰ってたら、エドとはもう二度と、会えなかったでしょ」

ぽろっと涙がこぼれ、礼は「きみが好き」と、呟いていた。

「きみを愛してる気持ちも……信じてくれないの……？」

涙を啜りながら言うと、エドは眉をひそめて、礼から眼を逸らした。

「……今年度が終われば、お前は日本に帰る。俺が信じようが信じまいが、関係ないだろ」

そんなこと、俺に問うな、とエドは舌打ちまじりに言い放った。礼は返す言葉がなくなる。

胸は悲しみに痛み、眼にとめどなく涙が浮かんできた。

どうして、と思う。

どうしてエドはわざと、礼の愛情を踏みにじるのだろう――？

返してほしいわけではない。受け取ってほしいだけなのに、エドはそれすら拒むのだ。

「……日本に帰っても、エドを愛してるよ。きっと、ずっと」

もう何度も言っていることを、礼は思わず言い、泣き濡《ぬ》れた眼をあげた。じっと見つめると、
エドは苦い顔をする。

「その愛が、俺を困らせてる自覚はないのか……?」

低い声で囁くエドに、礼はショックを受けた。うつむいて震えると、エドは一言、

「……とにかく。オーランドとは二度と話すなよ。分かったな」

それだけ釘を刺して、部屋を出て行く。

(エド……)

顔をあげた礼は、たった今扉の外へ消えていこうとしている、エドの背中を見つめた。

愛してる。その言葉さえ、礼からでは、エドには重荷で不快なのだ。もう何度目か分からないほど思い知らされているのに、また傷ついて、礼は唇を噛みしめる。

時計の針が十時に近い。この部屋を出れば、エドは穏やかな笑みを取り戻し、監督生としていつもどおり振る舞うだろう。

リーストンの王さま。ウェリントン寮の英雄。エドワード・グラームズとして。

八

（頬《ほお》、うっすら腫《は》れてる……まあ誰も、これがエドのせいなんて思わないだろうけど）

この季節、イギリスの朝は冬のように寒い。川べりに座り込み、川面を覗《のぞ》き込むと、我ながらひどい顔が映っていた。

昨夜はあまり眠れなかった。眼の下にはクマができ、エドにノートを投げつけられて頬が赤くなっていた。誰も礼《れい》のことなど気にしないだろうけれど、顔を見られるのが気まずく、礼はいつもより早めに、うつむきがちに寮を出た。

今日もイギリスは曇天だ。秋風は冷たく、日本ならもう冬の冷え込みだろう。

授業にはまだ大分あったので、礼は川辺の秘密の場所で、時間を潰《つぶ》していた。

「泣いてるの？　コマドリくん」

そのとき頭上から声がして、礼はハッと顔をあげた。見ると、オーランドが腰を折り、礼を覗き込むようにして横に立っていた。

「オ、オーランド……さん」

「オーリーって呼んでよ、ボクたちもう友だちでしょ?」

ニッコリ微笑《ほほえ》んで言うと、オーランドはごく自然に礼の横に座った。

「あれ、顔どうかしたの? 赤くなってるようだけど」

「……あ、これは……自分で、ぶつけて」

目敏《めざと》く見つけたオーランドに、礼は慌てて弁解し頬を押さえた。オーランドは「ふうん」と言っただけでそれ以上訊《き》いてこず、礼はホッと安堵《あんど》した。

「それより昨日の話、考えてくれた? 今日の昼休み、早速見学に来ない? スケジュールがきついから、課外活動の時間も舞台制作に当ててるんだ。場所は第六校舎だよ」

誘われて、礼は一瞬言葉に迷った。瞼《まぶた》の裏には、すぐにエドの怒った顔がちらついた。礼はうつむき「すみません、行けません……」と、小さな声で断る。とたん、オーランドが「ええっ」と不平の声をあげ、ぐいぐいと礼のほうへ迫ってくる。

「見学くらい、いいでしょ? まずは見てから考えようよ」

「……ごめんなさい、でも」

「もしかして、エドワード・グラームズに行くなって言われてる?」

礼が再度断ると、突然、オーランドはそう切り込んできた。

「どうせその頬も、グラームズに叩《たた》かれたんじゃないの?」

「ち……、違います、エドは叩いたんじゃなくて、投げたノートがたまたま当たって……」

思わず礼は反論してしまい、慌てて口をつぐんだけれど、もう遅かった。

「なるほど。グラームズはきみに、ノートを投げつけたりするんだね」

オーランドはため息まじりに言った。いつもの面白がる様子はさすがになく、ハシバミ色の眼は暗くなって、少し怒っているようにさえ見える。余計なことを言ってしまったと、礼の頭からは血の気が下がった。

「エドは普段、そんなことしません。本当にたまたま……」

「普段は品行方正？　優しく穏やかで公平？　でもどうやら、きみの前では違うんだね」

「……あの、僕もう、行きますね」

このままではさらに墓穴を掘りそうだと怖くなり、礼は震える声で言い置いて腰を浮かせたが、すぐ手首を掴《つか》まれてしまった。優美な長い指からは想像できないほど、しっかりとした強い力で引き留められ、礼は息を止めて座り直した。

「今日、見学来てくれるでしょ？」

決めつけられて、礼はか細い声で「行きません」と言った。けれどオーランドはニッコリし、

「レイが来てくれなかったら、ボク淋《さび》しくて、エドワード・グラームズがレイを殴ったって、誰かに喋《しゃべ》っちゃうかも」

と、子どもっぽく脅《おど》してきた。礼は耳を疑い、まじまじとオーランドを見た。

「ボクって、淋しいとなにするか分からないんだよね。淋しがり屋だから」

いけしゃあしゃあと言われ、礼はたじろいだ。顔からさっと血の気がひいていく。

「大丈夫大丈夫。グラームズにバレなきゃいいんでしょ？　口止めくらいはできるよ。だからほら、昼休みに第六校舎ね。できればスケッチノートも持参して」

困惑したまま黙っていると、オーランドは優しい眼になり、首を傾《かし》げた。

「きみはボクに脅されただけ。だから来ても、大丈夫なんだよ」

ボクのせいにしてよ、と言って、オーランドは礼の手首から手を離し、摑んでいた場所を慰めるように、そっと撫《な》でてくれた。


行こうかどうしようか迷いながら、昼休みの時間、礼は結局第六校舎の前に立っていた。エドには二度と、オーランドと話すなと言われている。これは立派な裏切りだ——という苦悩と、もし行かなければエドが礼を殴ったと、オーランドに吹聴されるかもしれないという不安が、ごちゃごちゃと葛藤《かっとう》していた。

リーストンスクールの昼休みは長く、二時間半ほどある。昼食のあとたっぷり課外活動ができるようになっているのだ。多くの生徒はスポーツに時間を割くが、絵や音楽に使う者もおり、校内には運動練習のかけ声や、楽器の音が響いていた。

けれど第六校舎の周りは静かで、あまり人がいない。礼は中に踏み入ることができずに、入り口のあたりでうろうろしていた。時々人の声がすると、つい隅っこに寄って目立たないようにしてしまう。数分そんなことを繰り返していたとき、不意に背後から「レイ？」と、声をかけられてしまった。

「……ギ、ギル」

声のほうを振り向いた礼は、思わず固まった。そこに立っていたのはギルバート・クレイス――現在ウェリントン寮の監督生で、戸籍上は礼の従兄弟《いとこ》、実際は叔父と甥《おい》にあたる、ギルだったからだ。

ギルは周囲をちらっと見渡し、人気《ひとけ》がないのを確認すると、急に意地悪げな笑みを浮かべた。

「ふうん？　もしかして、昨夜オーランドから授業に誘われた？　そういやお前、美術が得意だったね。この授業、今、絵を描ける人間が足りてないからな」

礼はギルの推測が当たっていることに驚き、眼をしばたたいた。

（ギルはどうしてここに……？）

そう思ったけれど、疑問は口から出なかった。プレップスクールでいじめられて以来、そして年を重ねるごとに昔よりもっと、礼はギルが怖くなっていた。ギルがエド以上に自分を嫌っていることを知っているし、ギルの背後にはジョージの姉のカーラがいて、ギルと話していると、いつも彼女に見張られているような気がするからだ。そもそも礼がリーストンに来ることになったのも、カーラの差し金があったのだろうと、最近では礼も理解していた。

「どうせエドには反対されたんだろ？　でもまあ、出てみれば？　俺なら黙っておいてやるよ」

　ところが不意にギルがそう言ったので、礼はびっくりして眼を丸くした。

「ど、どうして？」

　ギルが礼に親切をしてくれたことなど一度もない。リーストンで一緒になってからも、ほとんど会話さえ交わしていないのに、なぜ急にそんなことを言うのだろうと礼は困惑した。

「俺もこの授業とってるんだ。運営役をやってる。お前の絵ならプレップスクールで何度も見たことがあるし、まあいいんじゃないか。人手不足は解消しなきゃいけないからね」

「……ギルが、演劇の授業をとってるの？」

　礼はそれにも驚いてしまった。およそ、ギルは芸術方面には興味のない人間だと思っていた。リーストンでは美術や音楽で秀でるより、スポーツで秀でたほうがよほど人望を集める。実際エドはクリケットのキャプテンで、他のスポーツでもたびたび助っ人に駆り出されているし、ギルもその恵まれた体格を生かして、いくつかの競技で寮代表に選ばれていた。エドの話が出ると、最近は大抵ギルの話題も出る。さすがグラームズ家の血筋、ギルバート・クレイスは間違いなくエドワード・グラームズの系譜だよ――とは、よく聞く褒《ほ》め言葉だ。五年生で監督生に選ばれるには、寮監の指名と他の監督生たちからの強い要望も必要だ。ギルはエドが踏んだのと同じエリートの道を、順調に上っている。その途上に、芸術への教養は必要でも、舞台制作のような大変な授業をとるほどの情熱は不要に思えた。

けれど驚いている礼を見て、ギルは眼を細め、腕を組んでフン、と息をついた。

「意外？　まあそうだろうね、俺は舞台が好きでとってるわけじゃないし」

「……そ、そうなの？　なら、どうして？」

会話を続けるのは緊張したが、疑問のほうが勝って、礼はこわごわ訊いた。ギルは得意そうな顔で「来年度、校長が変わるんだよ。まだ内々にしか知られてないけれど」と、言った。

「うちの母親が理事会に知り合いがいて、それで聞いてきたらしい。新校長はここの卒業生で、七年生のとき、この授業で総監督をやったそうだ。舞台制作の授業にはひとかたならず思い入れがあるって話だよ。その人に替われば、たぶん他のやつらも選択するだろうが――まあ、俺のほうが一足先だったな」

自慢げに言うギルに、礼はよく意味が分からずパチパチとまばたきした。するとギルは礼の反応の鈍さに苛立《いらだ》ち、「相変わらず鈍くさいやつだな」と舌打ちした。

「俺は今年監督生、一年経験すれば寮代表になる資格がもらえる。けど代表に選ばれるには校長の承認が要るだろ？」

「……ギルはエドと同じように代表になるの？　そのためにこの授業を……？」

つまりは、新しく来るという校長への媚《こ》びということになる。しかしギルは悪びれずに肩を竦《すく》め、「これは政治さ。来年には、みんな俺がいかにうまくやったか理解するだろうよ」と整った顔に笑みを浮かべた。校内の政治など、礼からすれば遠い世界の話だ。

「弁のたつオーランドのことだ。昨夜寮までお前に会いに来たのを見たときから、なにかあるとは思ってた。あいつはエドの弱みを握ってるから、どうせお前を上手く脅したんだろ。じゃなきゃ、エドに従順なお前がここまで来るはずない」

ギルは言いながら、ふと後ろを振り返った。それからニヤッと嗤《わら》い、礼の腕を強引に摑んで、入り口の脇にある、マロニエの木の陰へ力任せに連れ込んだ。

「ギル……い、痛いよ。放して……」

手加減なしに腕を引っ張られて、礼は声を震わせた。出会った十二歳の頃は、頭半分ほどだったギルとの身長差はいまや頭一つほどになり、体格差といえばもう大人と子どもほども違う。礼が年々ギルを恐れるようになったのも、この差がどんどん開いたせいもある。だから木陰へ押し込まれ、距離を詰められると本能的に怖くなり、礼は体を小さくした。

「レイ。授業に出たいなら俺も協力してやる。だから出てみたらどうだ？　エドには黙っててやる。お前だって、今年が終わったら、日本に帰されるんだろ？　最後まで思い出もないままじゃ、かわいそうだし」

少し潜めた声で言ってくるギルに、礼はそわそわとした。どうしてギルがこんな親切を言い出すのか、やっぱりよく分からなかった。他になにか狙《ねら》いがあるのでは……そう思ってしまう。

「……エドを裏切るわけにはいかないから」

小さな声で言うと、「まだそれか？」とギルは呆《あき》れたような声を出した。

「ギルだって、本当は困るでしょう？　きみはもともと、エドが問題を起こさないよう監視してたんじゃないの……？　一族は、僕をテスト問題にしてるって言ってたよね」

もう二年も前に一度聞いただけのことだが、礼はギルに言われたからリーストンにやって来た面もある。彼がどこまで礼に本音を言っているか分からないので、思わず探るような眼になった。するとギルは「なにを言ってるんだ」と白けた顔になった。

「それは二年前の事情だ。大体、エドが最初の不祥事を起こしたのは十三のとき。もう五年近くも前だよ。お前と俺の入学からも、二年が過ぎた。エドは寮代表に選ばれて、しかも去年のASレベル試験の結果じゃ、オックスブリッジも確実だ。どころか、学内では成績もトップで、クリケットのキャプテン。エドはとっくに一族のテストをパスしてる」

呆れたように続けたギルに、礼は「え……っ」と声をあげて驚いた。

「ジョージは学校の成績も悪かった。経営手腕も並以下だ。今はヨーロッパも不景気で、貴族も事業がなきゃ食ってけない。まともな社長が必要だから、エドには期待が高まってる。結婚問題はあるけど、愛はなくても子作りくらいできるだろう？　エドには決まった恋人もいない。一番重要なのはそこさ。大体、俺だってもうエドにかまけてられないんだよ」

エドはもう卒業するんだぞ？　と、ギルが呆れた顔で続ける。

「いなくなる人間のことより、眼の前の代表の座だ。現寮代表はエドで、次期代表への強力な推薦権を持ってる。なら俺がエドを敵に回すメリットはない。それより懐柔策を考えるものだろ。どちらにしろ、次の代表は俺かニコラで、身内である分俺のほうが不利だしね」

ギルは続けたが、礼にはだんだんよく分からない話になってきた。ギルの頭の中にあるのは、どうやら次期寮代表のことばかりのようだ。けれど二年前、礼にリーストンへ入るよう脅してきたギルは、エドへの敵愾心《てきがいしん》を剝《む》き出しにし、礼を蔑《さげす》み忌《い》み嫌い、できることならエドが一族から見放されればいいと思っているようにさえ見えた。

ほとんど話すこともなく過ぎたこの二年、礼のギルへのイメージはそのまま変わっていなかった。ところが今のギルは、エドのことなどさほど興味がないようにさえ見える。

「俺はお前に、そのへんを話しときたかったんだ。でもエドが高級住宅のセキュリティ並みに神経を尖《とが》らせてるから……とにかく、俺もただとは言わない。お前が授業に出るのを黙っててやるかわりに、エドから次期代表の推薦を誰にするつもりか、訊きだしてくれよ」

不意にそう持ちかけられ、礼はぎょっとなってしまった。

「え……っ、で、できないよそんなこと」

思わず言う。

「ストレートに訊かなくていい。時々、エドはお前の部屋に行ってるんだろ？　隠してるけど俺には分かってる。そのときになにか、代表のことを聞いたら、俺に流してくれたらいい」

「エドがそんな大事なこと、僕に話すと思う……？」

青ざめて言うと、ギルは眉《まゆ》をしかめた。

「お前だから話すかもしれないだろう？　お前になにを言ったところで、利害なんか発生しないんだから。まさかお前が俺に言うとは思わないだろうし」

「……エドは僕を嫌っているし、たまに来ても……すぐに部屋を出ていくよ」

「話をするきっかけがほしいなら、俺が協力してやる。裏でエドに、お前の情報を適当に流せば、焦っていろいろと聞き出しに行くさ。オーランドがお前に会いに来た昨夜だって、エドはご機嫌斜めだったんじゃないのかい？」

まるで見ていたかのように言うギルに、礼は困惑した。

「それにさ」

と、ギルがため息をつく。

「今年が最後だ。エドもお前も。そう思えば多少の感傷は出るってものだろ」

よく分からず、困った顔のまま首を傾げると、ギルは小さく笑って腰を屈《かが》めた。不意にギルの、甘く整った顔が礼に近づいてきた。

「レイ。分かってないようだから教えてやるよ。時間はとっくに流れてるんだ。……お前だけは十二歳のまま、時が止まってるみたいだけどね」

その言葉に、礼はドキリとした。なにか痛い、言われたくないことを言われて、突然見ていなかったものを見せられたような、そんなショックが礼を襲う。黒眼がちの眼を大きく開くと、ギルが眼を細める。

「この二年、エドに言われたとおりずっと閉じこもってたから、気づいてないんだろうね。お前の役目はもう終わってる。……残りの一年くらい、自由になれば？　どうせ来年には、お前の籍はグラームズから抜ける」

忌まわしい汚れた血が、とギルは嗤い、長い指で礼の前髪を一房すくいとった。人差し指に髪を巻き付けて絡めると、ギルはさらに、礼に顔を近づけてくる。

「それに、ばかげた感傷なら、俺にだってあるんだ。レイ――」

ギルの長い睫毛《まつげ》の奥、青い瞳には礼が映っていた。ギルの息が礼の唇にかかったそのとき、不意に校舎の入り口から声があがった。

「やあ、クレイス。そんなところにいたの」

声の主はオーランドだった。入り口から階段を下りて、笑顔で礼とギルのほうへ近づいてくる。声をかけられたとたん、ギルはすっと礼から離れ、屈託のない笑みを浮かべてオーランドに手を振った。

「ああ、先輩。ちょうどレイと会ったので声をかけてたんです。知ってます？　レイは絵に関しては非凡なんです。だからうちの美術にと思って」

明るい声でぺらぺらと嘘――完全に嘘ではないかもしれないが――を並べたてるギルを、礼は呆気《あっけ》にとられて見上げてしまった。穏やかに笑み、ついさっきまで呼び捨てていたオーランドを、先輩と呼んでいかにも尊敬しているかのように振る舞っている。どころか、まるで礼とも親しいかのような態度だった。

「そういえばきみはレイと親戚だっけ」

オーランドは礼の横に立つと、小首を傾げて得心してみせた。ギルは礼を振り向いて、熱っぽく誘いの言葉を口にする。

「レイ、きみの才能は是非俺たちのために使ってほしい。脚本を読めば、きみも気に入ると思うな。オーランド、レイは読書家なんです。俺よりイギリス文学に詳しい」

ギルは戸惑っている礼をそっちのけで、「見学、待ってるからね」と爽《さわ》やかに言い置き、手を振って校舎の中へ入っていった。礼は呆然《ぼうぜん》としていたが、嵐のように激しかったギルの変貌《へんぼう》振りへの驚きが落ち着いてくると、だんだん、体の奥が震えてくるのを感じていた。

「……あそこまであけすけに演技されると、こっちも乗らなきゃって思っちゃうね」

肩を竦めてオーランドが言ったが、礼はあまり聞いていなかった。うつむいた視界にかたかたと揺れている自分の膝《ひざ》が見え、目眩《めまい》がした。

――お前の役目はもう終わってる。……お前だけ、時が止まってるみたいだけど。

ついさっき言われた言葉が、頭の中に響いてくる。今ごろになってショックが礼にのしかかってきた。

(……どういうこと？　分からない。ギルが変わってた……エドは、本当はもう、一族のテストにパスしていたって——？）

くらくらとして思考がまとまらず、なにに自分が傷ついているのかも、よく分からない。分かったのは、今までずっと信じてきたものが、あべこべにされたような困惑を感じていることだけだった。なにもかもが逆さまなパラレルワールドに、突然迷い込んだようだ。

あれだけ激しく礼に当てつけてきたギルが、急に柔軟になり、取引を持ちかけてきた。礼をいまだに混血児として蔑んではいるのだろうが、ギルの中の優先事項が二年の間に大きく変化していたこと、それにまるきり気づいていなかった自分のこともショックで、時間に置き去りにされたような錯覚を覚える。

すると急にエドのことも、よく分からなくなってくる。

「コマドリくん？　大丈夫？」

不意にオーランドが礼の顔を覗き込み、心配そうな声を出した。礼はハッと我に返り、顔をあげる。いけない、ギルのことまで変に思われる、と思い、急いで平静を装おうとした。

「ご、ごめんなさい……あの、僕はやっぱり、帰ります、ね」

「心配しなくても、ギルとのやりとりなら、ほとんど最初から聞いてたよ？」

この場から立ち去ったほうがいいと思って言うと、オーランドはなんでもないことのようにそう言った。なので、礼は眼を見開いて固まってしまった。息が止まり、緊張で口の中が乾く。

「彼も気づいてたと思うけど。ボク、そこの窓辺にいたから」

と言って、オーランドが木陰の後ろの窓を指さす。

「たぶん、ボクにきみへの脅迫材料をくれたんじゃないかなあ、彼」

「……え？　ど、どういう意味ですか？」

思わず訊くと、「それは……」と言ってオーランドはくすっと笑った。

「ギルにはボクやきみは、脅威じゃないってことじゃない？　だってボクらには彼が代表に選ばれないようにする、手段なんてないし。きっと駒として、利用するつもりじゃないかな」

困惑している礼には、オーランドの楽しむような口調が不思議だった。黙り込んでいると、オーランドは礼の前髪をそっと撫でて、さっきまでギルに触られて、はねていたらしい一房を、きれいにしてくれる。その手つきが、まるで母親のようで優しい。

「……あのね、ちょっと話さない？」

そうして首を傾げたオーランドの態度が、あまりに穏やかで、戸惑ったままの礼はつい、頷《うなず》いてしまった。今の自分の感情の、よく分からない混乱の出口が、オーランドと話せば見つかるかもしれない。そんな気がしたせいだった。


豊富で贅沢《ぜいたく》な学校設備はパブリックスクールの魅力の一つと言えるだろう。

千人以上の生徒たちが全員入ってもまだ余裕がある、本格的な劇場はリーストンが誇るそうした設備の一つだった。

大劇場は第六校舎の横手にあり、演劇の他の授業には、またべつの小劇場を使うため、年間を通して舞台制作の授業のためだけに使用することができる。

礼はオーランドに連れられ、初年度の必修授業以来、初めて劇場の中へ足を踏み入れた。

ドーム状の中へ入ると、金槌《かなづち》の音やドリルの音などが聞こえ、大声で指示を出している男の声も飛び交って、騒がしく賑々《にぎにぎ》しい。舞台には既に大がかりな舞台装置が組まれている途中で、まるでスポーツ競技でもしているかのような熱気が、劇場をいっぱいにしている。

「やあ、マーティン。油を売りにきたなら、脚本の後半を早く書いちゃってくれよ」

大道具係らしき上級生がオーランドに気付いて声をかけると、周りにいた数人が顔をあげて
「そうだぞ、オーリー。お前がやると言ったんだからな」と檄《げき》を飛ばしたり、「オーリー、配役は決まったのか?」と訊いてきたりする。オーランドは愛想良く、彼らの言葉に冗談を返したり、答えたりしていた。

「世紀の傑作は間違いなしだから、きみらも本に負けない装置にしてくれよ」

などとオーランドが言うと、彼らは一斉に笑った。華やかなオーランドの後ろで小さくなっていた礼には、劇場内の薄暗さもあって誰も気付かなかったので、ホッとする。そうして安堵しながら、オーランドが想像以上に彼らと親しんでいて驚いた。

(……この人はラグビーの試合観戦をしなくても、この授業では人望があるんだ)

自分とはまるで違うと、礼は思った。

「レイ、ちょっとこっちへ来て」

一階の舞台下に小さな階段があり、オーランドはそこをのぼっていく。おとなしくついていくと、二階席を過ぎ三階席を過ぎ、四階バルコニーに出た。ほとんど天井間近で、下を覗き込んだ礼は「わ」と声をあげていた。

ちょっと足が竦むような高さだが、一階からはどんなふうになっているかよく分からなかった舞台装置の全体像が、断面図のようによく見えた。

「……風車みたい」

思ったことを言うと、オーランドはそうだね、と同意した。

「回転式の装置なんだ。風車でいう羽と羽の部分が壁で、あそこに背景を埋める。四つの空間をくるくる回して場面を転換させる」

もちろんそれだけではなく、横スライドに可動式の装置もいくつかあるとオーランドは説明した。

「レイにやってもらいたいのは、あの装置に埋める背景を描くことだよ。九つ切りのベニヤ板を二組、裏表を使って四種類の背景になる。森の中、城の庭、城の中、それから川辺かな」

聞いている内に、礼は中世のイギリスの、古い古城の風景を想像した。時間などは照明の当て方でも変えられる、そこも計算しつつ、下絵のデザインと、それから配色をやってほしいというのがオーランドの希望だそうだ。

（……面白そうだな）

とは、素直に思った。思ったけれど、受けることはできない。

数度目の断りを言おうとした矢先、オーランドが「これ、脚本ね」と言って、礼の胸に厚めの冊子を押しつけてきた。舞台の脚本らしきそれは、表紙に『(仮稿) オフィーリア』とある。開いて読んでしまったらもう断れない気がして、礼は冊子を握りしめたまま固まっていた。

「コマドリくん。……ここから見える生徒、何人くらいいる？」

ふとオーランドが話題を変えたので、礼はおずおずと顔をあげた。下を覗くと、舞台を作っている生徒たちは二十人はくだらない。下級生は全員必須だから、この人数は一部だろう。

「この授業は必修科目の三年生を抜いても、百五十人は参加してる。それで、ここから見える彼らは、脚本・演出を担当してるボクのことをどう思ってるか、きみは想像つく？」

言われて、礼はぱちくりと眼をしばたたいた。突飛な質問だと思う。けれどオーランドはふざけているわけではないようで、「どう？」と首を傾げて答えを促してきた。

「……さっき、楽しそうに話してたし、きっとみんなオーランドが好きなんだと思います……」

「そう？　どうかな。ギルだってボクには親しげに話すよ。でも彼は頭の中じゃ、ボクを軽蔑《けいべつ》してるんじゃない？　スーパーマーケットの息子が、芸術なんて笑わせる――ってね」

礼はドキンとしてオーランドを見つめた。オーランドはからかうような笑みを浮かべ、それから「こっちに来てみて」と言って、礼の手をひいた。バルコニーを下りるのかと思いきや、角にあった小さな階段をさらに上り、オーランドは天井付近の窓を開けた。

とたん、外の風がひゅうっと礼の頬を打つ。引っ張り上げられて階段を上りきると、礼とオーランドは、バロック調の劇場の、天辺《てっぺん》の尖塔《せんとう》に出ることができた。丈の低い柵があるだけで、大人が二人も立てばいっぱいになる小さなスペースだったが、高層にあるためリーストンの構内が一望でき、学校を囲む塀の向こうの、街の様子までが見える。

「わあ……」

緑の森の中、点在する歴史ある校舎と、その向こうの街の姿に、思いがけず礼はため息をついた。こういうとき、イギリスは本当に美しい国だと思う。面積の狭い島国にかかわらず、日本のようにごみごみと建物がひしめき合っているということがあまりないのだ。もっとも礼は、イギリスのことをよく知っているわけではないが――。

「あそこ……地下鉄の駅ですか？」

学校の中より、見慣れない塀の外のほうが気になって、礼は身を乗り出すようにして指さした。白い、平たい建物。顔をそちらに向けたオーランドが、そうだよと頷く。

「レイは、学校の外の街を歩いたことはないの？」

「休暇のときは迎えの車が来ますから……」

六年生以上の付き添いがあれば、学校から許可が出て平日でも街中を歩けるが、もちろん礼を連れて歩こうなどという物好きはいない。礼はこの学校の外が、どんな街なのか知らなかった。オーランドは詳しいのか、ふうん、と呟《つぶや》いたあと、「じゃあロンドンは?」と訊いた。

「ロンドンを歩いたことはある?」

「いえ……一度も。十二でグラームズ家に引き取られたとき、空港は使いましたが」

「なら、ボクが暮らしてたパリは？　ユーロスターに乗れば、ロンドンからすぐだ」

「まさか」

礼は思わず苦笑した。ロンドンどころかグラームズの屋敷の近辺さえ歩いたことがないのに、パリなど行ったことがあるわけがない。けれどオーランドは眼を見開き「ならきみは、どこなら知ってるの?」と心底不思議そうに言った。

「それは……グラームズの屋敷と、プレップスクール……それからこのリーストンくらいです。……日本のことはまだもう少し知ってるかも——でも十二歳までしかいなかったから、それほど知らないけど」

「……なるほど。きみはこの学校でも、一番世界を知らない人間かもしれないね?」

不意に言われ、礼は「そうかも……しれませんね」と肯定した。

そうかもしれない。いや、きっとそうだろう。今時、十二歳でも、イギリスで裕福な家庭の子どもなら海外旅行くらいしている。フランスやスペインなど、この国から行きやすい場所はどこにでもある。週末はロンドンでショッピング、という家族も多いだろう。

（僕はなにも知らない子どもなんだな……）

だから十二歳で、時が止まっているとギルにも言われるのだ――。

（周りがめまぐるしく変わっていても、僕は気づけていなかったのかも……）

太もものあたりにある石造りの柵を、ぐっと握る。厚ぼったい曇り空の向こうから、冷たい秋風が吹いてきて礼の髪をなぶっていく。

「レイは……ウィンストン・チャーチルと、スタンリー・ボールドウィンの共通点を知ってる？」

不意に隣で、謎かけのようにオーランドが言い、礼は彼を見上げた。悪戯《いたずら》っぽい笑みを浮かべ、オーランドは礼を見下ろしている。明るいハシバミ色の眼には、楽しげな光が躍っていた。

「どちらもイギリスの首相です。たしか、同じハロー校出身、名家の出で……」

「そう。ボールドウィンは学校生活を楽しみ、首相時代、懐かしんで母校をよく訪れていた。ところがチャーチルは運動音痴で劣等生。彼にとっての学校生活は生き地獄」

「……でも、平凡な首相時代を過ごしたボールドウィンと違って、チャーチルは……波乱に満ちた政治家人生を送りましたが、史実にも残るほどの大きな功績を残しています」

つい意見を言うと、オーランドは面白そうに眼をきらめかせた。

「そこが興味深いところさ、レイ。まさに。この学校の、檻の中と外の世界は違う。ラグビーやクリケットの試合があれば、観戦を使命にしてる連中も、卒業すれば忘れてしまうんだよ。つまりね、きみだけじゃなくボクも……足元で舞台を作ってる二十人ばかりの生徒たちが、ボクをどう思ってるかさえ知らない。こんなちっぽけな場所の、ちっぽけなところに集まっているわずか二十人ばかりの気持ちも本当には分からないのに、外の世界はもっと大きくて、もっとたくさんの人がいる——なんの話だか分かる?」

「……いえ」

振り向いたオーランドは、もう悪戯っぽい顔はしていない。静かな笑みをじっと礼に向け、落ち着いた声で続ける。

「レイ。きみは間違いなくこの学校でも、一番、世界を知らない。でもそれはね、ロンドンを歩いたことがないとか、パリを知らないとか、そういうことじゃないんだ。……きみが、エドワード・グラームズしか愛していないからだよ」

エドワード・グラームズしか愛していないから。

突然、はっきりと言い当てられて、礼は息を止めていた。

「きみは十二歳でグラームズと会ったのかな? たしかに、十二歳のきみの心はグラームズを一人入れてしまったら、もう他には誰も入れられないくらい、いっぱいだったかもね。小さな子どもだったんだから。……だけど、きみはもう十六だ」

オーランドはとうとう笑みを消して、真面目な顔になった。十六だ、と言われて、礼はオーランドの眼から眼を逸《そ》らせなくなる。

「きみの心はもっと大きくなってる。もっとずっと、たくさんの人を愛せるようにね。きみはとっくに気付いてる。一人では生きていけない。誰かと一緒に生きていたいし、それは本当は、エドだけではだめなことに」

だからあの絵を描いたんでしょ、とオーランドはまた、言った。

「きみが描いたオフィーリアの周りには、いろんな動物たちが集まっていたね。傷ついたオフィーリアの心を埋めるように……彼女の死には愛がある。きみの絵は優しかったよ。本当のきみは、もっと広い世界や、知らない人たちと出会うことを求めてる」

「――そんなつもりじゃ、なかったんです」

決めつけられ、礼はうつむいた。

そんなつもりで、オーランドに見られたあの絵を描いたわけではない。無意識の産物だった。絵を描いている間は、いつでも少し淋しさを忘れられる。想像して、それを形にするのは楽しい。絵はいつでも礼を慰めてくれる。

「違うよ、レイ。そんなつもりはあるんだ。この世界は広い。だけどきみの心は、この世界よりもっとずっと広い。広くなれるんだ」

きっぱりと断言するオーランドの声が強い意志に満ちていて、礼は眼を瞠《みは》り、顔をあげた。

（……僕の心が、この世界より広い？）

ついさっき、足元の二十人のことさえ分からないと言っていたのに、どうしてオーランドはそんなことが分かるのだろう。けれどオーランドは、「それはね、想像力があるからだよ」と、つけ足した。

「レイ、きみには想像力がある。その想像力は、オフィーリアの周りに動物たちを描かせ、彼女の淋しさを埋めて、ボクにインスピレーションを与え、その偶然のきっかけで——きみを外の世界に連れて行こうとしてる。きみの想像力は、一生涯、きみの杖《つえ》になってくれる」

——きみの杖に。

オーランドの言葉に、礼は身じろぎ一つできない。ただ心は静かな衝撃を受け、オーランドの真剣さに、淡く鳥肌がたつ。

「でもね、杖だけじゃどこにもいけない。自分の足で歩かなければ。そうしたら世界が広がる。エドはそれを、喜ばないだろうね。きみは愛している人を、結果的には失うかもしれない。でもそんなことは、どうだっていいことじゃないかな?」

今のままじゃ、どちらにしろいつか失うよね、とオーランドは続け、礼はそのとおりだと感じた。残りの一年、エドの言うとおり罰を受け続けても、エドの気持ちは変わらないだろう。そんなことはもうとっくに、礼だって分かっていた。

礼はけれど、それでもまだ決心がつかずにうつむく。

(でも……今のままでいれば、これ以上エドを裏切らなくてすむかも——)

嫌われることよりも、裏切ったと思われ、そしてエドを傷つけるのが、礼は一番怖い。

──お前まで俺を追い詰めるのか……？

苦しげに言った二年前のエドのことが、まだ頭から離れず、忘れられないのだ。

「……レイ。エドを裏切るのは辛《つら》いだろうね。だけどそれでもボクは、きみに決めてほしい。きみに、変わってほしい。いつか自然とその状況になって、変わるしかなくて変わるのでは、意味がない。きみがきみの心で決めて、勇気を出して一歩を踏み出してほしいんだ」

そのときオーランドは、静かな、けれど強い意志のこもった声で言いながら、礼の片手を握った。強い口調とは裏腹に、それは優しく包み込むような仕草だ。

変わってほしい。そう言われて、礼の心は揺れる。

「──どうして、僕にそこまで？」

ただ、絵を気に入っただけで。困惑して訊くと、オーランドの、いつも明るい瞳にちらりと淋しげな影が差した。

「きみに似た子を、昔知ってた。彼が苦しんでいたとき、ボクは助けになれなかったんだ。だからかな……」

自己救済だよ、とつけ足して、オーランドは「軽蔑する？」と訊いてきた。

軽蔑はなかった。むしろ心の内を真っ直ぐ、素直にさらけ出してくれるオーランドに、嬉《うれ》しいと感じる自分を、礼は誤魔化せなかった。

（オーランドは、本音で僕に接してくれて……僕を分かろうと、してくれてる）

このイギリスで、礼に真っ向から向き合い、心配し、忠告をしてくれた人は他にいない。嬉しい、応えたい、そうも思ったし、オーランドの言うことが正しいとも、礼には分かる。

「……考えて。さっき言ったことと矛盾するようだけど、今のきみの心には、エドワード・グラームズは少し、大きすぎるんじゃないかな」

オーランドはそう続け、礼を見つめた。

「エドが大きすぎる……」

理解するにはまだ遠く、オウム返しに繰り返すと、「彼は複雑だからね」とオーランドは首を傾げた。

「きみが知っているのはきみの痛みだけだろう？　きみに愛されてるグラームズの痛みは、きっと知らないいし、理解できない。……愛されてるのに、その愛を受け取れない彼の気持ちは、どんなだろうね？」

考えたことはある？　そう呟くオーランドの言葉に、礼は眼を丸くした。

――愛を受け取れない、エドの気持ち？

（そんなこと、考えたこともなかった……）

いつもただ、愛すること、愛が伝わってほしいと願うことに精一杯で。

けれどその礼の愛の向こうにいるエドは、一体なにを思い、どんなことに苦しんでいるのだろう？　知っているつもりで、本当は知らない。改めて訊かれると、答えられることがほとんどないことを感じる。

もしかしたら出会ったころのエドの悲しみは、なんとなく知っていても、時が流れ、十八歳になったエドのことは――礼は、知らないのではないかと、そう思う。ついさっき、今のギルのことを、なにも知らないと気付いたように。

オーランドは静かに、じっと礼を見つめてくれている。今礼に、こんな話をしてくれている、オーランドの気持ちは？　どんな気持ちだろう？

ふと思うと、それをよく知らないことに気付く。

気付いたとたん、霞《かすみ》がかっていた視界が不意に晴れ、ただはっきりとオーランドの姿が礼の前に、感情と意志、弱さと強さを持っているだろう一人の人間として、肉薄して感じられた。

（もしもっと僕の心が大きくなれば……オーランドや、そしてエドの気持ちも、理解できるようになるのかな）

そうすれば今度こそ本当に、エドのためにできることがあるか、分かるのだろうか……？

（このままなにもしなければ、悔いを残したままエドと別れることになる……）

エドから愛されたい。その願いはもう叶《かな》わなくても、今の自分では理解できないエドの痛みを、知ってから別れたい。ただ一年が過ぎて別れるのではなく、ちゃんと納得して、自分から、離れてみたい。そうでなければ日本に帰ったあと、礼は途方に暮れるのではないか……？

イギリスで過ごした四年間、エドを愛した四年は、無駄だったのだろうかと。

「……脚本、読んでみます」

気がつくと、礼はそう言っていた。

「それから、決めても、いいですか……」

オフィーリアは自分の愛が伝わっていたかどうか、知らないまま死んだのだ。

彼女は最期の瞬間まで、伝わると信じていたかもしれないし、信じていなかったかもしれない。オーランドがオフィーリアについて書いたなら、その脚本を読んでみたいと感じた。読んでみたいし、伝わらなかったかもしれない愛について、オーランドはどんな答えを導き出すのか、礼は知りたいと思った。

知りたい。オーランドだけではなく、もっと世界のことを、自分が知らない人々のことを、ちゃんと自分の眼で見て、感じて、知って、もう少し強くなりたい……。

突然胸に溢《あふ》れた望みに、緊張で頰が火照《ほて》ってくる。

にっこりと微笑んでくれたオーランドに頭を下げ、礼は場内へ戻る階段を下りた。

バルコニーから階下へと続く階段ではだんだん早足になり、劇場を出ると、とうとう駆け足になって、礼はいつもの川辺の秘密の場所へ走った。腕の中にはもらったばかりの脚本がある。

抱き締めたその冊子の下で、心臓がドキドキと逸《はや》っている。

――想像力を杖にして……自分の足で立って歩いていけば、エドへの恋には終止符が打たれるだろう。それでも……。

（一人では生きられない。……だけど一人でも歩ける自分に、本当はなりたい）

そんな自分になったら、出口のないエドへの愛を、どうすればいいのか分かるのではないか。

求め続けていた答えが、見えてくるのではないか。

ただ苦しいだけだった日々が、意味あることだと思えるかもしれない――。

四年間のこの愛が、報われる気が、するかもしれない……。

林のどこかで、コマドリが鳴いている。川べりのいつもの場所に腰を下ろした礼は、冊子を膝の上に置く。

そうしてその最初の一ページ目を、震える指でめくったのだった。

変わりたい、今まで知ろうとしなかった世界のことを、もっと知ってみたい。

そう思った瞬間に、礼《れい》はもう分かっていた。

九

きっと自分はエドとの約束を破ってしまうだろう。川辺で舞台の脚本を読んだあと、それはほとんど確信に変わっていた。礼は午後の授業をすっぽかし、寮の自室に帰ると、普段は開かないちゃんとしたスケッチブックに、ひたすら絵を描いた。

彩色はしていない、鉛筆描きだけの絵だが、舞台の背景イメージだ。多くの人が見ても理解できるよう、なるべく少ない線で描くために、何度も下絵を練り直して清書した。授業が終わって寮生たちが帰寮し、外が騒がしくなっても、礼は気づかずに夢中で描いていた。夕飯の鐘が鳴り響き、ハッと我に返ったとき、ようやく四枚の背景画ができあがっていた。

翌日、礼は昂《たか》ぶる心を抑えながら第六校舎に向かった。

昼の課外授業時間で、着くと、校舎の周りは今日も静かだった。人目がないか確かめ、入ろうか、入るまいかというところで、礼の心にはまた弱気が差してきた。

（本当にいいの……？　二年前、リーストンに来るなと言われたのに来て、エドを傷つけた。なのに今度は、誰とも関わるなっていう約束まで、破ってしまって――）

礼の中にはモヤモヤとした気持ちが湧《わ》き、直前になって決心を鈍らせる。

（変わろうって決めたのは自分だろ。どっちにしろ、エドとは別れることになる。強い自分になりたいんじゃなかったの――）

（だけど、結局エドを裏切るのは同じだ。勝手なことをして、彼に迷惑が及んだら……）

迷っているうちに、気がつくと礼は、また校舎から離れてしまっていた。

落ち葉の降り積もった雑木林には人影がなく、礼はしばらく悶々《もんもん》としながらうろついた。

変わろうという気持ちと、裏切りが知れ、エドを苦しめたらという迷い。

と、そのとき、林の奥に人影が見えて、礼は足を止めた。

人影の一人が、ちょうど今考えていたエドその人だと気づき、礼はぎくっとした。けれどもう一人、エドは相手を伴っている。

目をこらすと、同じ寮のメイソンだ。すらりとした美男子で、グラームズ家にも劣らない名家の出身なので、監督生はしていないが目立ち、礼も知っている。彼はエドの肩にもたれかかるようにして笑い、エドもそれに、楽しそうに笑いかけていた。二人は寄り添って、林の向こうへ歩いていくところだ。

見ていた礼の頭の先からは、ゆっくりと血の気がひいていき、礼は息を潜めて立ち尽くした。

（そうか……今はエドの相手は、あの人なんだ……）

うつむくと、細く小さな自分の体が見える。メイソンは貴族だし、美しい。混血で、日本人の礼とはまるで違う。正反対の存在だ。

（そうなんだよね。エドが選ぶ人はいつもきれいで、イギリス人で、貴族……僕とは違う）

この場から早く離れよう、そう思って動いたとき、礼は手の中に抱き締めていた大きなキャンバスバッグを落としてしまった。中にはスケッチブックを入れているので、割に重たく、落ちるとガサッと大きな音がたち、まずいと思ったときにはエドが礼のほうを振り向いていた。

緑の瞳と、礼の瞳が、バシッと音をたてそうな強さでぶつかった。礼は慌ててしゃがみこみ、キャンバスバッグを拾い上げて胸に抱く。けれど立ち上がれなかった。

「エド、どうかした？」

隣のメイソンが、エドに聞いている。彼は物音に気づかなかったようだ。しゃがんだ礼は茂みに隠れた形なので、向こうからは見えないはずだった。

「いや……メイソン、悪いけど、先に行っててくれるか？」

エドが言うと、メイソンが忍び笑いを漏《も》らした。

「いいよ。寮の——地下の図書室だよね？　エド」

悪戯っぽい含みをこめて、メイソンが言っている。地下の図書室。その固有名詞に、隠れている礼は胸がずくんと痛むのを感じた。つまり二人はこれから、そこでセックスをするのだ。

「きみと使うのは初めてだね。ミルトンが言うにはきみのアレって相当すごいって言うから……楽しみ。すっぽかさないでよ？」

甘く、いやらしく囁《ささや》いて、メイソンは先に行ったようだ。礼は聞こえてきた単語だけで、もう頭の中がパンクしそうだった。震えたまましゃがみこんでいたが、頬にはかあっと熱がのぼってくる。胸が締め付けられるほど痛み、悔しさと嫉妬《しっと》、羨望《せんぼう》と恥ずかしさと、色々な気持ちがごちゃまぜになって礼は眼をつむった。メイソンの気配が消えると同時に、こちらに向かってくる足音があると気づいたが、立ち上がることすらできなかった。

「おい」

頭上から声がしたけれど、礼は顔を上げられなかった。真っ赤な顔をたてた膝に埋め、膝を両手でバッグごと抱いて、小さく震えていた。すると茂みの脇から礼を見下ろしているエドは、舌打ちする。

「お前、昨日、言いつけどおりマーティンと話さなかったろうな？　俺の言葉を守ったか？」

ところがエドの口から出たのがオーランドのことだけだったので、礼は思わず眼を見開いた。

「ど、どうして今、オーランドの話なの……？」

気がつくと、つい言っていた。たった今眼の前で、これからセックスをするのだというやりとりをしておいて、エドはそのことについてなんの言い訳もしない。

（……僕の気持ちを知ってても、僕が傷ついてるとは思わないの？）

恋人同士ではないのだから、弁解しろとは言わないが、話しかけるのなら一言くらいフォローがほしい。そうでないのなら、礼のことなど無視して行ってほしかった。

けれど上目遣いで見上げると、その気持ちが伝わったのかエドがうっとうしげに眉を寄せた。

「今さらなんだ。俺とお前は寝たこともないし、第一俺が相手にしてるのは、みんな一回こっきりの楽な相手ばかりと知ってるだろ」

メイソンだってその一人だ、とエドは冷たく言い放った。

「あっちも大学を出たら、男遊びなんてしてられないお家事情だからな。似たもの同士で適当にやってるだけだ。いちいちそれを、お前に説明しろと？」

「……そうは言ってない。もう、いいよ。ごめんなさい……」

聞いているのもみじめになり、礼はエドの言葉を遮《さえぎ》った。遊びの仲だ、愛していない、そんな言葉をエドの口から聞くのが辛かった。本気で愛していると言われれば、それはそれで傷つくのに、遊び相手にすら選ばれない自分と、好きな人が愛を軽んじることの、両方が悲しい。

立ち上がり、「あの、もう行くね」とうつむいたまま言うと、エドは礼の態度が気に入らないように、イライラと声をあげた。

「嫉妬か？　お前の血が青ければ……抱いてる。そうじゃないから仕方ないだろ」

エドの考えは分かってる、と礼は思った。

分かっているのに、言われると体が震え、瞼《まぶた》の裏がじわじわと熱くなっていった。エドは礼が貴族じゃなく、混血の汚れた人間だから抱かないのだと、そう蔑まれたと思った。

「……エドがきれいな人が好きなのは知ってるから……相手にされないのは、分かってるよ」

涙をこらえるためにそう言うと、エドが顔をしかめる気配がある。

「美醜の問題じゃない。お前を醜いと言ったことはないだろ」

「鼻をもっと高くしないと、エドには相手にされないって……昔言われた」

言うと、エドが一瞬固まったようだった。どうやらムッとさせたようだ。礼はこれ以上話していたくなくて、「メイソンが待ってるよ」とだけ言って、来た道のほうへ戻る。背後でエドが「おい、レイ」と呼んだが、そのとき林の向こうから他の生徒の声が聞こえてきたからか、エドは口をつぐんだ。

（……バカみたいだ）

次第に早足になりながら、林を出たところで礼は思った。他のきれいな男たちと好きにセックスし、二人きりでなければ声をかけてくることさえしないエドのことを、どうしてこんなふうに自分は諦《あきら》め悪く想っているのだろう。

（血が青ければ抱いたなんて……ひどいよ。僕にも、他の人たちにも――）

自分が勝手に好きなだけだ。だから腹を立てるのは間違っていると思いながら、理不尽な気持ちが消えなかった。すると心の中の冷静な部分が、ほらね、と言う。

――結局まだ、エドに期待してる。いつか愛し返してもらえるって……自分がこれだけ愛しているのだから、その分をエドも返さなきゃいけないって、傲慢《ごうまん》に決めつけてるんだ。初めから、エドは礼を愛していないのに。

（そんなことない……いや、あるか。あるんだ。僕はずっと、まだ今でも、昔の……）

出会ったころのエドを、十八歳のエドの中に探している。礼を愛してくれているように錯覚できた、あのエドの優しさを。

じくじくと胸が痛み、礼は立ち止まった。早足で来たせいか、いつの間にかまた第六校舎の前に立っていた。

（エドは僕にまた裏切られても、本当はそれほど、痛くないのかもしれない）

今になって、そう気づく。あまり気づきたくなくて、無視していた事実だが、本当はとっくに、礼にはエドを傷つけるほどの影響力などなくなっているのではないだろうか。エドにはメイソンのような相手が、腐るほどいるのだから。

エドのために、やっぱりやめようと迷う声は小さくなっていた。苦しい恋に終止符を打ち、穏やかな愛だけを残したい。そんな自分になるために、今、変わるんだ。

礼はぎゅっとキャンバスバッグを両手で抱き締め、深呼吸をした。そうしてあたりを見回し、誰もいないと分かると、走って校舎の中に入っていった。

校舎の中へ入ると、すぐにがやがやと人の声が聞こえてきた。小柄な体をさらに小さくしながら、びくびく廊下を歩いて行くと、やがて何人もの生徒が出入りしている教室が見えた。

（あ、あそこかも……）

持ってきたバッグを抱き締めたまま、礼はがちがちに緊張しながら近づいた。

よくよく考えれば、本当に自分でいいのだろうか？　礼はこのスクールのはみ出し者だ。日本人は目立つので、たぶん、この授業の参加者も、礼の噂《うわさ》は知っているだろう。編入してきたばかりの風変わりなオーランドと違い、礼が授業にやって来ては、他の生徒たちは迷惑かもしれない……。

（……いや、ダメだ。そうだとしてもやってみようって、決めたんじゃないか）

礼はそう自分を鼓舞すると、頬を真っ赤に染めながら、えいっと心の中で勢いをつけて教室の中へ飛び込んでいた。

「オ、オーランド……っ」

上ずった声で、名前を呼ぶ。見ると、大教室には生徒が三十人ばかり集まっている。そのみんなが一斉に礼のほうを振り向いた。

「レイ！　来てくれたんだね。ボクはきみを信じてたよ！」

そして大人数の視線に固まったのと同時に、礼は飛びついてきたオーランドに抱き締められていた。細く見えるオーランドだが、やはり西洋人だ。礼と比べてその体はしっかりと筋肉がついて締まっており、中性的な美貌に似合わず厚みがある。

オーランドはフランス語でＭｅｒｃｉ、と囁くと、自然に礼の頬にキスをした。礼は驚き、眼を見開いた。イギリスに住んで四年になるが、この国では男同士でキスする習慣はない。オーランドは礼を見下ろし、おかしそうにしている。どうやらからかわれたのかもしれない。

「オーリー。お前の言っていた美術担当か？」

と、近くから野太い声がし、礼はハッとした。オーランドが礼から離れると、そのすぐ後ろには大柄でがっしりした体つきの男が一人立っていた。どちらかというと厳《いか》つい顔立ちで、眉も眼も髪も真っ黒なら、肌も日焼けしている。

「そうだよ、テッド。レイ・ナカハラだ。レイ、テッドは総監督だよ。顔は怖いけど心は優しいからね」

「余計なことを言うな」

オーランドの軽口に、テッドが顔をしかめた。

総監督とは授業全体のリーダーということになる。この人が、と思いながら礼は緊張したままぺこりと頭を下げた。同時に教室中の注目を感じて、息が止まりそうになった。

周りからは「レイって、グラームズの義弟の？」「アジア人だから間違いないな」という囁き声も聞こえてくる。やっぱりここでも、噂は知られている。来てよかったんだろうか――という不安で、礼はもじもじと落ち着きをなくした。

「絵が描けるとオーランドから聞いたんだが。本当か？」

テッドに訊かれてもまだおどおどしていると、「もちろんだよね」とオーランドが肩に腕を回して抱き、勇気づけるように微笑んでくれた。テッドの後ろにいた生徒の一人に「なあ、絵、持ってきてる？」と言われて、礼は昨日描いた絵を、おずおずと差し出した。

「……脚本を読んで、背景案を……作ってみました」

「こんなに早く？」

さすがのオーランドも驚いたらしく、眼を丸くしている。テッドがスケッチブックを受け取って開くと、他の生徒たちもどよどよと寄ってきて、ノートを覗いた。

四枚の下絵のうち一枚は、ミレイのオフィーリアにあるような、薄暗く濃い緑の川辺。

もう一枚は重厚な石造りの、黴《か》びた臭いまでしてきそうな、埃《ほこり》っぽい城の中。

そして葉の落ちる音までが聞こえてくる、静かな森。

最後は、青白い月光が射す、夜の城とステンドグラス――。

オーランドにもらった脚本はまだ途中だったが、それでも十分面白かった。ベースになっているのは、シェイクスピアの有名な舞台、ハムレット。ただし主人公は、ハムレットの元恋人である少女、オフィーリアだ。

原作ではオフィーリアの死で彼女の登場は終わるが、オーランドの脚本では、それより後のオフィーリアに焦点が当たっていた。

溺死《できし》したオフィーリアが眼を覚ますと、彼女は亡霊となって川辺に佇《たたず》んでいる。彼女の姿は普通の人間には見えないが、動物たちには見えるらしい。生前庭先で可愛《かわい》がっていたコマドリがオフィーリアの死を悼《いた》むが、オフィーリアは自分の名前以外記憶を失っており、どうやって死んだかも覚えていない。コマドリも彼女の死の真相を知らないが、通りかかったウソツキギツネが「オフィーリアは殺されたのだ」と言う。とはいえウソツキギツネの言うこと。どこまで本当かは分からない。自分が何者なのか、どうやって死んだのか、自分で確かめたいオフィーリアは、コマドリと一緒に現世をさまよいはじめる。

これが、オーランドの書いた脚本のあらましだ。冒頭から主人公が死んでいるとはいえ、内容は悲劇ではなく喜劇だ。亡霊となったオフィーリアと、可愛いコマドリが引き起こす空騒ぎが面白く、オーランドらしい軽妙でユーモアのきいた台詞《せりふ》回しが実に楽しい仕上がりだった。ただ、最後の最後、オフィーリアは愛したハムレットにされた仕打ちを知ることになり、再び傷つく。そうしてコマドリに問いかける。

――わたしは、あの人に愛が伝わらないから憎んで、自分で死のうと思ったのかしら？　わたしの愛は、あの人には要らなかったの？

その答えはまだ、描かれていない。脚本はそこで終わっていた。

誰かを愛しても、それが伝わるとは限らない。なぜ愛したように愛されないのか。

オフィーリアの問いかけは、いつも礼が抱えてきた疑問と同じだった。だからこそ礼は、脚

本を読み終えたとき、ほとんど反射的に絵を描いてしまった。

今囲まれてその絵を見られながら、うつむきがちに確認すると、ギルはいない様子で、それには内心ホッとした。けれどそれでも、もう倒れそうなほどに礼は緊張していた。体中に冷たい汗が噴き出て、足がガクガクと震えている。顔をあげていられずにうつむき、断罪の時を待つような気持ちになっていたそのとき、

「すごいじゃないか、これなら十分使える。幻想的で色が浮かんできそうだ」

と誰かの声がし、「カラーは？　カラーの絵はないの？」と嬉しそうな声も続いた。

「これは？　絵の具ではないいな」

数ページ先を開いたテッドが、礼に訊いてくる。それは水彩色鉛筆で簡単に着色した風景画で、今回のために描き下ろしたものではなく、過去の絵だった。

「それは暇つぶしに……色鉛筆で、あの、想像で描いたもので……」

震える声でたどたどしく説明すると、背後の生徒たちが感心したようにため息をついた。

と、ページを繰っていたテッドが手を止めた。説明を促すようにじっと見つめられ、覗くと、そこには、オーランドにも見られたオフィーリアと動物たちのイメージ画がある。念のために、簡単にノートから描き写しておいたものだった。

「テーマにぴったりだ。ポスターに使おうよ」

テッドの肩越しに見ていた生徒が、眼をきらきらさせて言い、とたんオーランドが「ほら、

優秀な人材だったでしょ？」と得意げに胸を張った。

「レイといったな。今日から頼む」

言葉すくなにテッドが言い、礼は拍子抜けした。こんなに簡単に、入ってしまっていいのかと戸惑っていたら、

「なあ、きみ、レイ・ナカハラだろ」

上級生らしき一人に名乗ってもいないのに言いあてられ、礼はどきっとした。もしかしたら次に言われるのは、なにか悪い噂についてではないか。思わず身構える。

「やっぱり日本人て器用なんだね。イギリスでも日本のデザインは人気があるの知ってた？」

けれどそう続けられ、礼は驚いた。ここの人たちは、礼の噂を気にしないのだろうか？

困惑しながらオーランドを見ると、オーランドは眼を細めた。それから小さく声を潜め、

「わりと変わり者の集まり……なんだけど、彼ら一人一人のことは、これからきみの眼で確かめて、知っていって。……そのために、来てくれたんでしょ？」

そう言った。礼は一瞬オーランドを見つめ返し、それから自分を取り囲む生徒たちを見た。上級生がほとんどだが、同級生や下級生もいる。名前を知っている人はおらず、礼は眼の前の彼らの気持ちも、考えも、まだなにも知らない――。

これまでの礼ならきっと怯《おび》えて、自分を背景に溶かし込むことで相手から逃げただろう。エドさえいればいいと、そう思って。そうしてそうすることで、相手さえも背景にしてしまい、

誰の感情も思想も入ってこないようシャットアウトした。

瞼の裏にちらちらと、エドの姿が浮かんだが、礼は力尽くで意識の外に振り払った。

そしてかわりに、もう少し知ってみようと思った。

まだよく知らないこの学校の、生徒たち。イギリスという国で暮らし、パブリックスクールの塀の中で暮らしている、彼らのこと……。今までならエドの後ろに隠れて、礼が見ることさえしてこなかった人々のことを。

「ミレイのオフィーリアは僕も大好きさ。きみとは気が合いそう。これからよろしくね」

そのとき一人の上級生が言い、手を差し出してくれた。そばかすの乗った鼻に丸眼鏡《まるめがね》をかけた、穏やかそうな青年で、癖のある茶色の髪がくるくると渦を巻いている。

「美術班の班長のマイクって言います」

にっこり笑われて、礼はおそるおそる、手を握り返した。マイクの手は柔らかく、温かかった。触れると少しだけ緊張が解け、礼はぺこりと頭を下げた。

「レイです。……よろしく、お願いします」

その言葉を言った瞬間、礼はエドとの約束をとうとう破ったのだと感じた。

まだ迷っている自分が、心のどこかで、本当にそれでいいの、と不安を叫んでいたけれど、それはどうにか飲み込めるほどの強さだった。

全部飲み込んで、そうして自分で、この道を選んだ。

礼はそう、その瞬間決めていた。

翌日から、礼は本格的に舞台の制作に関わることが決まった。

参加すると決めた以上は、ものすごく怖いが、エドにも話すべきだろう。けれどオーランドからは、もう少し落ち着いて、制作が進んでから話すことにしたほうがいいと言われた。

「べつに報告しなくてもいいと思うくらいだけどね」

「建前は義兄なので……やっぱりそのうち、話そうと思います」

とはいえ、下絵が完全にできあがるまで礼の作業は目下一人作業。美術班と合流するのもまだ少し先らしく、とりあえず下絵ができた段階でエドに打ち明けることにした。

口止めはテッドが適当に口実を作り、礼の参加について箝口令《かんこうれい》を敷いてくれた。いわく、礼は極度にシャイなので、あまり刺激すると逃げられてしまうかもしれない。言ってみれば極端に臆病なコマドリのようなものだ。だからみんな、彼が仕事を終えるまではそっとして、参加を他言しないように――という、なんだかむちゃくちゃなものだった。

おかげでオーランドのつけた礼のあだ名が、その場にいたメンバーにまで広まってしまった。

「言われてみれば、レイはコマドリみたいだね！」

誰かが言うと、他のメンバーも「なるほど」「たしかに」「似てる」と言い出した。

「小さいとこと、黒い大きな眼が似てる。小首を傾げるとこなんてコマドリそっくり」

「レイの瞳って、うるうるしててソー・キュートだよね？」

オーランドがふざけだすと、周りは、

「日本語ではなんだっけ。カーワーイーイ？」

と、尻馬に乗って礼をからかいはじめた。長年、こんなふうに接されたことのない礼は、軽いノリについていけずにまごつき、赤くなってそわそわするしかなかった。黒い大きな眼で困って上級生たちを見つめると、彼らはなぜか嬉しそうにニヤニヤし、小突き合った。

「やめろ、コマドリちゃんが困ってる」

「困らせてるのはお前だ。でもレイは噂と大分違うね。初めて喋ったけど」

責任をなすりつけあって、彼らはゲラゲラと笑った。おろおろして小さく縮こまっていた礼に、テッドの、「臆病だから突っつくな」という口実はうってつけだったらしく、誰も疑わずすんなりと信じてくれた。それどころか、その場にいた面々は礼が学内の噂にあるような冷淡な人間ではなくて、「極度の人見知りだから、人前に出るのが恥ずかしかっただけで、悪いやつじゃない」という新説まで打ち出し、支持してくれたので、もしかするとよかったのかもしれない。

ただなにかしら絵について質問されるたび、小さな声で懸命に答えると、一言発するだけで「おおー」「声が聞けた」と歓声があがるのには、どうしていいか分からずに閉口した。

「気にしないで。あれはね、みんなカーワーイーイーに飢えてる男子校生ってことだから」

帰る間際二人きりになったとき、数年分くらい人と喋ってどっと疲れた礼に、オーランドは

おかしそうにフォローしてくれた。しかしその説明の意味は、礼にはまったく分からなかった。

「こんな学校にきみを入れてるグラームズの不安も分からないではないよね。ボクが聞いた噂も、八割はきみを嫌うものだったけど、二割は――きみと話してみたいってものだったよ」

「……どうして僕と？　エドの義弟だから？」

戸惑って訊き返すと、オーランドはおかしそうに笑った。

「逆だよ、逆。グラームズの義弟でさえなければ、話しかけにいけるのに――ってね。王さまが放っておけというものを、突っつく家臣はまずいない」

オーランドはその話のあとで、ありがとうね、と付け加えた。第六校舎の出入り口で、そうして礼の頭を、小さな弟にするようによしよしと撫でてくれた。ハシバミ色の瞳に優しい光が灯り、オーランドは首を傾げて「勇気を出してくれて」と続けた。

「頑張ろうね。……きみのことは守りたいから、困ったことはすぐに相談するんだよ」

茶化すような口調ではない。散々迷った末に、礼がオーランドの言葉に応え、ここまでやって来たのだと分かってくれている。そう感じた。たった一人でも、自分の不安を理解してくれている人がいる。そのことがどれほど心を支えてくれるものか、礼は初めて知った。

じゃあまた明日、と言葉を交わしあい、礼はオーランドと別れたが、寮に戻っても夕食の時

間になっても、なんだかほこほこと体が温かいような心地だった。また明日、と約束をして別れる人なんて、何年ぶりにできただろう？

（……もしかしたら、僕にもイギリスで初めて、友だち……ができるのかも）

そう思うだけで、不思議と心が浮き立った。エドのこと以外でこんなふうに浮かれるのはこの四年間で初めてのことだ。たくさんの人に絵を褒めてもらえたこと、下絵についていろいろとリクエストをもらえたことも、礼には大きな喜びだった。自分が描いたものへ、大勢の人が関心を持ってくれている。食事が終わってから絵を描き直すのが楽しみで、いつもはのそのそと食べる食事を、今日は急いで食べていた。

「相変わらず、小鳥の餌《えさ》みたいだな」

と、頭上から声がして、礼はぎくっと動きを止めた。

食堂にいる生徒の数は、ピークには達してないがわりと多い。そんななか、声をかけてきたのはギルだった。顔をあげ、警戒しながらギルを見つめる。ギルは手にトレイを持っていて、なぜか礼の隣に置いて席に座ってしまった。

その行動が信じられず、礼は眼を皿のように大きく見開いてしまった。

ギルはトレイに載せた皿へ、テーブル中央の大皿から次々に料理をとっていく。パスタやキッシュ、フィッシュアンドチップス。大皿には、イギリスのティーンの好物がたっぷりよそわれている。礼からは考えられない量だが、この国の育ち盛りの男子には、このくらいはごく当たり前のカロリーらしい。

「……ギル、まさかここで食べるの？」

礼はとうとう、声を潜めて訊いていた。

まだ誰もこちらを見ていないが、ギルも目立つ生徒だ。彼はエドほどではないが美形で人望もあり、五年生で唯一の監督生でもある。一応従兄弟でも、基本的にはエドと同じく礼を無視してきたギルが、わざわざ礼に声をかけ、礼の隣で食事をする――なんて、不自然だった。

けれど礼のそんな反応など、既に予想済みだったのだろう。ギルは他の生徒にはけっして見せないだろう、厭味《いやみ》な笑みを口の端に浮かべた。

「授業に参加するらしいじゃないか。お前の背景案、コピーを見せてもらったけど悪くなかった。あだ名はコマドリちゃんだって？　たしかに似合ってる。一日でずいぶん溶け込んだね」

幸いここは端っこの席で、礼の周りにはいつも誰も座っていない。食堂内は賑やかで会話は聞こえていないだろうが、礼はヒヤヒヤした。

「上級生が騒いでたよ。お前がカワイイ？　とかなんとか。あの授業にいるやつらは草食動物が多いけど、オーランド・マーティンは間違いなく猛禽《もうきん》の類《たぐい》だ。いつ捕食されるか分かったもんじゃないから、あいつには気をつけろよ」

忠告してくるギルへ、礼は眼を白黒させた。けれどそれを深く訊くより先に、ギルは「そんなことより」と話を変えた。

「覚えてるんだろうな？　授業に参加したんだから、俺との約束も果たすんだろ。エドからは庇《かば》ってやるから、次の寮代表、あいつがニコラと俺のどっちに入れるか訊きだしておけ」

「そんなことできないよ……」

礼は困って、もぞもぞと答えた。けれどギルは「できるさ」と決めつけ、大量の夕飯を優雅に行儀良く、けれど素早く食べてしまう。まだ半分も料理が残った礼の皿と違い、ギルの食事はあらかた片付いている。

「お前がその無駄に大きな目を、いつもみたいに潤ませて迫ったら、エドだって悪い気はしないよ。『心配なんだ。エドはギルを推さないつもりなの？』って言えば反応するさ」

「そんな心配しなくても、エドはきみを推すんじゃないかな……」

なんとなく口をついて、言葉が出る。するとギルは食べる手を止めて、礼を振り向いた。

「どうしてそう思う？」

訊かれて、礼は言葉を探した。なるべく率直に、簡潔に。

「今年度の監督生に、エドはきみを選んでる。きみの力を認めてるからでしょう？　ライアンとフィリップは卒業するし、きみかニコラが代表なら……きみのほうが妥当だと思う。成績が良くて、スポーツの代表にも選ばれてる。それにきみのほうが、カリスマ性があるもの……」

ギルが隣にいて落ち着かないが、おどおどしながらもなんとか言葉を出せた。思ったことを素直に並べると、ギルは満足したように眼を細めた。

「へえ。俺にマッシュポテトをぶつけられたのに、褒めてくれるとはね」

「きみが辛辣《しんらつ》なのは僕に対してだけで、下級生の子たちにはよくしてあげてるし……」

プレップスクールの時代から、ある意味ではエドより礼に近しい場所にいたのがギルだ。この四年、休暇以外では毎日顔を合わせている。関係はずっと悪かったし、礼は冷たくされてきた。けれど普段のギルは、エドと同じように穏やかな模範生だ。それはたぶんエドの眼があるから、監督生に選ばれたいから、という理由もあるだろう。だとしても、ここまで徹底されていれば嘘も真実になると礼は思っている。実際ギルは、下級生に慕われている。

「それは他の寮生は、お前みたいな混血児じゃないからね。優しくもするよ、俺と同類だ」

鼻で嗤ったギルの言葉は相変わらずだったが、礼はもう、さほど傷つかなかった。

それがギルの価値観だと、慣れてしまったせいもある。さすがにもう、ポテトやアイスをぶつけられることはないという、思い込みもあるかもしれない。

「……きみが代表になった姿は想像できるよ。僕はそのころ、日本だろうから見れないけど」

それがどうしてか、少し淋しい気がして、礼はぽつんと言った。

ギルのことは苦手だけれど、憎んではいない。

名門に生まれ、エリートの道を期待され、エドと同じようにその道を歩いているギルが、念願の代表になった姿というのは、ちょっと見てみたい気がした。自分には冷たい人間ではあっても、目的通りになにもかも成し遂げていく「青い血」のギルの姿を見れば、やはり自分とは違う世界の人なのだと、素直に感心できそうに思うからだろうか。

（……そうか。きっと僕はギルのこともよく知らなかったから——もうちょっとちゃんと、知ってみたいのかもしれない。ずっとそばにいた、ギルバート・クレイスって人のこと）

「……お前、意外と喋れるんだな」

不意に、ギルが独りごちた。思わず顔をあげると、ギルは頬杖をつき、じろじろと礼を眺めている。

「……俺は混血児は好きじゃないが。それでも、俺がエドの立場にいたら、もうちょっとお前をマシに扱うと思うよ」

ふとギルが言い、礼のほうへ身を乗り出してきた。

「俺はどう頑張ってもどうせ二番だから、二番なりのお前の扱い方ってものがあるのさ。一番のエドが——どうやっても一番になれるやつが、お前をいじめる理由なんてないのにな」

ギルは長い指で礼の前髪を一房すくい、そっと手の中で弄《もてあそ》んだ。青いその眼には、いつになく静かな、物憂げな光が宿っていて、礼はそれを意外に感じた。そのときだ。

「ギル」

ギルの背後から、硬い声がした。礼はハッとして、目線をあげる。ギルは分かっていたように、薄く微笑んで振り向いている。

「なにをしている？」

眉をひそめ、疑惑と驚愕《きょうがく》、ほんの少しの苛立ちをにじませた怪訝《けげん》な顔で、そこにはエドが立っていた。

（エ、エド）

エドの姿を見た瞬間、礼は頭からさーっと音たてて血の気がひいていくような気がした。実際指先は冷たくなり、喉《のど》が急速に渇いていく。どうしよう、と思った。

なにか言わなければと焦ったが、それより先にエドはギルを見た。

「ギル、レイとなにを？　お前がレイといるなんて、随分珍しいが」

周囲を気にしてかエドの声音は落ち着いていたが、その緑の眼にはチリチリと焦がすような苛立ちがあった。ギルはしかし慌てるでもなく、青い眼を細めてエドを見返している。

「べつに大した話じゃないよ。一昨日、オーランド・マーティンがレイを訪ねてきたろ？　彼は変わり者で有名だし、気になってそのことを確認してただけさ」

「それなら俺がしている。レイのことは、お前は気にしなくていい」

エドの言葉に、ギルは肩を竦めた。

「俺だって、一応はレイの親戚なのに？　聞いたら、舞台制作の授業に誘われたんだね。まあ、図書室に誘われたわけじゃなくてホッとしたけど」

エドが一瞬眉をひそめた。けれど礼はそれを気にする余裕もない。ギルがオーランドの名前と、授業のことを持ちだしたので、どっと冷や汗をかいた。もしや、ギルはこのまま礼が参加していることをバラすつもりだろうか？

ところがギルが続けたのは、意外な一言だった。

「参加を許してあげてよ、エド。俺もその授業には出てる。美術メンバーが足りなくて困ってるんだ。レイの実力はきみも知ってるだろ？」

まさか背を押されるとは思っておらず、礼は眼を丸くした。エドも怪訝そうな顔になっている。

「……なぜお前がレイの参加について意見を言う？　どちらにしろ、この話は俺たちの間で終わってる。余計な気を回すな」

「俺たちの間か……」

ふと、ギルが嘲《あざけ》るように小さく嗤った。冷たく眼をすがめたエドを、ギルは頬杖をついて見上げた。

「いい加減、レイがかわいそうじゃないか。きみが卒業したら日本に帰すんだ。最後くらい、好きにさせてやればどうだい？」

「――なんだと？」

エドの視線に、険が宿る。その声が怒りをはらんで低くなり、礼はぎくりとした。冷たくな

った指先が震え、思わず「ギル」と細い声を出していた。けれどギルは頬杖を解き、挑発的な口調で続けた。

「この二年、きみは他の人形を可愛がってたんだし、レイの手入れはしないんだろ？　きみは一族のテストにパスしたし、卒業を待てば自由の身さ。ならべつにもう、この子が人目に触れたっていいじゃないか。興味がないんじゃないの？」

「俺に媚びるのをやめるつもりか？　この大事な時期に。色つきのベストが着たいんじゃなかったのか？」

エドの顔からは完全に穏やかな色が消え、礼だけが――いや、ギルも知ってはいる――恐ろしい表情になっていた。幸い窓側に顔を向けているから、見えている人はいないだろうが、それでも目立つエドがいるだけで、注目を浴びる。遠くのほうで、生徒たちがエドを探しているのに気づき、礼はハラハラした。

ギルはというとエドのその顔を見て、ハ、と息だけで嗤った。

「媚びてもきみは俺を許さないだろ？　なら別の手もあるってことを、伝えておこうと思って」

「……ギル。ねえ、やめて」

近くの生徒たちが顔をあげ、こちらを見ている。礼は思わずギルの二の腕に触れた。とたんエドが眉をしかめて礼の手を睨み、ギルはそのエドの反応に小さく嗤った。そうして二の腕に置かれた礼の手を、握るようにしてとった。

「レイだって、思い出がほしいだろ？　ほら、勇気を出してエドにお願いしてみたら？」

かつて向けられたことのない優しい顔で言われて、礼は戸惑った。見上げると、エドが怒りを通り越し、もはや無表情になってじっと礼を見つめている。緑の眼だけは刃物のように鋭く光っており、礼はぎくしゃくした。

（どうしよう……ここで、今、実は授業に出てるって言うべきなの？）

それしかないのでは、と思ったとき、「エド。ギル。なにしてるんだよ」と声がかかった。

二人分のトレイを持ったライアンが、訝《いぶか》しげに立っている。ライアンはギルの横の礼を認めると、不快そうにムッとした。

「なんだ？　一族そろって、その変わり者のアジア人になんの用事があるんだ」

見るのも嫌だというようにライアンが言う。睨まれて、礼が体を後ろに反らすと、ギルが穏やかに微笑んでフォローを入れた。

「実は今度、授業のグループ発表でレイと組むんだ。きちんと協力してくれないと班のみんなが困るから、ちゃんとしてくれって話してたところで」

すらすらと嘘をつけるギルに、礼は半ば感心してしまった。この四年ほとんど喋らなかったうちに、ギルは相当要領が良くなっている。エドは一瞬だけ顔をしかめたが、ギルの嘘を信じたライアンに「お前の従兄弟も大変だな、レイが同級生で」と言われて、返事をせざるをえな

かったようだ。「ああ」と言ったあと、俺たちは行こう、と誘われて、

「ギル。レイとの話が終わったならお前も来い。監督生同士で、話しておきたいことがある」

と声をかけた。けれどギルはそれに乗らなかった。

「もうすぐ食事が終わるから、食べてから行くよ。途中で席を立つのはレイにも失礼だし」

いけしゃあしゃあと言ったギルに、ライアンは「お人好しだな」とあっさり離れていったが、エドだけはじろりとギルを睨みつけた。冷たい視線は礼にも送られ、礼は体を小さくする。

「ふん。自分が始めといて、今さらそれを崩せないんだから王さまも大変だね」

去っていくエドの背中を見ながら、俺ならもっとうまくやる、とギルが呟いた。

「ギル……ど、どうしてエドにあんなこと言ったの？」

二人きりになり、食事を再開したギルに、礼は我慢しきれずに訊いた。礼はもうすっかり食欲をなくしている。

礼には、ギルの真意が分からなかった。ギルは寮代表になるために、エドの推薦を必要としている。だから礼が舞台の授業に出ていても眼をつむり、そのかわりスパイまがいのことをさせようというくらいだ。エドを怒らせれば推薦は遠のくはず。なのになぜ、と思う。

「言ったろう？　どれだけ媚びたって、エドが俺を好きになることなんてない。お前にマッシュポテトをぶつけたときからね」

ギルは肩を竦めて笑った。

「お前が言ったように、ニコラと俺なら俺さ。エドもバカじゃないから分かってる。だけどもう一つ保険をかけときたい」

「保険？」

訳が分からず訊き返すと、ギルはローストビーフの最後の一切れを口に押し込みながら、

「今日は、お前がその保険になるかどうか、確かめたんだよ」

と言った。なんのことだろう、と礼は思う。思ったが、さすがに礼ももう、十一歳や十三歳ではないのだ。なにかよからぬ意味だとは分かった。十三歳の夏、リーストンに入れと脅してきたギルのことが蘇《よみがえ》る。礼はあのとき言われるままエドのもとへ来て、エドを苦しめた――。

気がつくと、礼はギルの腕をぎゅっと掴んでいた。驚いて振り返るギルの眼を、正面から見返す。そうして勢いだけで言っていた。

「ギル。また僕を使ってエドを苦しめるつもりなら、そんなことは、許さないから」

自分でさえ、びっくりするほど強く、意志のこもった声音だった。こんなふうにギルに強く出たことは、たぶん母をバカにされたとき以来だろうか――。言ったあとで礼は震えたけれど、驚いたのはギルも同じだったようで、礼を見下ろす眼が見開かれる。

「――へえ。お前、少し変わったな」

数秒の沈黙のあと、ギルは小さく嗤った。礼の手を簡単に払いのけ、皿の料理をすべてたいらげてしまうと、席をひいて立ち上がる。

「さっきからエドがしつっこーくこっちを見てる。面倒だからそろそろ行くよ。そうだ、一応、俺との約束は気にしておいてくれよ?」

約束とは、寮代表推薦について、エドから情報を引き出す件だろうか。自分は了承したつもりはないという気持ちで、じっとギルを見つめると、ギルは眼を細めた。

「心配しなくても、俺の力でどうこうできるほど、エドは甘くないよ、コマドリちゃん」

最後のコマドリちゃん、をわざとゆっくり発音し、ギルは立ち去った。トレイを片付け、エドやライアンが、他の監督生と食事しているテーブルに向かう。不意にエドが、礼を見ているのに気がついて、礼はドキリとした。エドの緑の眼には、見慣れた怒りが激しく燃えている。礼はパッと顔を背け、食べる気をなくした食事を、それでも義務的に口に運んだ。

エドは怒っているから、きっと今夜部屋に来るだろう。

(……舞台の授業には参加するなと言われて、嘘、つけるのかな)

とても自信がなかった。ぼろを出すくらいなら、きちんと話したほうがいいのかもしれない。もう既に、あの授業に参加していることを——。

そう考えると体が緊張で震えた。それでもエドの言葉に従い、参加しないという答えはもうない。そんなことをすれば多くの人たちに迷惑をかけ、きっと、自分で自分を嫌いになってしまう。しっかりしろ、と礼は自分で自分に言い聞かせた。

(選んだことはまっとうする。そう、決めたんだから)

十

夕食が終わり、消灯準備に入る一時間前になると、寮では入浴が始まる。

この入浴時間は、いうなれば戦争のような状態だ。とはいえそれは、三年生から五年生に限った話で、六年生、七年生はそれぞれ一学年に一つ共同の大きな浴場があるし、監督生には個室と浴室も与えられている。けれどそのどちらでもない礼《れい》は、戦争となる入浴時間に、風呂を使わねばならなかった。

風呂といっても、イギリスには日本のような入浴文化はない。五年生までが使う共同浴場は細長く素っ気ないバスタブが十台ずつ二列に並び、壁にシャワーがついている。それぞれのバスタブごとに仕切りはあるが、それも薄っぺらいカーテンだけだ。浴場の前室に脱衣場があり、衣類を入れるカゴがある。服を脱いだらカゴごと持ってバスタブへ移動し、一人約十分で体と髪を洗って出てこなければならなかった。

入浴文化がないうえに男子ばかりなので、十分という縛りはさほど難しくないらしい。礼は入学時にエドにきつく言われて、入浴はお湯が止められる直前の、一番最後の時間にこっそりと行っていた。するとその時間帯にはまず上級生はおらず、下級生が数名使っているだけで、一人のことも多い。

今日も同じ時間に行くと、寒いこともあってか礼以外誰もいなかった。バスタブには湯を張ってゆっくりつかれるわけでもないので、風呂は寒い日ほど不人気なのだ。

いつもなら、礼は脱衣場では服を脱がない。カゴごと浴室に入って、カーテンを閉めてからバスタブの中で脱衣するよう、エドに昔から言われていたからだ。けれど今日は人もいないので、いいかなと思って脱衣場で服を脱ぎ、腰にタオルを巻いてカゴを持った。誰もいない日には、実はこっそりこうしていた。浴室で脱ぐのは服も濡《ぬ》れるし面倒なのだ。

けれど浴場に入って、礼はぎくっとして一度止まった。出入り口の脇に立っていたのが、エドだったからだ。

エドは制服姿で、リストを持って待機していた。入浴のチェックだ。

浴室には、毎日必ず監督生が一人立ち、生徒をチェックする。一度くらいは見逃されるが、二度三度入浴しない生徒には注意がいく。なのでエドがここにいてもおかしくはないのだが、寮代表になってから浴室係になっているのを見たことがなかったので、礼は驚いた。同時に、食堂でのエドとギルのやりとりを思い出し、体が強ばってしまった。

エドのほうも、礼の姿を見ると驚いたような顔になり、舌打ちして視線をリストに落とす。

「……きみが最後だよ、レイ。早く入って」

外向けの声で、けれど眼も見ずに言うエドに、どうやらここで怒るつもりはないらしい、と礼は察してぺこりと頭を下げた。急いでバスタブに入ろうとしたら、すれ違いざま低い声で言われた。

「風呂の中で脱げと言ってある。なぜ脱衣場で脱いできた？　……男に見せるつもりか」

「ご、ごめんなさい」

また大きく舌打ちされ、礼は慌ててバスタブに飛び込むと、仕切りのカーテンをひいた。薄い胸の下では心臓がドキドキと鳴っていた。

（びっくりした……。エド、やっぱり不機嫌そうだな）

シャワーのコックをひねりながら、ため息が出た。ついさっき食堂でも考えていたが、今夜エドは部屋に来るだろう。そのときに、オーランドの誘いに乗ったことを言おうか言うまいか……。悩みながら石けんに手を伸ばした瞬間だった。

「レイ」

「……っ」

思ったよりもすぐ近くでエドの声がし、礼は声にならない声を発した。

ビニール製のカーテンは不透明な色なのではっきり分からないが、下を見ると、向こうにエドの靴先が覗《のぞ》いていた。どうやらエドは、礼のすぐ脇に立っている。

「……な、なに？」

たとえ礼が一番最後だとしても、こんな、いつ誰が来るかも分からない場所でエドが話しかけてくるなんて、今まではなかった。礼はどぎまぎしながら、シャワーの湯を弱めた。

「さっき、食堂でギルになにを言われた？　本当にマーティンの授業のことか」

訊《たず》ねられ、礼はごくんと息を飲み込んだ。言おうか。言うまいか。迷いが頭の中で膨《ふく》らんでいく。

「……ほんとだよ。授業には、参加してほしいみたい――ギルは運営をやってるから」

これは嘘ではない。言葉を選びながら、慎重に礼は言う。けれどエドは、カーテンの向こうで舌を打って「嘘をつけ」と否定した。

「それだけなはずがない。どうせ、寮代表のことでも言ってきたんだろう」

それも当たっている。ギルはエドに真意を隠している様子ではなかったので、礼は迷いながらも「うん……」と肯定した。

「あの……エドが誰を代表にするつもりか、聞いたら教えてほしいって……あのでも」

イライラとしたエドの気配が、カーテン越しにさえ伝わってくる。礼はなんとか自分の話を聞いてほしくて、焦って言葉を継いだ。

「僕は、ギルは代表になれるんじゃないかと思ったから……小細工なんて要らないと思うって、そういう意味のことを言ったけど……」

「は、ずいぶん偉そうなことを言うようになったな」

嘲笑《ちょうしょう》されて礼が黙ると、エドはまた舌打ちした。今度は靴の先で、床をトントンと苛立《いらだ》たしげに蹴《け》り始める。

「どちらにしろ、お前があんな授業に出る必要はない。マーティンは商家の出の、成金の、浮ついた人間だ。そんなやつと関わるなんて、グラームズ家の恥だ。あいつは手癖も悪い。お前を誘ったのだって、どんな下心からだか……」

悪態をつくエドの言葉に、礼の胸がちくり、ちくり、と痛む。

瞼《まぶた》の裏に、オーランドの優しい笑みが浮かんだ。きみに変わってほしいと言ってくれ、礼が授業に行くと心から喜んでくれた。

「……そんなのただの、噂《うわさ》だよ」

気がつくと、礼は絞り出すような声で言っていた。エドが一瞬口をつぐむ。その隙《すき》に、礼は勇気を振り絞り、できるだけ早口で続けた。

「全部、オーランドのことをよく知らない人たちが、勝手に流してる噂でしょ？　……商家の出だとか、手が早いとか、そんなことあの人の一部分にしか過ぎない。エドだって、オーランドのことなにも知らない。なのに、ひどい……」

「なんだって？」

瞬間、エドがバスタブをガン、と蹴りつけた。とたんバスタブががくんと揺れ、礼はびくっとして黙った。エドは「なんだって？」とまた、低く脅《おど》すような声を出した。

「レイ、なんだって？　まさか俺に、お前が、意見したのか？　お前が、俺に！」

もう一度バスタブが蹴られた。礼は立っていられず、タブの中へ座り込む。頭からシャワーの湯が落ちてきて、頰《ほお》を伝う。恐ろしいエドの声音に、礼は無意識にかたかたと震えていた。

「なんとか言え、レイ。俺に楯突《たてつ》くのか？　違うだろ？　言うとおりにしますと言うんだ。いつものようにな」

座り込んだ礼に気づいたのか、今度はバスタブの底が蹴られた。小刻みに、何度も何度も、エドは蹴ってくる。その振動に礼は震えながら、荒い息をなんとか落ち着けようとした。はい、そうします、エド。あなたの言うとおりに——。

……できない、と礼は思った。ぎゅっと眼をつむる。体の中で、小さな心臓がばくばくと鳴り、心が恐怖で縮こまっている。か細い声で、礼は渾身《こんしん》の勇気を出して言った。

「……エド。僕は、あの授業に、出たい」

シャワーの音にまぎれて、その細い声はエドに届いたのかどうか。バスタブを蹴る足が止まる。礼はたてた膝《ひざ》に顔を埋め、震える拳《こぶし》を握りしめる。

「絵を、描いてみたい……」

不意にそのとき、コックがキュッと音をたて、湯が止まった。

「許されると思うのか？」

声が耳元でして、礼は顔をあげた——カーテンがわずかに開いている。そしてエドの腕だけが、隙間から伸びてコックを閉めている――。膝を抱いて恐る恐る振り返った礼は、細い隙間に覗くエドの眼に、激しい怒りを見た。

――殴られるかもしれない。

本能的にそう感じ、ゾッとした瞬間だった。

「エド。いるか？」

監督生の、フィリップの声がした。なにかあったらしく、少し焦っている。あっという間にエドの手が離れていき、その姿もカーテンの向こう側へ消えていった。

「フィル？　悪い、バスタブの点検をしてた。なにかあったのか？」

「ああ、よかった、いたか。それが階下で、ケンカがあって騒ぎになってる。怪我人《けが》が出た。寮監がお前を呼んでくれって」

「怪我人？　穏やかじゃないな。怪我をしたのは？」

フィリップとエドは会話をしながら出て行き、礼はバスタブの中に取り残された。

タイル張りの浴室は寒く、冷え込んでいる。礼の体も芯《しん》から冷え切り、小さな震えがおさまらなかった。

（……怖い。怖かった）

フィリップが来てくれなかったら、どうなっていたのだろう――。ただ授業に出たいと言うだけで、まさかあれほど腹を立てられるとは思っていなかった。エドに大した影響などないのだから、もっと素っ気ないかと考えていたのに……。

（タイミングが悪かった？　でも、もう参加していることを言ったら、エドは心の底から僕を憎むかも……）

礼はもうなにも考えられなかった。両手で顔を覆い、しばらくの間裸のまま、ただただ震え続けていた。


その日の夜は、なかなか寝付けなかった。風の強い日で、古い立て付けの窓枠が始終カタカタと鳴っていたのもあるが、突然部屋にエドがやってくるかもしれないという恐怖で、びくびくしていたせいもある。

けれどエドはやってこなかった。どうやら寮生同士の喧嘩《けんか》とやらは、わりと大きな騒ぎになっているらしい。風呂から戻る廊下の途中で、誰かが怒鳴っている声がうっすらと聞こえ、他の生徒たちが階段などにたまり、ひそひそと噂話をしていた。

「誰と誰が喧嘩だって？　メイソンとミルトン？」

「エドを奪《と》り合ったんだろ。図書室に誘われてたクチだから」

誰かがそう言って嘲笑したとき、礼はぎくっとした。その晩は、消灯見回りの監督生もエドではなかった。いつもならエドにライアン、フィリップが三人で連れだって行っていたが、彼らは騒ぎの収拾で忙しいらしく、フロアを回ってきたのはギルだった。礼は少しエドが心配になり、ギルが回ってきたときドアから顔だけ出した。鐘を鳴らしていたギルは礼を見つけるとおかしそうに笑い、

「心配ないさ。エドは上手いこと遊んでる。メイソンもミルトンも大貴族の長男だ」

男と本気になっても無意味だと分かってる、とギルは続け、それから肩を竦《すく》めた。

「初めから愛なんてないのに、それでも自分のほうが愛されてると、主張したいものかね」

小馬鹿にしたように呟《つぶや》いて、ギルは行ってしまった。

（愛なんてない、か……でもメイソンやミルトンは、もしかしたらエドを愛したのかも……）

直接話したことはない、どちらも美しい同寮生を思い浮かべながら、礼はエドを待って、待ち疲れて眠ってしまった。

翌朝、礼は起きると顔を洗い、大急ぎで支度をして朝食に出た。できればエドと顔を合わせる前にすませて、寮を出てしまおうと思ったのだ。

階段を下りて狭い廊下に出ると、慌てていたせいで一人の生徒とぶつかった。

「あ……ごめんなさい」

謝ってから顔を上げた礼は、ドキッとした。礼を見下ろしているのはメイソンだった。不機嫌そうな表情だが、相変わらず整って美しい容姿だ。けれどその頬には、痛々しくガーゼが当てられていた。

「なに？」

思わず顔を眺めていた礼に、メイソンがとげとげしい声を出す。

「あ、いえ。顔……大丈夫ですか？」

きれいな顔なのでもったいなく思える。つい訊《き》くと、メイソンは眉《まゆ》をしかめて礼の肩を突き飛ばした。礼はびっくりしながら、壁にドンとぶつかった。

「お前なんかに同情してもらいたくないよ、アジア人。突然やってきて、エドの近くにのうのうと収まって……お前なんて、エドに相応《ふさわ》しくないのに」

きつい言葉なのに、それを言う間のメイソンが、なぜか泣き出しそうに見えて礼は息を呑《の》んだ。顔を背けてメイソンは去ったが、礼はしばらくその場に立ち尽くしていた。じわじわと胸に広がってくる痛みに、これはなんだろうと思う。蔑《さげす》まれたショック？　いや――。

（……どうしてだろ。メイソンの気持ちが、少し、分かる気がする）

口に出したらきっと、お前なんかに分かるはずがないと言われるだろうに、そう思う。愛してもらえない悲しさ。もしかしたらメイソンも、そんな気持ちを知っているのかもしれないと。

「レイ、どうかしたの？」

その日の放課後、第六校舎で作業を始めた礼が一人ため息をついていると、向かいの机で脚本を書いていたオーランドが、不思議そうに訊いた。

礼は今日から授業に参加している。教室に入る際は緊張でがちがちだったが、メンバーはみんな温かく迎え入れてくれた。礼が初めに描いた案をもとに美術班で話し合い、様々なリクエストやアイディア、アドバイスを受けて、礼は再度案を描き直すこととなった。

「ハーフタームまでもう日数がないからね、本当は下絵案だけでも終わらせたかったけど、時間的に難しいだろうから、休暇明けにもらえると嬉《うれ》しいな」

礼は班長であるマイクに、そうオーダーされた。礼以外のメンバーはみんな、劇場で小道具の作業をしている。大本の案を描く礼だけが校舎に残っていたが、キャストメンバーや衣装制作なども別の部屋を使っているため、この教室には今、礼とオーランド、テッドと、数名の運営メンバーしかいなかった。

礼はちらりと室内を見回し、オーランド以外はみんな遠くに座っていること、ギルがいないことを確認して、昨夜あったことと、今朝メイソンから言われたことを、ぽつぽつ、話した。

「メイソンとミルトンて、ウェリントンの二大美人か。彼らのキャットファイト、ぜひ見たかったなあ。壮観だったろうね」

話し終えると真っ先にそう言ったオーランドに、礼はじとっと上目遣いを向けた。オーランドはなぜか嬉しそうに笑い、「冗談だよ」と本当か嘘か分からないことを言った。

「でもグラームズも罪なことするね。一度きりの相手の、自尊心をくすぐっちゃったか」

「……みんな、彼らの関係を知ってるんでしょうか。ギルは問題ないって言ってたけど」

礼は心配だった。もちろん、他にも思うところはある。諦《あきら》めるつもりでも、エドのことはまだ好きで、彼に抱かれたというメイソンやミルトンが喧嘩をし、メイソンには厭味《いやみ》を言われたのだから、本当は落ち込んでいる。アジア人と蔑まれるのはよくあることだが、エドに相応しくないという言葉には分かっているだけにがっくりくる。けれどそれよりなにより、寮の中でもひそやかに二人の喧嘩がエドを巡ってのものだと噂されるくらいなのだ。暗黙の了解のように、男と寝ているエドのことが知れ渡っている。一族にそれが知られれば、エドにとってまずくはないのかと思う。

「ギルが平気だと言うなら平気でしょ。大体、パブリックスクールで男と寝てたなんてのはよくある話さ。青春の過ち。重要なのは本気の恋人じゃないってことだよ」

愛してしまったら、いろいろと支障が出るからね、とオーランドは言い、礼は視線だけ下向けた。伏せた視界に、長い睫毛《まつげ》の影が落ちる。画家の中にはこの影まで描写する者もある。淡く、実体がおぼろなその陰影を追いながら、礼は持っていた鉛筆をもじもじと手の中で回す。と、背中にぞわっと悪寒がたって、礼はくしゃみをした。

「大丈夫？　風邪？」

オーランドが心配してくれ、礼の背中を優しく撫《な》でてくれた。

「あ、すいません。昨日の夜、浴場で体を冷やして……」

風呂場でエドにどんなふうに問い詰められたかまでは話していない。礼は冷えやすそうだもんね、と言うオーランドは呑気《のんき》な口調だ。礼は少し考えて、「あの」と言葉を継いだ。

「――オーランドは知らないと思うんですけど、エドは四年前……たぶん、この学校で好きな人がいたんです」

背中を撫でてくれている、オーランドの手が止まる。礼は眼を伏せ、もじもじと指を動かしながら続けた。

「メイソンやミルトンみたいに割り切ってない、しかも貴族でもない相手です。僕もよく知らないけど……エドはその人には、本気だったと思います」

なぜ急にこんな話をするのか、礼には自分でもよく分からなかった。顔も知らないジョナスの話は、時たま、本当に時たま人の口にのぼることがある。けれどそれはふわふわとした淡い噂で、エドには男の恋人がいたかもしれない、いやでも、あれは事故だったんだろ、という程度の会話で終わる。ただそれがジョナスのことなら、エドはきっと彼を愛していた。礼はずっと、そう思ってきた。

「きっと、メイソンやミルトンは、それを知ってるんじゃないかな。エドと同い年だし、問題が起きたときも見てるはず。……だから心の底では、愛されたいと思ってるのかも」

自分と同じように――と、礼は感じた。もちろん、メイソンのような美形と自分を並べては申し訳ないが、それでもエドに恋する気持ちが少しでもあるなら……そしてエドが誰かを愛していた過去を知っているなら、そんなふうにされたいと思うものではないだろうか。

「なるほど。……で、レイはメイソンに同情したと」

「同情と言うと、えらそうですけど……でも、メイソンが僕にまでひどいことを言ったのは、悲しいからじゃないかと思うと……メイソンも辛《つら》いのかなと思って」

「じゃあエドがメイソンを愛したら嬉しい？」

頬杖《ほおづえ》をついたオーランドが、ニヤニヤと訊いてくる。礼は困って肩をすぼめる。

「そこまでお人好しになれません。……諦めてるけど、僕もエドが好きだから。ただ……あんなきれいな人でも、愛されなくて悲しいことがあるのかって、思っただけです」

「愛が必ず伝わるとは、限らないからね」

そこだけは美醜は関係ない。神は平等だよ、とオーランドが言い、礼は口をつぐんだ。

（伝わらない愛は……本当は僕が思ってたよりもありふれてるのかな）

もっと周りのことを見てみよう。そう決めたときから、不思議なくらい周囲にいる生徒たちの誰も彼もが、ただ恵まれ、ただ幸せではないことを感じるようになった。ギルとエドはいがみあっているし、美しくてもメイソンは淋《さび》しそうに見えた。オーランドは魅力的なのに、この学校では変わり者と呼ばれる。もっともオーランドは幸せそうだが、それは足りないことを嘆かないで生きるコツを知っているからだ。けっしてすべて満たされているわけではない。

（ずっと……自分だけかわいそうに思ってた。……みんな本当は、それぞれ大変なのかも）

小さな「コマドリ」程度の自分とは比較にならないだろうが、大空を飛ぶ鷹《たか》には鷹の、砂漠のライオンにはライオンの、悩みというものがあるのだろうという気がする。

——どう頑張っても二番にしかなれない。

ギルもそう言っていた。あれはエドと自分を比較しての言葉だろう。

（対象や大きさは違っても、なにか足りてない気持ちは……ギルでさえ持ってる——）

それならエドはどうだろうと礼は思うのだ。

礼はなんとなくしか知らないけれど、エドだってきっと、満ち足りていないなにかを抱えている。恵まれ、持てる者として生まれ育ってきながら……。

（そう。僕は本当は最初、そんなエドだから好きになったっけ）

大きなグラームズの屋敷の中で、十四歳のエドは孤独そうで、なにかに苦しんでいるようだった。リーストンにやって来てからはエドは遠のき、その心も見えなくなった。いつも人に囲まれ、恋人にも困らないエドの孤独は、礼には分からなくなったけれど——。

（分からないのは、僕の心が、小さすぎるからかもしれない……）

ぼんやりそんなことを思っていると、「でも良かったね」とオーランドがニコニコしていた。不思議に思って顔をあげた礼に、「きみは変わってきてる」と嬉しそうな声が降ってくる。

「メイソンを心配して、それを口に出して伝えた。天敵のギルのことも理解しようとしてる。なにより、グラームズに『絵を描きたい』って言えたんだ。きみの心を、希望を、きみはちゃんと口にできた」

そういえばそうだ、と礼は気がついた。その前後のエドの態度があまりに怖かったことと、寮の騒動が心配で忘れていたが、一応あの時自分は勇気を出したのだ。もっとも、エドはとんでもなく怒っていたが。

「少しは、きみの世界は広がった？」

訊かれて、礼は少し考え、頷《うなず》いた。広がった。広がったと思う。閉塞《へいそく》的でなにも見えなかった薄暗い世界には、今明るい光が差し込もうとしている。それは夜明け前の、まだ淡い光だが、それでもずっと視界はクリアになった。

オーランドは微笑《ほほえ》み、礼の頭を褒《ほ》めるように撫でてくれた。その仕草がくすぐったく、礼の胸は温かくなり、自然と笑みがこぼれる。笑うと、つられて気持ちまで明るくなる。

不安なことはたくさんあるけれど、とりあえず眼の前のことをやろう。礼はそう気持ちを切り替えた。エドを怖がっていては前に進めない。オーランドにありがとうと言い、それから礼は、鉛筆をきちんと持ち直した。

十月のハーフターム休暇まで、残り三日と時間が迫っていた。背景案は休暇明けでいいと言われたが、礼はなんとかしてその前に出したいと、根を詰めて作業をした。

昼の休み時間は当然ながら、放課後も、寮に帰ってからも作業を進め、消灯の見回りが通り過ぎたあとを狙《ねら》い、小さなライトをつけて夜中も描いた。とうとう残り一日になった夜には夕食もとらず入浴にもいかなかった。無理をしたせいで風邪がひどくなり、咳《せき》と悪寒が止まらない。喉《のど》もじんじんと痛んでいたので、それを言い訳にした。

「で、できた……。間に合った」

消灯の十分前、礼はようやく描き終えた絵を見てホッと息をついていた。四種類の背景に、それぞれ線画と、水彩絵の具で彩色した配色案の、計八枚。絵の具は美術班のマイクから借りて、せっせと塗ったが、気に入らずに何度も描き直した。見た人間が誰でも真似《まね》できるよう、重ねた色について詳細にメモもつけてある。マイクをはじめ美術班のメンバーは、みんな美術の授業をとっているので、これを見ればそのまま模写することはできるはずだった。

大きめのブリーフケースに絵をしまい、ホッと息をついたら、急に疲労が体を襲う。机に突っ伏すと、ぞくぞくと悪寒がのぼってきた。

(絵を出せたら、みんな喜んでくれるかな。……喜んでくれるといいけど)

リクエストをちゃんと活かせているだろうか、期待に添えるだろうか、そんなことを思っている自分がなんだかくすぐったく、体調は悪いが幸せな気持ちだった。ハーフターム明けにはすぐ、ポスターの図案を作ることになっており、グラームズ家に戻っても、空いた時間は作業しようと決めている。それもまた、考えると楽しみだった。

とはいえ休暇中、エドと一緒なのは少し気まずい。ばれないように作業せねばと思うと、自分はたしかに変わったのかもしれない、と感じた。

リーストンに来る前は、ハーフタームは礼にとって楽しみの一つだった。エドが帰ってきてくれる貴重な休みだったからだ。礼の孤独を癒《いや》してくれたのはエドだけだった。

(それが今は、できれば一人になりたいなんて……)

じっと考えていると、不意に扉のノブが回った。礼はハッとして、ブリーフケースを机の下に隠した。振り向くとエドが立っていて、礼は「ど、どうしたの?」と上ずった声で訊いた。まだ消灯はしていない。人目《ひとめ》につくかもしれない時間帯に、エドが来るなんて初めてのことだった。

「……ライアンから報告があった。昨日の夜、お前の部屋でライトが点《つ》いていたようだと。しかも今日は食事もしていないし、入浴にも来てないようだな」

エドは不機嫌そうな顔で腕を組み、じろりと礼を睨《にら》みつける。礼は答えようとして、ケホケホと咳《せ》き込んだ。エドがむっと眉を寄せる。

「あの……風邪をひいて。だから食欲がなくて」

「風邪? だったら早く寝ろ。医務室には行ったのか?」

「いえ……」

首を横に振ると、エドは舌打ちし「寝ていろ」と言い残して部屋を出て行った。なんだろうとは思ったが、たしかに早く寝たほうが良い。礼は寝間着に着替え、ガウンも羽織った。と、また扉が開き、ずかずかとエドが入ってきた。見ると片腕になにやら大荷物を抱え込んでいて、礼は眼を丸くした。

「寒がりのくせに、なぜそんな薄っぺらいブランケットで寝てる」

エドはイライラした口調で礼の腕をひっつかむと、無理矢理ベッドへ押し込んだ。冷たい足を布団の中へ入れると同時に、厚手のブランケットが一枚、バサッと膝に広げられた。どうやらエドが持ってきてくれたらしい。それから足下に、エドは無言で大きな布の固まりを入れ、終わると「ほら」と言って礼に薬と水を突きだしてきた。

「俺がもらってきてやった。十六にもなって、自己管理もできないのか。性格に難があっても、こういうところはギルのほうがよほどできてる。だからお前は上に立つ側にはなれないんだ」

礼は出された薬を受け取り、飲みながら、怒られているのにどうしてか嬉しくなっていた。薬を飲み終えて体を布団の中へ滑り込ませると、足に温かいものが当たる。さっきエドが入れてくれたのは、湯たんぽだと分かった。

「……熱湯がすぐ手に入ったの？」

この国では湯たんぽは誰でも使う。けれど湯を沸かすのが面倒なので、実家とは違い寮では使わない生徒も多い。エドが退出していた時間は十分かそこらなので、あまりの準備の早さに驚いていると、「それは俺のだ。三年生のミシェルが用意してくれる」と答えが返ってきた。

寮代表や監督生になると、身の回りの世話をしてくれる下級生がいる。だからエドは、自分の湯たんぽを礼に持ってきてくれたらしい。礼は驚き、そして胸に優しいものが広がるのを感じた。

「ありがとう……」

そっと言いながら、胸の奥が震えて、なぜだか泣きたくなった。どうして急に優しくしてくれるのだろうと思ったが、エドの心遣いが、とても嬉しい――。

エドは拗《す》ねたような顔で、礼を見下ろしていた。その眼にはなにやらよく分からない色が浮かんでいる。いつもエドが浮かべる苛立ちに似た――けれどそれよりもっと不安そうな色だ。

「最近……お前、あそこにいないようだな。川べりの、お前がいつもいた、小さな空間だ」

ふと訊かれ、礼はどきりとした。川べりの秘密の場所にいた時間は、今ではすべて絵を描くのにあてている。それを知られてはまずいと、慌てて言い訳をした。

「あそこは寒いから……室内で人気のないところをあちこち使ってたんだ」

「去年も一昨年も、雪が降らなきゃあそこにいたのに?」

訊かれて、礼は焦るよりべつのことに気を取られた。エドはどうして、礼がそれほど秘密の場所にいたことを知っているのだろう。エドがあの場所にやって来たことは一度もないし、他の人間だって、オーランド以外とは会ったことがない。

「エドは僕の秘密の場所、そんなによく知ってるの?」

純粋に不思議で訊くと、エドは焦ったように「そんなわけないだろう」と声を厳しくした。

「あちこちからお前を見たと聞くだけだ。義兄弟というだけで、いろいろ報告される」

なるほどそれはあるだろう、と礼は納得した。

「風邪をひいちゃったし、今年は控えるよ。本当、エドが言うとおり、ギルはえらいね。僕と同学年なのに、自己管理ができる」

「べつにギルを褒める必要はない。お前ができなさすぎるだけだ、あいつは普通だ」

礼が言うと、エドは半ば遮《さえぎ》るような勢いでイライラと否定してきたので、なぜかおかしくなり、礼はふふ、と笑っていた。

「エドもすごいよ。エドはもっとすごい。本当はとても苦労して、今の位置にいるんだろうね。僕、あまり考えてこなかったけど……」

二日間の睡眠不足が祟《たた》り、足下からぽかぽかと温められて、礼は眠くなってきた。眼の前にエドがいるのにもったいない、と思うし、なぜ自分は緊張しないのだろうと思ったが、今日のエドが優しいからかもしれない。

ごめんね、と礼はうとうとしながら言った。横に立ったエドが、礼のその言葉に驚いたのか、ぎくりと身じろぐのが見える。

「エドの苦しいこと、なんにも分からなくて……ごめんね」

強い睡魔が礼を眠りに引きずり込もうとしている。風邪薬には睡眠作用もあったのかもしれない。眼を閉じる瞬間に、礼を見下ろすエドの眼に、ちらりと痛みのようなもの、悔しさのようなものが走るのが見えた。意識の向こうでエドが小さく、

「お前が笑うのは、久しぶりだな」

と、呟くのが聞こえた。夢うつつに、独り言のようにエドが続けている。

「そうさせたのは……誰なんだ？」

エドの大きな手が、そっと礼の前髪を撫でていく。これは夢だろうか？　そう思うほど、その手つきは優しい。うっすら眼を開くと、睫毛の隙間から思い詰めたような顔の、エドが見えた。指の背でエドは礼のこめかみをたどり、唇に触れた。そこでゆっくり、指を離す。

「──神さまがくれた指か……。ラベンダーの摘み方なんか、もう忘れてしまった……」

──今はせいぜい、散らすだけだ。

……あのころは俺がお前を、笑わせていたのにな。

独りごちるエドは淋しげだ。けれど礼はなにも考えられないほど眠くて、眼を閉じてしまったから、エドがどんな顔をしているか、もう分からなくなった。

翌日、眼が覚めると礼の体は軽くなっていた。温かくしてよく眠ったおかげで、風邪が治ったらしい。

（エドのおかげだ。……明日休暇で家に帰ったら、お礼を言おう）

そんなふうに考えると、なにやらうきうきと気持ちが明るくなる。

昼休み、あがった案を持って第六校舎に向かった。その日はラグビーの最終試合があるので、校内はどこも浮き足だった雰囲気で、寮では早くから寮カラーのタイを締めた生徒たちが、今回も選手に選ばれたエドを囲み、優勝杯をウェリントンへ！　と息巻いていた。

第六校舎に行くと、みんなラグビーの観戦に出ているらしく、やはり生徒は少なかった。けれどオーランドとテッドは来ていて、二人で頭を突き合わせ、うんうんと唸《うな》っていた。

「……脚本が進まないんですか？」

空いた席に座ろうとした礼だが、二人の顔が深刻なので思わずそう声をかけた。するとオーランドが「やあ、レイ」と手をあげ、それから頬杖をついて深くため息をついた。

「それが今日になってトラブルが起きてね。主役のキャストが、降りるって言い出したんだ。どうも女装が嫌だって」

役者班は別の教室を使っており、できあがった脚本に沿って、既に立ち稽古が始まっている。それなのに突然、オフィーリア役が降りると言い出したらしい。とはいえこれはまだ、オーランドとテッドしか知らないそうだ。

「解決策を出してからじゃないと、キャストや他のメンバーが動揺するからね」

「キャストの中に誰か、代わりにやれそうな人はいないんですか？」

首を傾《かし》げて聞くと、テッドがため息まじりに「難しいな」と言う。

「オフィーリアは喜劇だけど、女装が似合わない子を主役にしたら出オチになって真面目に見てもらえない。線が細くてきれいな子じゃなきゃダメなんだ」

既に何人かに女装をさせたが、誰もかれもいまいちだったとオーランドが呟いた。

「そうだ！　レイがやったら？　レイなら似合う。女の子に見えるよ」

突然、思いついたようにオーランドが悪戯《いたずら》っぽく言い、テッドもじっと礼を見たので、礼は慌てた。

「ぼ、僕は美術で入ったんです。劇はできません」

主役などとんでもない。思いのほか二人が乗り気だったので、焦りのあまり、声が裏返った。と同時に、鼻歌を歌いながら数人の生徒が教室に入ってきた。それぞれ寮カラーのタイをし、「白熱した試合だったぞ！」と口々に興奮を語っている。どうやら、試合が終わったようだ。

舞台や芸術が好きなんて、変わった生徒たちだと思っていたが、やはり根っこはリーストンッ子ということだろう。

「レイ、きみのお義兄さんは大活躍。今季ＭＶＰになったよ」

そう言ってきたのは美術班班長のマイクだ。礼は彼の嬉しそうな様子に笑ってしまった。

「寮が違うのに、マイクはエドの活躍を喜んでくれるんですか？」

「だってグラームズのプレイングを見て、彼を好きにならないやつは男にはいないよ」

肩を竦めるマイクに、オーランドが「じゃあボクは死んでも見ないね」と冗談を言い、場にいた者が笑う。礼も一緒になってくすくす笑いながら、マイクに持ってきた背景案を渡した。

「提出は休み明けでいいのにもう仕上げたの？」

驚くマイクに、美術班をはじめ、それ以外のメンバーも集まってくる。ブリーフケースから八枚の絵が出されると、口々に喋《しゃべ》っていた彼らがみんな静かになった。礼は心臓が、ドキドキと逸《はや》るのを感じた。こんなのじゃ使えない、そう言われたらどうしよう――そう思って硬くなっていたとき、マイクがため息をついた。

「うちの班のＭＶＰは間違いなくレイ・ナカハラだね」

「そのとおり！　素晴らしいじゃないか！」

わっと歓声があがり、気がつくと礼はオーランドに抱き締められていた。頰にキスされたと思うと、「さあ、他に誰がコマドリちゃんにキスしたい？」とオーランドがふざけた。上級生たちがこぞって手を挙げ、礼はめまぐるしく抱き締められ、頰にキスされた。彼らは礼をからかっているようだが、その手つきや口づけは優しい。

ぐるぐると先輩たちの腕の中で回され、恥ずかしくて顔が真っ赤になり、固まっていると、誰かが「可愛《かわい》いな」と言い、「二回キスしたやつは誰だ」と冗談めかして怒る者もいる。

キスされた頰を押さえ混乱していたけれど、絵を喜んでもらえたのだと感じて礼は嬉しかった。思わず笑みがこぼれ、「ありがとうございます」と言っていた。礼を囲んでいた生徒たちが一瞬黙り込み、数秒後に「蕾《つぼみ》が咲いた」「咲いたな」「その瞬間を見た」と言い始めた。わけが分からず眼を白黒させる。すぐに、コマドリちゃん、コマドリちゃんと呼ばれて頭を撫でられ、それがくすぐったくて、礼はまた、くすくす笑っていた。

ふと顔をあげると、そんな礼をオーランドが優しい眼でじっと見つめていた。

「レイはやっぱり、こんな子だったね」

不意に言われ、礼は眼をしばたたく。オーランドはにっこりした。

「ほんとのきみは……たくさんの人のために、頑張れる子なんだ」

本当に、とマイクが賛同する。

「まさか休み前に描き終えてくれるなんて。無理させたね」

「そんな……喜んでもらえたなら、嬉しい、です」

後半は、素直な気持ちを言葉にして伝えることに緊張し、たどたどしい声になる。けれどマイクも他の先輩たちも、オーランドもニコニコと笑ってそれを受け入れてくれた。

（今この人たちは、僕という人間を、好きでいてくれるのかな……）

そう思うのと同時に、自分も彼らが好きだと、同じように好きだと感じた。

すると、胸の奥でことりとなにかが動いた。それは凝り固まっていた自分の気持ちがほぐれ始めた、そんな感じだ。

ずっと忘れていた十二歳までの、イギリスに来る前の自分が、戻ってくる感覚。

母に気を遣ったり、厭味を言われて悔しい思いをすることはあっても、普段は子どもらしく笑うことも泣くこともあった。

悲しみや淋しさを感じてはいたけれど、愛されていることも知っていた、あの幼い自分……。

教室の扉が、ガタンと大きな音をたてたのはそのときだ。誰かが「あれっ」と大きな声をあげる。

「エドワード・グラームズ!?」

その瞬間——礼の背中には氷が流し込まれたような寒気が走っていた。

まさかと思った。テッドが眉を寄せ、オーランドの穏やかだった眼に、ちらっと鋭いものがよぎる。

「今日の試合良かったよ！　ところでなんでここへ？　ＭＶＰ選手の表彰は終わったの？」

上級生の一人がそう訊き、エドが「ああ、ありがとう」と答える声がした。それは怒ってはいないが、早くこの話を終わらせたい、そんな気持ちの透けて見える口調だった。

「レイ」

呼ばれて、礼はごくりと息を呑んだ。おずおずと振り向くと、そこにいたのは間違いなくエドだった。ラグビーの試合の後なのに、よほど急いで着替えたのかもう制服を着ている。

「ここでなにを？　このごろ様子がおかしかったから、まさかと思って来てみれば……」

エドが教室に入ってくると、ごく自然に上級生たちが道を開け、礼を囲んでいた人垣はいなくなる。もう隠れることもできず、礼はエドを見つめる。エドはまだいくらか体裁を保って、怒った顔はしていない。けれどその緑の眼には、今にも爆発しそうなほどの烈しいマグマがふつふつと燃えている——。

「やあ、グラームズ。表彰が終わったにしろ、きみを囲むパーティは？　随分急いで来たみたいだね。珍しく髪が乱れてるよ」

礼がなにか言うより先に、オーランドがニコニコとエドに話しかけた。エドは眉を寄せて、オーランドを見た。一応は笑んでいるが、「マーティン」と呼びかける声は厳しい。

「義弟のことは放っておいてほしいと言わなかったかな？　レイは気が弱いから、頼まれると断りきれない。無理をさせないでほしいんだが」

エドが言い放ち、その物言いに、何人かの生徒が不穏な空気を感じたように、眉を寄せる。オーランドの指摘通り、エドの髪はいつもより乱れていた。ネクタイもきちんと締められていないし、額には汗が光っている。もしかして、走ってきたのだろうか——なぜ？

けれど訊く間もなく、戸惑う礼の腕を、エドが引く。

「行くぞ、レイ。明日、家に帰るための準備もある」

言われた礼は、思わず踏みとどまった。

「ま、待って。エド。あの、きちんと言うつもりだった。僕この授業に、出てるんだ……」

「そうだよ、グラームズ。レイの絵を見てってよ」

緊迫を感じとっていないのか、マイクだけが嬉しそうに礼の絵を広げた。そのとたん、エドの眼にカッと怒りが点った。

「……なるほど。こそこそなにかをやってるなと思っていたら」

小さな声で呟く、その声は低く恐ろしい。ぎろりと睨みつけてくるエドに、礼は硬直した。体の芯が震え、恐怖が湧《わ》いてくる。

「素晴らしい絵だろう？　レイの才能はもっと広めるべきだよ。頑張り屋のコマドリちゃんに、今もみんなからキスを贈ってたところさ」

「……ああ。それはつい今さっきまで、そこから見ていたよ」

エドが答え、礼は息を呑んだ。低くどすのきいた声。その眼の中に、ちらりと狂気のようなものが見えた気がして、礼の心臓は嫌な音をたてはじめる。

ごめんなさい、エド。許して。

反射的にそう言いたくなる自分を、必死に押しのける。

「義弟が世話になったようで礼を言う。けどちょっと、家のことで話し合いがあるんでね。今日は返してもらうよ」

エドが言い、礼の手を引いた。強く引っ張られ、礼は抵抗もできずに廊下に出た。足がもつれかけても、エドは無視してずんずん歩いて行く。

「エ、エド。待って……」

人気がなくなったところで声をかけると、エドが「黙れ」と地を這《は》うような声を出した。背筋がぞくりと震え、礼は奥歯がかちかちと鳴るのを感じた。けれど校舎の出入り口に差し掛かった瞬間、空いた方の腕を誰かにとられて、礼はつんのめった。エドが睨むように振り返り、礼も顔をあげる。

礼の片手を強く握って、その場に引き止めていたのはオーランドだった。

「離せ、マーティン。これに触れるな」

エドはもう穏やかな顔をかなぐり捨て、居丈高に命じた。けれどオーランドは礼の手を離さなかった。好戦的な笑みを浮かべ「いやだね」と即答する。

「ふざけているのか？」

「まさか。真剣だよ、グラームズ。今きみに渡したら、この子がどうなるか分からないからね」

「これは、貴様のものじゃない」

なるほどね、とオーランドは鼻で嗤《わら》った。

「一人の人間を物扱い？　そうやってずっと、恐怖で彼の意志を抑え込んできたわけだ。実にお貴族様らしい、傲慢《ごうまん》なやり方だ。でもね、それを人は暴力と呼ぶんだよ！」

不意にオーランドは語気を強め、怒りに満ちた眼でエドを睨みつけた。

「きみは……グラームズ。レイの手首まで切らせる気なの？」

オーランドの眼に鋭く、刃のような光が灯る。

「……貴様」

言われたエドは、獣が唸るような声になる。その眼には、まるで今にも人を殺しそうな怒りがあり、礼はぞっとした。このままでは、エドがオーランドを殴るかもしれない。恐怖に囚《とら》われ、エドとオーランド、オーランド、両方を守らねばと思った。

礼は反射的に、オーランドの手を払っていた。

「オーランド。ごめんなさい、エドと、ちゃんと話し合ってくる……」

言うのと同時に引っ張られ、礼は前のめりになって歩かされた。

振り返ると、心配そうに眉を寄せ、「レイ」と呼んでくれるオーランドの姿が見えた。

十一

「エド、待って。話をしよう……」

腕をひかれている間中、礼《れい》はそう声をかけていた。寮の近くまで来ると、試合観戦から帰っている途中の生徒がまだ大勢いて、ウェリントン寮の上級生グループの姿もあった。

「エド！　どこ行ってたんだ！　今日の英雄がいなきゃ祝杯をあげられないぞ！」

声をかけてきたのはライアンだ。けれどエドは、その言葉を無視した。

「悪いが、祝杯は俺抜きでやってくれ」

早口にそう言うとき、エドの顔にはいつもの穏やかな笑みすらなく、冷たい眼光を浴びせられたライアンたちはびっくりしたようにその場に固まって立ち尽くした。

礼は心臓が嫌な音をたてるのを感じた。

（エドが……みんなに変に思われてしまう）

自分のこと以上に、礼はそれが心配だった。けれど礼は引っ張られ、とうとう寮のエドの部屋まで連れて来られていた。ここまでの間、不思議そうに礼とエドを見る視線をすべて、エドは無視していた。

中に入った瞬間、エドが部屋の鍵《かぎ》をかけ、礼は自室のそれより一回りは大きなベッドに突き飛ばされた。けれど抗議をする暇もない。礼はすぐさま胸倉を摑《つか》まれて、引き寄せられた。眼の前にエドの顔があった。怒りに満ち満ちた眼が、その顔の中でらんらんと燃えている――。

「……レイ。お前は、俺を裏切ってたんだな？」

唸るような声。狂気とも思えるほどの怒気をはらんだその声に、礼は固唾《かたず》を呑んだ。背にぞっと冷たいものが走る。

「マーティンとはもう関わるなと言った。様子がおかしいとは思っていたが、一方でお前が、俺を裏切るわけがないと信じていた――なのに」

礼の口の中は、緊張でカラカラに渇いていく。エドの怒りには慣れている。そのはずなのに、無意識に体が震え、なにを言えばいいかが分からない。胸倉を摑むエドの手が、力みすぎて、ぶるぶると震えている。それにさえ、礼はショックを受けていた。

「……裏切るつもりじゃなくて」

なんとかエドを落ち着かせようと、ゆっくりと口を開いた礼だが、とたん「裏切ってるだろうが！」と怒鳴られた。怯《おび》えて体を竦めた礼に、エドは肩を震わせながら続ける。

「授業への参加は即やめろ。お前があんな連中と付き合っているなど、良い恥さらしだ！」

――あんな連中？

礼は眉をひそめた。あんな連中とは、オーランドやテッド、マイクたちのことだろうか。

エドは舌打ちし、唾棄《だき》するように言う。

「舞台芸術など……貧乏人の娯楽だ。現にあの授業に集まっているやつらは、庶民出身者が多い。マーティンも含めな。なのになんだお前は、まるで娼婦《しょうふ》みたいに、あの薄汚い連中に次々とキスさせて……」

気がつくと、礼は手を振り上げ、エドの頬を打っていた。

パシン、と乾いた音が部屋に響き、エドが眼を見開く。よほど驚いたのか、エドの手が礼の胸倉からはずれた。襟《えり》元の乱れたカーディガンをぐっと引き寄せて直しながら、礼は勇気を振り絞った。

「……悪口、は、やめて。あの人たちは……みんな、とても、良い人たちだよ」

言う声はかすれていたし、体も小刻みに震えていた。それでも礼の頭にも血が上っていた。言うべきことはちゃんと言わねば。勇気を出すんだ。そう、心のどこかで声がする。

「どうしてすぐ、血で分けてしまうの……？」

礼は震える声で続けた。

「エドは本当は……青い血じゃない人だって愛せるでしょう？　本当はそうでしょう？　なのにどうしてわざと、血統のことばかり言って、人をけなすの……？」

エドに言う間、心臓はずきずきと痛んだ。眼の前のエドが顔を歪《ゆが》ませ、礼を睨みつける。礼はそれが怖くて震えたが、それでも言葉は止めなかった。

「十二歳の時、初めて出会ったエドは、傲慢で皮肉屋で……でも、気高かった。いつも正直で、僕のことも慰めてくれた。きみは優しかった。だから好きになった……」

礼の瞼の裏に、出会ったころのエドの姿が浮かんでくる。

孤独な王さま。居丈高で、冷たく、けれど同じくらい淋しそうで純粋で、優しかったエド。あの頃のエドは、人の愛を知っているように見えた。

「……きみは変わってしまったの？　きみの憎んでたグラームズ家の考えが、正しいと思ってる？　青い血が一番大事で……もうきみは、心から誰かを愛したりしないの」

震えながら唇を噛《か》む。エドはかろうじて怒りを抑えているように、瞠目《どうもく》したまま、じっと礼を見下ろしていた。

「ずいぶん上から物を言うな。まるで俺のことをなにもかも、分かってるみたいじゃないか」

せせら嗤い、エドは肩を竦めた。

「そうさ……俺は変わったんだ。変わらなきゃならなかった。誰かを愛せば、一族が俺を認めると？　まさか。やつらが望んだのはリーストンの学校代表、オックスブリッジへの進学、そして将来的な女との結婚だ。愛など要らない。俺はただ、望まれるようにしてきただけだ」

低い声で、ゆっくりと言いながら、エドは眼をすがめる。その緑の瞳に、冷たい光が点っている。礼はじっとエドを見つめ、そうしてその言葉の意味を、エドの気持ちを理解しようとした。けれど分からなかった。過去のエドから、今のエドに変化する、そのきっかけはなんだったのだろう——。

……エドが愛することを、やめた理由は？

「……僕にはきっと、一生、その価値観は分からない」

礼はうつむき、とうとうそう言った。頭で考えることはできても、共感はできない。エドが地位と財産のために愛を捨てるというのなら、礼は愛のために地位と財産を捨ててしまうだろう。きれいごとなどではなく、本能的な価値観の、最後のせめぎあいの末に、どうしてもどうしても愛を捨てられない。

愛を捨てれば一生後悔する。一生自分を恨んでしまうと、分かっているからだ。礼はそういう人間で、エドはそうじゃない。ただそれだけのことなのか？　けれど礼は、そう思いたくなかった。

「メイソンやミルトンは、きっときみに愛してほしいと思ってたはずだよ。……じゃなきゃ喧嘩にならない。僕だって同じ……だから分かる気がするんだ」

ぽつぽつと言うと、エドは「ハッ」と嘲笑した。

「貴族のあいつらの気持ちが、なぜお前に分かる。大体メイソンもミルトンも、ほしいのは俺の愛じゃなくてステータスさ。自分のほうがいいセックスができるっていうな」

「……それはエドの世界の話だよ」

礼は力なく言った。するとエドは、分からないように眉根を寄せる。分からないだろうなと礼は思い、顔をあげた。

「きみの価値観を通して見るからそう見えるだけ。僕の価値観を通したら、メイソンもミルトンも、ギルもオーランドも、貴族も庶民も同じだ。みんな淋しい。みんな苦しい。みんな傷つくし、みんな愛されたり、愛したりしたいと思ってる。本当は……本当はきみだって！」

言った瞬間、突然こみあげてきた涙が、どっと頬にこぼれ落ちた。エドがムッと眉を寄せて黙り、礼を見つめる。その眼を見返しながら、礼は今、もう今こそ、言わなければと思った。

「エド、さよなら。……さよなら」

気がつくと、礼はかすれた声で呟いていた。

「僕はもう、きみを愛するのはやめる――」

涙で声はかすれていたが、それでも最後まで言えた。

言ったとたん、言葉の刃は礼の胸に突き刺さり、心が破けたように思えた。

愛するのはやめる。そう言ったが、本当はそんなことはできないのだ。愛するのをやめたふりをするだけだ。愛し返される期待をやめるだけだ。きっと自分は永遠に、どこにいってもエドのことを好きなままだ。どこにいてもなにをしても、何年も何十年経っても、礼はエドを思い出すだろう。

今なにをしているだろうと想像しながら、愛されたかったと、今も愛してほしいと願うだろう。礼にはそんな未来の自分が、たやすく見えてしまう。報われなかった愛を胸に抱いて、思い出にして生きていく自分の淋しさが。けれどそれでも、これ以上エドに縋《すが》りつき、エドの言うことに従って生きていくことはできない。

（一人では、生きていけない……）

礼は大勢の中で、本当はもっとたくさんの人を愛して、生きていきたいのだから。

「……だから？　わざわざ宣言しなくても、どうせ来年度には、そうなる予定だったろ」

エドが鼻で嗤う。けれどその嗤い声は、心なしか震えている。

「俺を諦めて、他の男に鞍替《くらが》えするのか。マーティンやギルに。それかあそこにいたくだらない男どもの誰かに」

「……彼らとは、そんな関係じゃないよ。だけど……」

礼は泣き濡れた眼で、エドを見つめた。

白磁の肌に、星のような瞳。通った鼻筋に、男らしい肉厚の唇……。初めて見た時から変わらず、エドはいつでも息を呑むほど美しい。これが四年間、礼のすべてで愛した人だった。けれどもうエドに、愛していると言うことはできない……。

（二度と、好きだよとは、言えない）

それが悲しくて、ただ切なくて、目尻《めじり》に涙がにじんだ。その涙が頬を伝い、一筋こぼれ落ちていくのを感じながら、礼は静かに続けた。

「いつか……エド以外の誰かを、きっと愛すると思う」

そうしなければ、生きていけないから――。言葉にしながら、それでもこれから先一生、エドワード・グラームズほど自分が愛せる人は、いないだろうと思った。幼すぎた恋だと振り返るには、エドを愛した四年は礼にとってあまりに大きい。少なくとも今はまだ。

「話は終わったよね。じゃあ、僕は自分の部屋に、戻ります……」

これがもう、本当に最後だ。立ち上がり、出て行こうと腰を浮かせた瞬間だった。

「……ふざけるな」

低い声で、エドが独り言のように呟いた。

「……っ」

礼は小さく叫んでいた。突然エドの手が、礼の上着とカーディガンの襟を摑み、ボタンを引きちぎるようにして剝《は》いだからだった。あっと思った瞬間に、礼はベッドの上に組み敷かれていた。上着を脱がされ、シャツもはだけられ、中の肌着を破かれた。ボタンが床に飛び、脱がされた靴が落ちる。礼はその唐突さについていけず、息を吞む。

「他の相手だと？　……この二年、この俺がどれだけ耐えてやったかも知らず……っ、今さら、俺を見限るつもりか!?　俺だけを愛してるんじゃないのか……！」

上から響いてくる怒号に、礼は困惑し、動けずにいた。

エドは獣のように礼のスラックスに手をかけて剝がし、下着まで脱がす。

「お前がそのつもりなら俺も遠慮はしない、他の男に使われるのは癪《しゃく》だからな、先に俺が……使ってやる……っ」

――使う？

最初頭に入ってこなかったその言葉を、礼は不意に理解した。

「……待って。待って、エド……！」

伸ばした手でエドの腕を摑む。けれどその刹那《せつな》、エドは自分のタイをほどき、礼の両手を縛り上げた。余ったタイの端をベッドのポールに結ばれて拘束され、礼は声を失った。

（エド？　なに？　どうしてこんなこと……？）

わけが分からず混乱し、礼の背中には冷たい汗が噴き出した。

エドがこんなことをするのはおかしい。エドは礼に欲情しないはず。

それなのに、礼の腰に馬乗りになったエドは、冷たい笑みを浮かべて言った。

「なにを驚く？　もともと、お前はこのためにイギリスまで来たんだ。……娼婦として、俺に足を開くために。……役目が果たせれば、お前も嬉しいだろう？」

エドの瞳にはぎらぎらとした欲情が宿っており、腰のあたりに、ごり、と硬いものが当たって、礼は息を吞んだ。

（エド……反応、してる……）

おそるおそる眼を下に向けて、礼は震えた。自分の上に乗ったエドのものが、この嗜虐《しぎゃく》的な状況にか、既に硬くなりはじめている。心臓が激しく鼓動を打ち、頬に熱がのぼってくる。これは愛じゃない、エドは正気を失っているのだ――鈍く頭痛がしてきて、礼の息は恐怖でだんだん荒くなった。

「やめて、エド……こんなの……すぐ外に、寮生もいるのに……エドらしく、ない」

「俺らしい？」

懇願に、エドが眼を細め、バカにするように呟いた。

「お前が俺のなにを知ってる？　……地下の図書室で、俺がどんなふうに男を抱いてるのか、見たこともないだろう」

囁《ささや》きながら、エドは礼の額に額をくっつけた。骨張った大きなエドの手が二つ、はだけた脇腹にぴたりとつく。くすぐったさに、礼はびくりと震えた。

「この肌の緻密《ちみつ》さは、日本人ならではだな……」

喉の奥で嗤い、エドは礼の体の輪郭をなぞるようにして、手を肌に這《は》わせる。やがて大きな手は礼の胸元に到達し、「ここはどうかな……？」と独りごちるようにして、エドは礼の両の乳首をきゅっと摘んだ。

「……っ」

とたん、礼の体の芯に熱いものが走り、体がびくんと震えた。摘まれた乳首をくりくりと捏《こ》ねられて、礼は戸惑った。

「あ、エ、エド。やめ……冗談は、もう」

「今さら冗談にするとでも？」

エドは冷たく言い放ち、礼の乳首をぎゅっと引っ張った。すると、乳首の芯に点った熱いものが波のように全身に伝わる。

「あ……っ」

急に甘い声が漏《も》れ、礼はびっくりした。羞恥《しゅうち》に体が熱くなり、眼が潤んでくる。その反応を見てか、エドがおかしそうにした。

「感じるのか？　初めて触られたのにこれじゃ、先が思いやられるな……」

蔑むように言うと、エドは礼の体から腰を浮かした。礼の下半身は既にはだけられ、胸を弄《いじ》られて淡く勃《た》ちあがる、小ぶりの性器が見える――。エドがそこを握ると、甘い刺激が背中を貫く。礼は怖くて身をよじった。

「は、離して……エド……っ」

「胸をちょっと弄られただけで勃起《ぼっき》しておいて、よく言う」

いたぶる言葉に、涙が出てくる。礼はエドがまだ好きなのだ。けれどエドはそうではない。憎しみと、怒りと見せしめのために、こんなことをされている。

（ずっと抱かれてみたかったのに……）

慰みものにされたいとさえ、思ってきたのに、今はそう思えない。乱暴な、とても愛されているとは思えない扱いを受けると、ただ心に痛く、苦しい。分かっていて反応している自分も、恥ずかしくてたまらない。

けれどエドは礼の気持ちなど考えず、性器を痛いほどにきつく握って扱《しご》きあげた。

「あ……っ」

性器を隠すように膝を閉じようとしたが、それは力尽くで割られ、太ももを持ち上げられて、膝が胸につくように開かれる。はしたない姿勢に、誰にも見せたことのない秘部までが、エドの眼に晒《さら》され、礼は真っ赤になった。

じっと見下ろしてくるエドの眼に、性器と後孔が、羞恥でひくんと震える。

「エ……エド。もう、やめ、やめて……」

礼はもうこらえきれず、涙をこぼしていた。

けれどエドは嗤った。その笑みは酷薄で、眼は血走り、野獣のようにぎらついている。

お前が悪いんだ、レイ、と、エドは言った。

「お前さえおとなしくしてれば……俺はこんなこと、するつもりなかったのに」

そう呼びかけるエドの声が、かすれ、上擦《うわず》っている。エドは自分の制服の前をくつろげ、それからずるりと、己の性器を取り出した。それは凶悪なまでの大きさで、屹立《きつりつ》し、血管を浮き上がらせて震えている。

凶器としか思えないその性器を、エドは礼の小さな後孔にぴたりと押しつけた。そうして性器そのもので、礼のそこをぺたぺたと叩《たた》く。そのたび、礼は怖くて、びくびくと震えた。

「お前にはこれから、教えてやる」

言いながら、エドは礼の後孔に、性器の先端をぴったりと押しつけて止めた。今にも入ってきそうなその存在感に、礼はごくりと唾を呑み、つま先をきゅっと丸めた。

恐怖を顔に浮かべた礼を見て、エドは苛立たしげに舌を打った。

「男の味が、どういうものか。他でもないこの俺から……エドワード・グラームズから。いいか。俺がお前の、初めての男になってやる」

いいか、お前の最初の男は俺だ、とエドは繰り返し言って眼を細め、息だけで囁く。

「それはたとえお前が、俺以外を愛しても……。一生、消せない。一生な」


「……あっ、あ、あ、ん、ん……っ」

寝室には礼の喘《あえ》ぎ声と一緒に、くちゅくちゅと水音のようなものが響いていた。

礼はいまだ拘束されたままエドに組み敷かれ、足を開かれて、後孔を三本の指で犯されていた。エドは礼の乳首に吸い付き、もう片方の手でもって、器用に空いた乳首も摘んでいる。

体格差が大きいので、礼はいいように全身を弄られているが、完全に勃起した性器だけは触ってもらえず、そこは先端からだらだらと蜜《みつ》をこぼしてシーツを濡らしていた。

「エド、も、やめ……、あ、あ……っ」

礼は初めこそ足だけばたつかせてみたが、中に指を入れられてすぐに、体を襲う波のような快感に負けて、なにもできなくなった。自慰さえまともにしたことがない礼は知らなかった。体の中に、こんなに感じる場所があるなんて――。

エドの指は礼の内側にあるそのスポットをいとも簡単に探り当て、丹念にほぐし、今は三本もの指で、擦《こす》ったり捏ねたり、挟んだりして虐《いじ》めてくる。そのうえ乳首も弄られると、乳首と性器、尻の中の感じる場所が、すべて一本の線で繋《つな》がれたように一緒にぴりぴりと反応し、体の芯がうずいてたまらなくなる。

知ってるか、レイ、とエドは礼の乳首を舌でねぶりながら言った。

「前立腺で快楽を得るためには、性器より乳首の刺激に集中したほうがいい。どちらも男を女に変える場所だ」

「……っ」

ちゅっと乳首を吸われ、中のいいところをぐっと指と指に挟まれて、礼は腰を跳ねさせた。その反応に、エドは低く嗤った。

「とはいえ、お前は反応が良すぎる。初めてでこんなに感じるやつは見たことがない。生まれつきの淫乱《いんらん》かもな」

ひどい言葉を受け入れられず、礼は「いや」と首を振った。涙に濡れた視界に、嗤っているエドの顔がにじむ。

「……そろそろいいか」

独り言のように言うと、エドは礼の後ろから指を引き抜いた。ぐぷ、と音がたって中を圧迫していたものが消える。と同時に、礼は太ももを持たれ、なにか大きく硬いものをぐっと後孔にあてがわれて息を詰めた。

(……あ、入れられる)

後孔に押しつけられた熱いものはエドの性そのものだ。礼は震えながらエドを見た。この期に及んでまだ、嘘でしょう、と思っている自分がいる。

(エド、本当に、するの……?)

エドと一瞬視線が合い、すがるように問いかける礼の眼に、エドはほんのわずかに躊躇《ちゅうちょ》したように見えた。けれどすぐにエドは眉を寄せ、舌打ちまじりに腰を進める。とたん、熱い塊が礼の中へと押し進んできた。

「あ……っ」

指よりもまだ硬く大きいその質量に、下半身に痛みが走り、礼は小さく叫んだ。唇を嚙みしめると、エドも痛いのか「く……」とうめき声をあげた。

「力をぬけ、レイ」

苦しげな声でエドに言われる。

「そんなこと……できな……っ、あ……」

と、エドの手が伸び、それまで一度も触られていなかった性器の先端を擦られた。鈴口をくりくり撫でられると、乳首や中の気持ちいい箇所に、電流が走った。

「あっ」

体の芯が張り詰め、すぐに甘く溶ける感覚。ふっと力みが抜け、その瞬間、エドの凶器が礼の中を一気に貫いた。

「あっ、あ！　あ！」

ずん、と差し込まれ、礼は足をぴんと引きつらせた。きゅうっと尻がすぼみ、中でエドの性が、どくんと脈動した。

「……これがお前の、中か……」

頭上を見上げると、エドが眉根を寄せて呟いていた。痛みと快楽の狭間で朦朧《もうろう》としながら、礼はエドが後悔しているのではないかと感じた。

（……やっぱり僕相手じゃ、物足りないとか）

そう思ったのと同時に、軽く腰を揺すられた。

「あ……！」

とたん後孔に引き攣《つ》れるような痛みが走り、礼はぎゅっと眼をつむった。手足の先から血の気がひき、体が冷えていく。

「いた……痛い、エド……っ、いたい……」

漲《みなぎ》っていた性器が萎《な》え、礼の眼から涙が吹きこぼれると、エドは舌打ちした。けれどなにを思ったのか、礼の手を縛っていたタイをほどいてくれる。

「摑まれ。こっちに」

そうしてそのまま手首をとられ、礼はぐいっと抱き起こされていた。背中を支えられ、あっという間にエドの股ぐらに座るような体位に持ち込まれる。

「ああ……っ」

ますます深くエドのものが入ってきて、礼は叫びながらエドにしがみついた。

「エド……っ、痛、痛い……」

今まで一度も感じたことのない痛みだ。体が壊れてしまいそうで、怖くて泣くと、エドは「泣くな、傷はつけてない」と耳元で囁いた。エドは礼の腕をとり、自分の首に回させる。

「俺の頭を抱いて、膝をベッドにつけていろ。俺が動くから」

初めて抱かれているショックと混乱で、礼はなにも考えられず、ただただ泣きながら、こくこくと頷いた。縮こまった体をおそるおそる動かし、言われたとおりエドの頭を抱いたが、ベッドにつけた膝はわなないていた。エドの髪に鼻先を埋める。するとうっすらと、エドの汗の匂いがした。礼の細い腰をエドの大きな手が支える。それからゆっくり、エドは上下に腰を動かし始めた。礼の中のエドが、ぬるっと抜けていき、それからまたぬるっと入ってくる。しば

らくすると、礼の後ろはエドの大きさに馴染《なじ》んできた。後孔が緩みかけたとき、エドが眼の前にある礼の乳首を、舌でちろちろと舐《な》め始めた。

「ん……っ、あっ」

乳首を舐められるのとほぼ同じタイミングで、中の悦い場所をエドのものが擦る。乳首から前立腺までが繋がり、体の芯にぴりぴりと甘酸っぱい悦楽が走る。とたん、萎えていた前がむくりと起き上がった。

「あ、ん、ん、あ……」

「……お前の肌は、真珠のような白だ」

ゆるゆると抜き差ししながら、エドが独り言のように言う。

「それから眼は……大きな黒オリーブ。こぼれ落ちそうだなと、いつも思って見ていた」

不意にエドが大きく動き、深く突き刺されて、礼は悲鳴をあげてエドの首にかじりついた。

「あんっ、あっ……っ」

「おとなしげな顔の中で、唇だけが金魚のように赤い……腰は細くて折れそう、どこもかしこも壊れそうなほど小さく見える……」

「あ、ん、ん、あっ」

乳首を甘く噛まれて、礼は仰《の》け反《ぞ》った。エドの両手が礼の背中を抱き、強く引き寄せられる。

「レイ……」

抱き竦められ、礼がエドの肩に顔を押しつけると、エドは名前を呼んだ。その声は絞り出すように苦しげで、小さく、かすれていた。エドの胸に手が当たり、厚い胸板の下で、エドの心臓がどくどくと昂《たか》ぶっているのを感じる。それに礼の胸が高鳴った瞬間、ベッドに押し倒されていた。ハッとして、「ま、待って……」と声をあげたけれど、叶《かな》わなかった。

「悪いが、待てない――」

「ひっ！　あっ、ああっ！」

礼の足を大きく開いて持ち上げると、エドは激しく腰を振り始めた。

肌と肌がぶつかる淫猥《いんわい》な音が、続けざまに部屋の中へ響き渡る。礼の性器の先端が、エドの硬い腹に擦られ、痛みまで快楽に変わる。

（いや、だめ、どうしよう……）

初めてではしたないと思うのに、エドが角度を変え、礼の感じるところを集中して突いてくると、体は蕩《とろ》け、全身がびくびくと跳ね上がった。

「あ、あ、だめ、エ、エド……っ」

（どうして？　気持ちいい――……）

それは相手がエドだからだろうか？　愛されていなくても、やはり抱かれると嬉しいと、自分は思っているのだろうか……。

一度思ってしまうと、頭の中に、嬉しい、という言葉が浮かんでくる。

嬉しい。抱かれて嬉しい。愛されてなくてもいい、慰みものでもいい。やっと、初めて、エドが自分を抱いてくれた——。

そんな自分の薄暗い感情が、礼は恐ろしくなった。恐ろしく、そして悲しくて、涙がぼろぼろとこぼれて止まらない。泣きながら犯されるのは苦しいのに、同時に気持ち良く、気が狂いそうなほどだった。

「あ、あ、あ……あっ」

嬌声《きょうせい》をあげる礼の胸元に、エドの汗が落ちてくる。汗が乳首に跳ねると、それにさえ礼は感じて、「ひゃっ」と声をあげて背を仰け反らした。

「——どこかで、いつか、こうなるだろうと思っていた」

礼を揺さぶりながら、エドが他人事《ひとごと》のように呟く。怒っているのか、嘲《あざけ》っているのか、その声音からは推し量れない。

(こうなるって……？)

礼は思ったけれど、訊《たず》ねるような余裕はなく、ただ喘ぎ続けているだけだ。

「お前は男に抱かれるようにできてる……だから俺はいつか、我慢が切れて、お前を犯すだろうと……」

くそったれ、とエドが毒づき、ずん、と礼を突き上げた。

「あっ、ああぁ……っ」

激しい愉悦に体を襲われて、礼は叫んだ。

エドは中に突き刺したまま、礼の体をぐるっと回転させる。

「い、いや、やっ、あー……っ」

四つん這いにされた礼は、頭をシーツに押しつけてぐったりとした。腰はエドに持ち上げられ、尻だけを突き出した恥ずかしい格好をとらされたが、もうそれに、抵抗する気力すらない。

「あん、あっ、あ……っ」

すぐさまエドの抽挿が再開し、上向きになったエドの性器で、中をぐりぐりと擦られる。礼の後孔はきゅうきゅうと締まり、体の奥底が、ずっと甘く疼《うず》いていた。

「お前の中がどんなものか、俺が……何度も想像したと言ったら、どうする?」

息を含んだ声で言い、エドは礼の背中に覆い被《かぶ》さる。

(なに?　……なに?　なんて……)

思考がまとまらない頭で、礼はなんとかエドの言葉を拾おうとする。けれど分からない。揺さぶられて奥を突かれるたび、考えは霧散して快楽だけが残ってしまう。

「こんなふうに後ろから突き刺して、ぐちゃぐちゃに犯すことを、何度も想像していたとしたら……?」

「あ、ん、ん、あ……っ」

待って。ちゃんと話して。大事な話な気がするから——そう言いたいのに、言えない。エドは自虐するように低く嗤い、それからきゅっと礼の乳首を摘みあげた。礼は「ひあっ」と声をあげ、思わず尻を振っていた。

「尻が揺れてる。乳首が気持ちいいか？　それとも尻の中？」

淫乱、と嗤うエドに、礼は泣きながら違う、違うと首を振った。

（違う。これはエドが、相手だから……きっと、エドだから感じてるのに）

「そろそろ、イくか……？」

「あっ」

後ろから、中の感じるところを強く突かれた礼は、エドの性器を締め付けていた。快楽で体が勝手に動いている。尻は揺れ、エドの指に乳首が押しつけられている。礼は投げ出していた手を片方、そろそろと動かし、腹に当てた。へそのあたりが熱く、そしてエドの性器の先端が、ごつんと当たる感触が、皮膚の上からも分かった。

（エドの……大きい……）

その大きさに愛しさが湧き、体の芯がぎゅうっと窄《すぼ》まっていく気がした。瞬間、エドが礼の体の一番奥深くまで、エドの性が入り込み――そうして、なにか生温かい感覚が、腹の奥にじゆわっと広がっていく。

（エドが……僕の中に、出してる――なんて……）

自分はおかしくなったのかもしれない。そのことが嬉しくて、体の芯が熱く痺《しび》れ、礼の性器もまた弾けていた。

「あっ、あ……っ、あー……っ」

精を吐きながらも、まだ波のような快感に襲われ続け、礼は泣きじゃくった。自分の体がおかしくなったようで怖い。助けてもらえないと分かりながら、「エド、エド」と無意識に繰り返すと、不意にエドが礼の体を後ろから抱き締めてくれる。

エドのものは、礼の中でまだびくびくと動いているが、尻の感覚は擦られすぎて鈍くなっていた。

お互いに果てると、静かな部屋の中には乱れた息だけが響いていた。窓の外では、ラグビー試合の勝利にまだはしゃいでいる生徒たちの声がし、それは階下からもうっすらと聞こえている。そんな音さえ、今の今まで聞こえていなかった。

エドの息がおさまると、だんだん、礼も正気を取り戻した。体にはまだ快楽の残滓《ざんし》があるが、それでも、頭から血の気がひき、動揺した。

（どうしてエドは、こんなこと……僕と……）

抱いてもらえて嬉しい。やっと抱いてもらえた。

そう思う気持ちは、ただの欲でしかない。理性ではいけないことをしたと分かっているし、エドにしてみれば強姦《ごうかん》だろう。ただエドは、礼に腹を立てたから抱いただけだ。

得体の知れない悲しみが、だんだん心を占めていく。強姦され、ひどい言葉で貶《おとし》められたという事実だけが胸に迫ってくる。

と、エドが礼の体を離し、起き上がった。

エドはどうするだろう。このまま突き放され、無視されるだろうか。そう思った次の瞬間、礼は言葉を失った。ぐいっと腰を抱かれ、両足をとられて開かれる。そのまま、起き上がったエドの胸を背もたれにするようにして、座らされると、中に入ったままのエドの性器が、また大きく硬くなっていったのだ。

「あ……っ、エ、エド……!?」

礼は慌てた。けれど一度、ゆさっと揺すられると、去っていったはずの快感があっという間に体に戻ってきて、礼は胸を仰け反らして喘いでいた。

「エド、いや……、あ……っ、だめ、あっ」

自分の腰を持っているエドの腕に手をかけて外そうとしたが、びくともしない。それどころかまた揺すられると、礼の体はぐずぐずになり、精を吐いたばかりの性器も淡く勃ちあがる。

「エド、エド、どうして」

「……もっと俺の名を呼べ」

頭上でエドが言い、礼の腰を持ち上げては、下ろすのと同時に性器を突き入れてきた。

「ああっ!」

強すぎる快楽が体を駆け抜ける。両足を広げられ、「見てみろ、レイ」と言われて、礼は顔をあげた。すぐ眼の前には鏡があり、足を広げてエドの男根をくわえ込んでいる自分の、淫靡《いんび》な痴態《ちたい》が映っていた。

「いやらしい自分の姿が、分かるか？」

エドは言い、礼の体をゆっくりとなぞっていく。

「……勃起して濡れた性器。感じやすい、桃色の乳首……」

「あ……っ」

説明しながら、エドは礼の性器をなぞって鈴口を人差し指で捏ね、それから白濁を掬《すく》って礼の乳首に塗り込み、乳輪ごと、くにっと摘みあげる。そのたび、礼は「あ、あん、あ」と喘ぎながら、びくびくと震えてしまった。

「感じて蕩けた顔……。それに、俺の太いものをくわえ込んでひくついている、はしたない穴……」

意地悪い言葉で礼を責め、エドは中のものを動かした。恥ずかしくて眼を逸《そ》らそうとすると、顎《あご》をとられて無理矢理前を向かされる。

「見ていろ。他でもないこの俺に抱かれてる自分の姿を――記憶に焼き付けておけ」

一回じゃ終わらないぞと囁かれ、礼は眼を瞠《みは》った。

「どういう……意味……」

思わず振り返ると、すぐ真上にエドの顔がある。その眼には情欲が灯っていたが、唇に浮かべた笑みはどこか自虐的だ。まるで礼を抱いていることを、エドが自分で蔑んでいるかのように。

「俺を満足させられたら、やめてやる」

言い終わるより先にずん、と腰を入れられる。突かれた礼は「あっ」と声をあげ、エドの胸にもたれるように落ちた。鏡には、犯されてよがっている、自分の浅ましい姿が映ったままで、礼は涙目になってそれを見つめた。

耳元でレイ、とエドが呼ぶのが聞こえた。

「レイ、俺の名前を呼べ……」

——お前を抱いているのは俺だと、分かるように。

それはまるで押し殺したような声だ。礼の髪にエドが顔を埋め、また、レイ、と繰り返す。名前を呼べと言いながら、エドのほうが礼の名前を呼んでいる。

（エド……）

揺さぶられ、悦楽の波にさらわれながら、礼はエド、と声にした。エド、エド、エド。何度も呼ぶ。呼びながら胸が震え、悲しさに涙がこみあげて、頬をこぼれ落ちた。

エドと言う言葉が、胸の中で「好き」に変わる。

——エド、好き。好きだよ。好き。……きみも僕を、好きだったらいいのに。

けれどそれはエドが自分を抱いているこの状況以上に、ありえないことだ。

伝わらない愛などこの世にありふれているようだから、これはそれほど、悲しいことではないのかもしれない。そう思いながら、レイ、とまた呼んでくれるエドの声に礼は耳を傾けた。

エドが自分の名前を呼ぶとき、その意味も、「好き」だったらいいのに……。

頭の隅で、そんなことを考えていた。

十二

カーテンから差し込む光が明るい。

泥のような眠りから覚めると、その眩《まぶ》しさに思わず眼が痛んだ。乾いた眼をこすりながらベッドに起き上がった礼《れい》は、腰に重たい痛みを感じて「んう……」と小さくうめき声をあげた。よく見るとそこは、礼の部屋ではない。広々とした寝室に、リビング。火の焚《た》かれたストーブの上で、やかんが湯気を上げている。ここはエドの部屋だ——と、礼は気づいた。そのうえ礼は、なにも着ていない。真っ裸の状態だった。

(そうだ、僕は昨日、エドに……)

抱かれたのだと礼は思い出し、息を止めた。

尻の奥にはなにか挟まったような感覚がまだ残っており、礼はそろそろと、後孔に手を伸ばした。今はそこは閉じ、清潔で、ホッと息が漏れる。けれど昨夜はここに何度もエドの精を飲み込まされた。

あの後、エドの攻めは一度や二度では終わらず、真夜中になっても続いた。一度、ラグビーの祝勝会にエドを呼びに来る生徒がいたが、それもエドは無視した。礼は揺さぶられながら、扉の向こうの生徒たちに、喘ぐ声が聞かれないよう苦心した。

明け方近くになったとき、抱かれすぎてもうわけが分からなくなり、礼は意識を失った。その頃には快感が過ぎて、あられもなく喘ぎ、どこを触られても声をあげていた気がする。思い出すと体が震え、羞恥とショック、これからどうすればいいのかという迷いで、ただただ困惑した。

（……ちょっと待って。今、何時⁉）

礼はハッと我に返った。壁にかかった時計を見ると、もう昼の十二時だった。耳を澄ましても、建物の中はいつも以上にシンとしている。そうだった、今日からはハーフターム休暇。寮は閉鎖され、みんな午前中に学校を出ているはずだった。そういう礼も、本当ならとっくにグラームズ家の車に迎えられ、屋敷に着いている頃だ。

（エドはいない……もしかして、置いていかれた？）

礼は青ざめ、ベッドの周囲を見回した。礼の衣服はなく、テーブルの上に白いバスローブが一枚載っている。裸では廊下に出られないので、礼は重たい体を引きずるようにしてベッドから下り、エドのスリッパとバスローブを借りた。

（どうしよう、僕がエドを裏切ったから、置いて行かれたのかも……）

鬱々《うつうつ》とした気持ちが胸に押し寄せてきて、礼は涙ぐんだ。これで完全に嫌われたと、胸が痛んだ。けれどすぐ、礼は涙を拭《ぬぐ》い、自分に言い聞かせた。

（見限られることなんて、分かってたじゃないか。それよりこれからどうするか、考えないと……。寮にずっといたら、それは規則違反になるし……）

使ったことはないが電車で屋敷へ帰るしかないだろう。とりあえずエドの部屋から出ようと振り向いたとき、不意に扉が開いて、礼はぎくっとなった。見ると、そこにはとっくに実家に帰ったものと思っていたエドが立っていた。

「エ……エド……」

名前を呼ぶ声が、昨日喘ぎすぎたせいだろう、声が嗄《か》れていた。エドは礼と違って、私服のシャツとパンツをきちんと着ている。昨夜あれだけ激しく抱いてきた人物とは思えないほど、しらっとしていて、涼しげな無表情だった。

「お、置いていかれたのかと思った……ご、ごめんね。すぐ、出る支度をするから」

たぶん、外に迎えの車を待たせてくれているはず。そう思い込んだ礼がエドの横を急ぎ足で通り抜けようとした矢先、エドは礼の腕を摑んで引き止めた。

触られた礼は反射的に硬直した。昨夜の快感が思い出されて、背筋がぞくっと震えたのだ。

（ばか、思い出すな——）

ぎゅっと眼をつむった礼は、けれどエドが言った言葉に、思わずぱちっと眼を見開いた。

「……支度はいい。車は帰らせた。ハーフターム中は、家には帰らない」

一瞬、意味が理解できずに首を傾げる。

「帰らないって？　……どういう、ことですか？」

「だから、家には帰らないんだ。俺とお前はこの寮に残る。寮監とメイトロンには事情を話して、許可を得た。食事は俺が外で調達してもいいようになっている」

礼は混乱し、言葉もなくエドを見つめた。寮に残る？　食事は外で……？

いまだかつて聞いたこともない。年々柔軟になってきているとはいえ、パブリックスクールは本来厳格であり、規則は絶対的だ。リーストンでは、ハーフターム中は寮を閉めるものと決まっている。実家に帰れなければ旅行にでも行っていろ、という感覚だ。

それは生徒に限ったことではなく、この期間は、教師や寮監もみないなくなる。寮生の食事や洗濯の世話をする、メイトロンもいない。もしエドの話が本当だとすれば、この広い学校内に、一週間もの間、礼とエドは二人きりになるのだ――。

「信じられないか？　まあ普通ならそうだな。だが、俺はエドワード・グラームズだ」

これでも納得できないか？　と、訊かれて、礼はこくりと息を呑み込んだ。

監督生で、寮代表。スポーツの代表選手に何度も駆り出され、成績も優秀ならば、寮代表のエドは毎週校長たちと面談し、寮の状況を報告しているのだから、顔も馴染んでいる。寮監がいいと言い、校長がエドならばと許可したのだ。きっとでっちあげだろう寮への滞在理由も、隙がなかったに違いない。だが……。

「……でも、ど、どうして、僕とエドが、二人で、ここに？」

訊くと、エドはすうっと眼を細めて礼を見下ろした。

「お前こそ、考えは改めたのか？　昨夜俺に犯されてもまだ、マーティンの授業に出るつもりなのか」

礼は呆気《あっけ》にとられ、エドを見つめた。この人はなにを言っているのだろう、と思う。

「きみにされたことと、授業のことは別問題でしょう……？」

困惑まじりに言うと、エドは眼をすがめて礼を睨んだ。睨まれた礼は、びくりと震える。怖かったが、顔は毅然《きぜん》と上げていた。

「お前がマーティンの授業に出るなら、その間お前を強姦する。そう言ってもやめないか？」

本当になにを言っているのだろう、この人は――。

礼は混乱して、二の句が継げなかった。そこまでして礼を縛り付けて、なんの得があるのだろう。強姦だって、エドは礼を愛して抱いているわけではないのだから、楽しいはずがない。

「エドには……メリットがないのに、どうして？　僕を抱くより、もっときれいな人たちがきみにはたくさんいる。……それにもう、一族はエドを認めてるんでしょ？　僕の出生だって、知ってるのはギルくらい。ギルは寮代表になりたいんだから、きっと言わない……なのにそこまでして、あの授業に僕を出したくないのは、なぜ……？」

礼が言うことをきかないから腹を立てただけなら、ここまで手を回したりしないはず。なにか他に理由があるとしか思えずに訊くと、エドはしばらく黙り込んでいたが、礼の質問に答える気はないようで、ぷいと眼を背けてしまった。

「分かった。つまり言うことはきかないんだな。ならこっちも好きにする」

（答えになってないよ、エド――）

礼は怪訝《けげん》な気持ちでエドを見つめたが、エドはもう礼とは眼も合わせない。

「とりあえずは食事だ。来い」

そう言って礼の腕をとる。乱暴ではないが有無を言わさぬ態度に、礼は抵抗しても無駄だろうと感じ、バスローブのまま廊下に出た。

いつも生徒の声で賑《にぎ》やかな寮は、今はシンと静まりかえっている。廊下に据《す》え付けられた、時計の針の音が聞こえるほどだ。寮監もメイトロンも、もう寮内にはいないのだろう。

「エド……あの、着替えさせてくれない？　裸のまま、食堂なんて……」

下着すら着けていない礼は落ち着かず、うつむいてそっとお願いしたが、エドには無視された。腕を摑むエドの力は強く、礼の意見を聞く気はなさそうだった。

（……エドは昨日のこと、どう思ってるんだろう？）

自分を抱いたことについて。気まずくはないのだろうか、と思ったが、経験豊富なエドからすれば数のうちにも入らないのかもしれない。昨夜の行為は脅迫で、エドにとっては性欲解消でもなければ、楽しい遊びでもなかったのだろうから。

(戸惑ってるのは僕だけ……か)

それが少し淋しかったが、そんな気持ちを言えるような甘ったるい関係でもない。

いつしか礼は一階の食堂まで連れて来られていた。見ると、いつも礼が座っている端っこの席に、食事が用意されている。イギリスらしい簡単なサンドイッチとビーンズサラダだ。そういえば昨日の夕方から、なにも食べていなかったのだ。思い出すと、急に空腹を感じた。

「この食事……どうしたの？」

「今日の昼と夜の分は、メイトロンが用意していってくれた。明日からの分は街で買うことになってる。腹が減ってるだろ。食えよ」

促され、席に着こうとして、礼は躊躇した。よく見ると、エドの分がない。エドは食べないの、そう訊くより先に、エドがその椅子《いす》をひいて座ってしまった。あれ、と礼は戸惑った。

サンドイッチは礼のためだと思っていた。けれどエドが席に着いたのだから、エドのものだろう。自分の分は、もしかしたらないのだろうか——？

(それとも他の場所に置いてある？)

きょろきょろと周りを見ていると、エドが「どうした、早く座れ」と言う。

「うん、だけど……僕の分は……」

「なにを言ってる。お前の食事はここだ。俺はもう食べた」

「でも……それじゃ、どうしてエドがその席に……僕、隣の席に座ればいい？」

「違う。俺の上に座るんだ。早くしろ」

礼は軽いパニックに陥った。ぽかんと口を開けて、エドを見る。それから急に、頬に熱が上ってきた。からかわれているのだ――きっとそうだと思い、「僕、こっちに座るよ」と隣の席をひこうとしたが、すぐさま手をとられ、礼はあっさりエドの膝の上に乗せられていた。

「……っ、エド……っ」

抵抗しようとした礼の両手首は、すぐにエドに押さえられた。腰をがっちりと固定され、そのままエドが椅子を引きずって、礼をテーブルに向き合わせる。

「レイ、おとなしく食べろ。……それともすぐそこの床で犯されたいか？」

耳元に、息をかけるように囁かれて、礼はびくりと震えた。

こそばゆい感触と一緒に、昨夜の快感が体の中に呼び覚まされて、ぞくぞくと背筋が震えた。羞恥と恐怖がこみあげてきて、礼は息を呑んだ。

「今ここには、俺とお前しかいない。食堂の床で、お前の中に精を注いでやろうか……？」

言いながら、礼の尻の狭間に当たるエドの性が、ゆっくりと勃ちあがってくる。硬い感触を蕾に感じ、礼は体を強張らせた。

昨夜これを尻に入れられ、揺さぶられて感じ、意識を失うほどよがったことが、記憶に生々しく蘇《よみがえ》ってくる。エドならやる。きっと、従わなければ床で犯される――。

礼は慌ててサンドイッチをつまんだけれど、指先は細かく震えていた。アボカドとシュリンプのサンドイッチは、口に含むと甘い味がする。嚙みしめたとたん、ぽろっと涙がこぼれた。

（エドは……どうしてこんなことをするの……？）

もともと、自分はエドの性具として引き取られたわけだし、抱かれたことは嫌ではなかった。むしろ嬉しい。けれど嬉しいと感じる自分はみじめだった。ひどい脅し文句を聞けば余計に、エドにとってこの行為のすべてが暴力だと、はっきりと感じられてしまう。

「俺が怖いか？」

背後で、エドが言う。それは静かで、感情の見えない淡泊な口調だった。

「こんな扱いを受けているのは、お前が裏切ったからだ。自業自得だろ……」

冷たく言うエドの言葉にはなにも返さず、礼は黙々と、サンドイッチを食べ続けた。なにを言っても分かり合えない。礼がエドを愛しているとか、だから世界を広げようとしたのだとか、そんなことを言ったところでエドは理解してくれないだろう。

けれど黙っている礼が面白くなかったのか、エドはムッとしたように、軽く腰を揺らしてきた。後孔に当たっているエドの雄の感触を、必死に忘れようとしていた礼は、昨夜散々したセックスと同じ動きに、もどかしい快感を思い出して「ん……っ」と小さく喘いでいた。

背後で、エドが嗤う気配がする。同時にエドの性が、見る間に硬く大きくなり、礼の尻の狭間に挟まれて、腰に当たるほどそそり勃つのが分かった。サンドイッチを食べる手は止まり、心臓が、ドキン、ドキン、と痛いほど打つ。

(あ……)

その時、エドの両手が、バスローブの上から礼の太ももに触れ、ゆっくりと体をなぞって、胸のほうまであがってきた。

「エ、エド……っ」

焦った声を出した瞬間、バスローブ越しに乳首を刺激されて礼はびくんっと仰け反っていた。

「あ……っ」

甘酸っぱく、切ない愉悦が乳首から下半身に向けて走り、バスローブの中で性器が膨らんでいく。腰を軽く揺すられると、布地に乳首と性器が擦れ、礼の体はあっという間に脱力した。

「どうしたレイ？　食べないのか？」

耳元で、エドがおかしそうに囁く。けれど礼の息は乱れ、体は震えて、サンドイッチを持つ手が緩み、具をこぼしてしまった。よりによって、柔らかなアボカドのクリームが、バスローブの胸元につく。

「行儀の悪いやつだな……汚れてしまったろう？」

囁きながら、エドは汚れた場所をぐりぐりと擦ってきた。真下に乳首があり、礼は身悶《みもだ》えた。

「あ、や、あ……だめ、エド、や、いや……」

昨日の夕方から明け方まで、十時間以上悦楽に溺《おぼ》れていた体は、あっさりと陥落した。

(だめ、だめなのに……抵抗、できない……)

乳首も性器も膨らみきり、ちょっと布にこすれるだけでイってしまいそうになる。それだけではなく、今朝方までエドを受け入れ、何度も蹂躙《じゅうりん》された後ろがひくひくとうごめいている。奥まで硬いもので突いてほしい、たまらない切なさに礼の腰がうずうずと揺れる。

(嘘……たった一晩で……体が……こんなにいやらしくなれるの……)

淫《みだ》らな欲望が抑えられない自分に、礼はショックを受けていた。性には疎かったはずなのに、もう腰は物欲しげに揺らめき、尻に当たるエドの性へ、自分の後孔をぐいぐいと押しつける。

「……一晩で相当な淫乱に育ったな」

蔑んで、エドがせせら嗤う。

「お前は根っから、売春婦に向いていたってことか」

「ち、ちが……」

「違わないだろう、俺のものが欲しくて、はしたなく尻を揺らしているくせに」

「あ、あ、ん……っ」

バスローブをはだけられ、直に乳首を摘まれると、胸から尻の奥まで快感が走って、礼はきゅうっと爪先を丸めた。今度は乳首を引っ張られ、「ひ、あ……っ」と喘ぎながらうつむく。するとはだけた裾《すそ》の間から、勃ちあがって濡れている、己の性器が見えていた。

「食事を続けろ。レイ。全部食べ終えたら、やめてやる」

エドが言い、レイは具がなくなったパンに、震えながらかじりついた。ばかばかしい命令だと思っているのに、快楽に溶けた頭ではまともに物が考えられない。それに逃げたところで、床に組み敷かれて犯されるだけだろうと分かっていた。

（早く、早く食べたら、とにかく、エドも満足してやめてくれる――）

礼は真っ赤になりながら、ぶるぶると揺れる両手で、もう一つ残っているサンドイッチを摑む。と、エドが礼の腰を摑み、浮かした。

（え……）

礼は眼を見開いた。ローブの下で、エドの性器が、いつの間にか後孔に当てられていた。あっと思った瞬間にはそのまま腰を落とされ、礼はエドの性器に一気に貫かれていた。

「あっ、あっ、あー……っ」

既に達しそうだった礼は、挿入の刺激でとうとう果ててしまった。

体の芯を駆け上がる快感に、中がきゅうきゅうと収縮し、性器の先端から白濁が飛び散った。仰け反ったためにそれは乳首を濡らし、それだけでも礼はまた感じて、イキながら腰を前後に揺らしていた。

「入れられてイったのか。本当に淫乱だな、お前は」

情欲をにじませた声で、エドは相変わらずひどいことを言う。

蔑みには慣れているはずなのに、それでもじわじわと、涙があふれてきた。エドでなければ、こんなに感じたりしないのに――と、思う。

けれどそんな文句を、言わせてくれるようなエドではない。

昇りつめて弛緩《しかん》している礼の体を、エドは容赦なく揺さぶってきた。下から小刻みに腰を振られ、中で性器を動かされて、礼は「あっ、あっ」と声をあげた。相変わらず乳首も摘まれ、刺激されるのに、前は触ってもらえない。それでも、中の前立腺は昨夜一晩で感じやすくなっていて、緩やかな刺激でも、礼の性器は再び膨らんでいく。するとちょうど鈴口のあたりに、テーブルクロスが当たってこすれ、礼はいやいやと身悶えた。

「エド、やめ、やめて……あっ、あ、う、動か、ないでぇ……っ」

「どうして。優しくしてやってるだろう？　ほら、早く食べないと終わらないぞ」

「あ、あん、あ……」

礼は涙目になりながら、サンドイッチを噛んだ。けれど口に力が入らず、ろくに噛めずに中身がこぼれていく。

「具を落としたな。……じゃあお仕置きだ」

と、エドが礼の腰を持ち上げ、ずるるっと己の性器を先端まで抜き、そのまま手を放した。重力でどすんと落ちた礼の後孔は、太く長いエドのものを根元まで呑まされる。

「あっ、ひうっ、あーっ」

強すぎる快感が、体の芯を突き抜けていき、礼は叫び声をあげた。激しく突かれた中がじんじんと熱く、性器の先端から、白濁がぴゅ、ぴゅとこぼれて飛ぶ。

「こぼしたらまたお仕置きするぞ。さあ食べろ。今度はこっちも」

そう言って、エドは非情にもスプーンをとり、ビーンズサラダのボウルを引き寄せた。

「エ、エド、い、いや……」

礼は首を振った。だめ、できない。こぼしてしまう。礼はもうついていけず、ぐすぐすと泣き始めていた。こんな子どもみたいな泣き方……と思うけれど、どこかで箍《たが》が外れてしまい、感情がぐちゃぐちゃになっていて制御ができない。

「ダメだ、やれ。お前が選んだんだ。俺よりも、自由をな」

その結果がこれだと囁かれ、礼は朦朧としながらスプーンを受け取り、ビーンズサラダをすくった。エドは動かないが、乳首も性器も、そしてエドを受け入れている後孔も、じんじんともどかしい悦楽に痺れていて、礼は必死になって揺れそうな腰を抑えていた。スプーンを口元まで運び、サラダを押し込もうと口を開けた瞬間、エドが礼の乳首をきゅうっと摘み上げる。

「あっ、……んっ」

とたん腰が揺れ、礼の唇から、ビーンズがぽろぽろとこぼれていく。

「こぼしたのは五つだな」

エドが嗤い、それから礼は「待って……」と声をあげた。けれど腰は摑まれ、礼は五度、エドの凶器のような性で、突き上げられていた。

「あっ、あん、あっ、あー……っ」

もう食べてなどいられず、礼はスプーンを放り出してテーブルに突っ伏していた。尻を突き出し、足を床に突っ張って、恥ずかしいのにどうしてもこらえきれず、腰を揺らす。エドの性器がぐりぐりと礼の中を刺激してくれ、礼はそれに、下半身ごと蕩けるように感じた。

「あ、あ、や、エド、エド……っ」

我慢できずに尻を揺らす礼を見て、エドが満足そうに嗤った。乳首を摘み、腰を揺らして礼の中をこすりながら、エドが「前を触らずにイカされ続けたら、どんな体になるか、知ってるか?」と訊いてくる。礼は甘く喘ぎながら、分からなくて弱く首を振った。

「出さずにイケるようになる。すると、後ろに男のものを入れられないと、満たされなくなるんだ。女みたいにな。……そういう体に、お前を変えてやるよ」

ありがたく思え、と言い、エドがぐいっと礼の体を引っ張り上げた。

(いや、いや……)

そんな体になりたくない――。そう思っているのに、礼はなすすべもなく、エドに揺すられ感じている。膝を持ち上げられてテーブルに足をかけられ、そのまま下から犯されると、食器や食具がガチャガチャと鳴った。

「……みんなが食事している場所で男に抱かれて、喘いで……いやらしいな、レイ。見てみろ。清潔なテーブルクロスも、お前の精液でしみだらけだぞ」

「い、いや……言わな、言わないで……あ、あ、あ……んっ」

言われて、礼はまっ赤になり、ぎゅっと眼をつむった。礼の性器はテーブルクロスに当たり、さっきからそこをしとどに濡らしている。

「……よく覚えておけよ」

そう言って、エドは腰をうねらせる。

「俺に入れられて、突き上げられる感触。これからこの食堂で座るたび、お前は、これを思い出せ――」

「あっ、あ、あん、あ、あー……っ」

礼は想像した。寮生たちが大勢集まっている中、一人椅子に腰を下ろすたび、エドに貫かれるこの激しい愉悦を思い出すのかと。とたん、甘い快感が礼の中を巡り、性器の先端が熱く痺れてくる。

「……食堂だけじゃない。どこにいても俺を思い出せるような体に……変えてやる」

無意識のように呟いたエドの突き上げが激しくなり、礼の息もますます乱れる。開いたままの口からはだらしなく唾液《だえき》がこぼれ、バスローブがずるずるとはだけて、尖《とが》った乳首が空気に触れる。

「あ、あっ、あ、あー……っ」

小刻みに腰を打ち付けられ、両乳首をエドの親指で押しつぶされた瞬間、礼は頭の中が白くなる気がした。

「あ……エド、エド……、い、いっちゃう……」

泣きじゃくりながら言ったのと同時に、中で、エドが達したのが分かった。腹の中に生温かなものが広がり、中に入ったエドの性器が、二、三度、びく、びく、と震えている。エドの精が礼の中を満たし、するとそれが強烈な快感を生んで、礼もまた性器から二度目の白濁を迸《ほとばし》らせていた。

「レイ……」

後ろから強くエドが抱き締めて、そう呼んでくれる。意地の悪かったエドの声が、どうしてかそのときだけ、思い詰めたように切なく、礼は頭の隅っこで考えていた。

(これは……裏切った僕への腹いせなの……? そうじゃなかったら、なに——)

けれど答えを訊くより先に、礼は気を失っていた。

眼を閉じる直前、窓からはイギリスの濃い霧が見えた。

たちこめる霧の中、広大なスクールの敷地には、今、礼とエドしかいない。

古めかしい校舎の奥深く、狂った情事に耽《ふけ》っていても、誰にも知られることはないのだ。

そして休暇は、まだ始まったばかり。

もっともこれがなんの始まりなのか、礼にはまだ、分かっていなかったけれど——。

あとがき

はじめましての方ははじめまして。以前から読んでくださってる方には、お久しぶり？　です。樋口美沙緒《ひぐちみさお》です。

今回は、パブリックスクールものです。舞台はイギリス。攻めは貴族です。身分差ものでもあります。私の好きなものをめいっぱい詰め込んだこのお話、楽しんでいただけたでしょうか？　読み終えた今は、そんな気分じゃない、と思っていただけたなら、この後に続いて出ます続編のほうも、お手にとっていただければ嬉しいです。

実はこのお話は、かなり前に構想だけはありました。イギリスというと、私にはゴシック建築のイメージがなぜか強くあります。飴《あめ》色で優美な見た目とは裏腹に、禁欲的で、陰鬱《いんうつ》で、物寂しい……エドワード・グラームズも、そんな人として書きました。そしてそのエドワードに恋をする礼《れい》には、本当に難しい命題を背負わせてしまいました。

ただでさえアクセサリーでごてごてしているのに、さらにさらに、いろんなものを背負ってしまったエドと礼。書いている間は、今まででたぶん一番の？　とにかく、未知の苦労というか、体験をしましたが、本当に楽しかったです。

世の中に、イギリスに一ミリも興味がない女子ってどのくらいいるのだろう？

とちょっと暴力的ですけど、思ってしまうくらい、イギリスは魅力的な国です。まず英国っていう字がいい。英ってつくだけでもう胸が高鳴ります（私だけ？）。そしてパブリックスクール。私と同じような読書遍歴を持つ人にとって、この単語の持つ破壊力は、はかり知れない気がします。

古めかしい校舎、霧の漂う川辺で、美少年たちが仰々しい制服に身を包んでいる。彼らはみんな貴族の生まれで、どんなときであれ、ぴんと背筋を張り、その瞳の奥には底知れぬ理性と傲慢が潜んでいる……、パブリックスクールの単語一つでここまで妄想できてしまいます。

そんな妄想を形にしてくださったyoco様。卒倒するほど美しいイラストの数数に、あーもう、書いてよかった！　このために書いたかもしれない！　と、心の底から思いました。

自分の小説に、パブリックスクールというタイトルを載せられる日がくるなんて、夢のようです。それもこれも、yoco様の情緒的で物語ある絵のおかげです。ありがとうございます。

そしてどんどん増えるページ数に、（樋口さんは一体、なにを書いているんだ……？）と思いながらも、「大丈夫ですよ」と言い続けてくださった頼れる担当様。私も、「私は一体、なにを書いているんだ？」と惑いながらも、なんとか書けたのは、担当様が信じてくださったからです。ありがとうございます。

私に付き合ってくれる家族、友人。そして読んでくださった皆様にも、心から感謝です。続きも是非、お手にとって、彼らのその後がどうなったかを見届けていただけると嬉しいです。

この本を読んでのご意見、ご感想を編集部までお寄せください。
《あて先》〒105－8055　東京都港区芝大門2－2－1　徳間書店　キャラ編集部気付
「パブリックスクール―檻の中の王―」係

■初出一覧
パブリックスクール－檻の中の王－……書き下ろし

パブリックスクール－檻の中の王－……【キャラ文庫】

2015年10月31日 初刷
2016年8月5日 6刷

著者 樋口美沙緒
発行者 川田 修
発行所 株式会社徳間書店
〒105-8055 東京都港区芝大門2-2-1
電話 048-451-5960(販売部)
03-5403-4348(編集部)
振替 00140-0-44392

印刷・製本 図書印刷株式会社
カバー・口絵 近代美術株式会社
デザイン 百足屋ユウコ+カナイアヤコ(ムシカゴグラフィクス)

ISBN978-4-19-900816-0